U0905572

仰止高山

岁月深处

李里 著

重庆出版集团 重庆出版社

图书在版编目（CIP）数据
岁月深处. 仰止高山 / 李里著. -- 重庆 : 重庆出版社, 2025. 5. -- ISBN 978-7-229-19120-7
Ⅰ. I267
中国国家版本馆CIP数据核字第2024W2T144号

岁月深处·仰止高山
SUIYUE SHENCHU · YANGZHI GAOSHAN
李 里 著

责任编辑：曾海龙 刘 丽
责任校对：杨 婧
封面设计：白砚川

重庆出版集团
重 庆 出 版 社 **出版**

重庆市南岸区南滨路162号1幢 邮政编码：400061 http://www.cqph.com
重庆升光电力印务有限公司印刷
重庆出版集团图书发行有限公司发行
邮购电话：023-61520646
全国新华书店经销

开本：890mm×1240mm 1/32 印张：9 字数：260千
2025年5月第1版 2025年5月第1次印刷
ISBN 978-7-229-19120-7
定价：59.00元

如有印装质量问题，请向本集团图书发行有限公司调换：023-61520678

目录

序一

“高山仰止，景行行止”是广为传诵的经典名言。李里先生取“仰止高山”，又冠以“岁月深处”为书名，微言大义，身体力行。此书具有丰富深邃的内涵。景仰感恩、尊师重教、志存高远、见贤思齐、虚怀若谷、自强不息、继往开来、经世济民、薪火相传、生生不息，种种高尚情思悉在其中。

此书叙述了几十位教诲过李里先生、对他有重大影响的长者的真实故事。书中有海内外的国学大师、侨领、中医学家、养生达人、书法家、乡贤、遗老，等等。人物界别之广泛，事迹之感人，知识面之深广，十分罕见，弥足珍贵。每篇写一位人物，兼及相关名人。各自成篇，合为一册。弘扬国学、景仰感恩贯穿全书，把独立分散的篇章浑然融为一体。特殊的内容与形式，是此书的一大特色。

书中人物性格不同，信仰不同，事业不同，际遇不同，成就不同，但都具有爱国精神、家国情怀、热爱中华传统文化、年高德劭、身正学高、棱棱风骨的共同性。他们的思想、感情、学问、事业、生平际遇，都烙上了深深的历史印记。书中人物都有许多充满传奇色彩的人生经历和震撼人心的事迹。作者观察入微，细腻朴素、精练传神、妙趣横生的描写，深深吸引读者，令读者或肃然起敬，拍案叫绝，欢呼雀跃；或为之黯然神伤，感慨唏嘘，潸然泪下，启发读者对宇宙、社会、人生、学问等问题的严肃思考。

纵观此书，作者寻师请益，各界长者的道德文章与多姿多彩、曲折起伏的生平事迹浮现在我们眼前。时代风云、文化思潮、社会面貌、众生百态，历历在目。此书表现了特定历史时期现实生活的一个侧面，是包罗万象的缩影，具有颇高的认识价值、史料价值与审美价值。

书中以国学大师季羡林为首的众多硕学、长者，对国学、艺术、医术等领域，有许多真知灼见，充满哲理，充满睿智，充满人性的光辉，对我们如何做人、做学问具有重要的启迪和指导作用。阅读鉴赏此书，发掘书中自己需要的宝藏，并将其化为自己的精神营养，可充实提高自己，激励我们，在新时代建功立业，完成他们未竟的事业。这应是我们读此书的主旨，也是作者与出版社的初衷。

善歌者使人继其声，善教者使人继其志。李里先生创办公益传薪书院，弘扬国学，继往开来，传道授业解惑，使学生如沐春风，真是功德无量。书中多位硕学常到书院讲学，令学子大开眼界，受益终身。书院除开班讲授国学外，还办院报《国学蒙正》，开展祭孔、游学等多种活动。十年来，成绩斐然，硕果累累，培育了大批国学人才，传薪学子遍布全国各地。重庆传薪学子众多。他们成立读书会，学习宣扬国学。他们敬老爱老，尊称我为“太老师”，我则视他们为学友。以文会友，以友辅仁。奇文共赏，疑义相析。亦师亦友，忘年之交。

此书具体而生动地表现了李里先生志存高远、脚踏实地、历经艰难、励志成长的过程。他由一个普通中学生，坚持自学，寻师请益，焚膏继晷，好学深思，著书讲学，创建书院，终于成为誉满全国的青年国学学者。国学大师王国维在《人间词话》中说，古今之成大事业、大学问者必须经过三种境界，李里先生正是从这三种境界走过来的。事业无止境，学问无止境，志无尽量，酬无尽时。“路漫漫其修远兮，吾将上下而求索。”李里先生一定会继续在更加宽阔的发展道路上前行。

此书可视为李里先生的小传与励志故事。天道酬勤，天道与善。青春由磨砺而出彩，人生因奋斗而升华。这些经典语言，正是李里先生的真实写照。先生的励志故事与成功之路，对广大读者特别是青年，具有启迪意义。胡适有本自传体的书《四十自述》，本书亦可视为李里先生的《四十自述》。冰心曾说：“人生从八十开始。”李里先生还是青年，来日方长，前途无量。希望李里先生与传薪书院学子秉承儒家自强不息、日新又新的精神，与时俱进，把弘扬优秀传统文化和发展现实文化有机统一起来，紧密结合起来，在继承中创新，在发展中创新，为弘扬中华优秀传统文化，为实现中华民族伟大复兴作出重要贡献。其实，我这希望正与李里先生所崇敬的北宋大儒张横渠说的“为天地立心，为生民立命，为往圣继绝学，为万世开太平”

的伟大理想是相通的。

二十多年前，我曾是李里先生的老师。他对我十分恭敬，称我对他的成长影响很大，师恩似海，执弟子礼甚恭。谦谦君子，卑以自牧。深情如山，催我前进。他写的《新文学先生》列入《仰止高山》一书中，令我感愧交并。薪火相传，生生不息，又令我欣慰鼓舞。青蓝冰水，英才奇士，他在很多方面都值得我学习。屈原《橘颂》歌咏的“嗟尔幼志，有以异兮；独立不迁，岂不可喜兮！”“苏世独立，横而不流兮”，“年岁虽少，可师长兮；行比伯夷，置以为像兮”，正表现了我对李里先生的倾慕与期望。最后，殷勤寄语：

博学、审问、慎思、明辨、笃行，乃中华优秀传统文化之精华，为学治事之大本。九十七岁叟愿与传薪书院学子及本书读者共勉共守，发扬而光大之。

尹从华，时年九十七岁

二零二零年五月于重庆大学城重师苑中

序二

外孙李里的这部书即将付梓。书中写了许多老先生的感人事迹，看后深受教育，令人永志不忘。老先生们都是爱国敬业、德高望重、博学鸿词、关爱后进的学者大家、大德硕儒。他们热情接待李里，关怀李里的成长。这些老先生中很多我都认识，有的还是我的亲友、同学，以前也曾常相往来。李里幼时聆听了他们的交谈，似懂非懂地听到了一些国学知识，从而启发了他学国学的兴趣，喜欢与老先生们亲近，后来就远道求师。

首先是李里对季羡林先生的拜访，颇具传奇色彩。李里从重庆到北京三次拜访季老，头两次因季老回乡祭祖未能见面，第三次登门拜访时，李里终于见到了学贯中西、经纶满腹的学界泰斗季老先生。约定五分钟的谈话时间，结果谈了十倍的时间。季老对一个名不见经传的青年学子热情接待，谆谆教导，嘱咐李里做学问要坚持不懈，并应允为李里的书作指导，临别时留下了他的地址。后来寄来了“天道酬勤”的题字，教之奋发，促之向前，令人感佩不已。

对硕德博学的世纪学人侯仁之老先生的造访，更是机缘巧合。寻师途中李里无意间巧遇侯老，喜出望外。后来在与侯老的几次接触中，侯老总是那么谦和有礼，热情洋溢，让李里倍感温暖。侯老将平生对祖国的热爱都投入到对首都北京的研究和保护宣传中。他曾被捕入狱，在狱中坚决与日寇作斗争。在海外得知祖国解放的消息后，他赶回祖国，参加了开国大典。李里深受教益。

拜见国学泰斗张岱年先生时，张老已九十四岁高龄，患有严重气管炎。他仁爱诚厚，虽体弱耳背，但思维清晰。问学国学最重要的是什么？张老答是读经。张老不顾自己年高体弱，知无不言，答疑解惑。老先生这样礼遇后学，使李里无比感动与崇敬。

被誉为当代颜回的国学家、文字学家杜道生老先生，我也多次随李里拜访过。他博学多能，很多经史大著都能全文背诵，为人谦和朴实，道德高尚，以特立独行的人生态度捍卫着古圣先贤的情怀，几十年如一日地过着俭朴生活。他治学严谨，身居陋室，孜孜不倦地在书中遨游。他关爱后进，诲人不倦，虽已高龄，还用毛笔小楷抄古书复印送人。虽至期颐之年，仍登台授课，弘扬传统文化，为往圣继绝学。

何世森老先生，我年少时的同窗，这是李里幼年最早见到的老先生，成年后仍经常见面。何老博学多能，古文根底深厚，为人正直，嫉恶如仇。在遂宁师范学校读书时，曾为反对校长贪污，反对军事教官与训育主任的法西斯教育，带头闹学潮，驱赶军事教官和校长，几乎被捕，后化装成工人，逃往他乡。数年后返重庆教书。李里有幸与他经常接触，聆听他讲古文，接触了《论语》，开启了李里学国学的兴趣。

周汝森老先生，我同窗好友的丈夫，李里初见他时才十一岁，就听过周老讲诗词古文，当时似懂非懂。再见到老先生时，感到他的国学根底深厚，就常向他请教。周老教育李里对古文要读得多，要精读一部古人的著作，如《孟子》《庄子》《昭明文选》等。应学会作对联、古诗、词曲、古文，才算文学上的通才。周老还将他主编的《南桥诗钞》送给李里。

李仲耕老先生是我的堂姨父，李里的堂姨祖公。他是位老教育家，博学多才，长期从事教育工作，为人敦仁豁达，深切关爱晚辈。他教育李里做学问要坚持不懈，勤于耕耘，待人要宽厚诚恳，治学要博与精，学有所成，应为国家民族作贡献。李老在病榻上还谆谆教诲李里。他不但自己关爱后辈，还介绍良师给李里，刘知渐老先生就是李老介绍的。

刘知渐老先生也是一位有很高造诣的学者。李里与他相见时，他已是八十高龄的老人了。我读大学时，刘老先生也曾给我们讲过文学史。他接待李里非常热情，对国家民族的前途异常关心。他教李里作古文诗对，强调治学要融会贯通，写毛笔字要靠功力，应将所学与国家民族的命运联系起来，这些都深深印在李里心底。

尹从华老先生渊博的学识、惊人的记忆力实属罕见。他讲课不用讲稿，只用一支粉笔。讲课时引经据典，倒背如流，讲课生动感人，用不同的语调，不同的情感，讲不同作家的作品，引人入胜。讲《围城》时，学生有备而来，随便在书上选一段要尹老师背，尹老从容不迫地背出，收获了全场经久不息的掌声。尹老在人生路上历尽坎坷，经受住了考验，迎来晚晴。爱国敬业奉献是他的人生信条，他对学生热爱关心，虽已耄耋高龄，还诲人不倦，李里后来的讲课风格就是从尹老那里学来的。

叶曼老师是一位博学的女国学大师，年近百岁，精通儒、释、道文化，是一位充满传奇色彩的世纪女性。一生走遍世界各地，九十岁后回国，在北京成立文贤书院，每周定时为大家讲课。她说中华文化一定会全面复兴，中华民族一定能引领世界。她中年以后，一直在为中华文化的弘扬而努力。九十九岁高龄时，还信守诺言到成都三圣花乡李里办的传薪书院讲学，受到传薪书院师生的热烈欢迎和深深崇敬！

李炽昌老先生是中华传统文化培养出来的优秀人才，也是怀有共产主义理想的读书人代表。他不仅学识渊博，国学功底深厚，更体现了这一代知识分子坚持真理、无私奉献，将个人生死置之度外，对国家民族无限忠诚的崇高品格。他与李里每次会晤，既要讨论如何学国学，更要谈学有所得如何奉献于国家民族，李里受益良多。

博学的刘克生老先生，境界高远，学问浩瀚，诗文造诣极高，经史子集无所不通，有深厚的经学根基，对诸子百家之学也作过专门研究，写出了几十万字的《子学概论》。他谦逊平和，虽饱经忧患，仍以平常心对待。改革开放后得到极大尊重，任家乡政协委员，仍以老迈之力编写县志，直到去世。他的遗著，已由他的儿子整理成册付梓。

总的说来，这些学界泰斗、儒门大德、隐士高人都有共同的特点。他们仁爱谦逊，都以其爱国爱民的热忱、崇高的人格、渊博的学识、深邃的思想、不随流俗的人生境界，教育后学，关爱后学，用无声的语言影响后学，其中不少成了李里的忘年交。榜样的力量是无穷的。李里深受熏陶，始能不断成长，也激励后学向学术高岸攀登，为发扬光大祖国的学术宝藏奋力前进。李里撰写这部书，既为感谢和纪念健在或已仙逝的老先生们，使他们的渊博学识永放光彩，使他们的高大形象长留人间，同时也起到一个继绝传薪的作用！

九十七岁苏应萱二零二零年避疫于外孙李里什邡红庐家中

（去世前三月定稿）

自序

“子在川上曰：‘逝者如斯夫！不舍昼夜。’”朱熹认为这句话是孔子见道之语。果然是见道之言，深邃永恒，穿越古今，让人读到，似被重重一击，霎时感到光阴的威力。无情的光阴，总是让人猝不及防，无能为力，它会在悄无声息间改变许多东西，也会在悄无声息间偷走许多东西。

文字的魅力在于教人不再畏惧光阴的残酷和时光的偷窃。她可以记下所有你不愿改变和自认为珍贵的东西，且一经记下，便如释重负，再也不用担忧心中的珍宝在时光的流淌中消逝，在记忆的长河中被遗忘。

我也不能例外地在光阴的流逝中老去，冷不丁已到了将近知天命之年，许多曾经自己最珍视的经历都逐渐退到了岁月的深处，由清晰变得模糊，由完整变得支离。而我的这些最珍视的过往，往往皆与老人有关，这确实出于我自幼便喜爱老人的缘故。

我喜爱老人是从记事以来便如此。但凡老人，我即有别样的亲切与喜爱，年岁越长的，心肠越善的，道德越高的，学问越大的，经历越丰富的，我就越喜爱。这便渐渐成了我喜欢老人的准绳。

因为喜欢，自然就愿与之交往，既然交往则有诸多交往的故事。与每个老人交往的感人故事，便形成众多珍贵的记忆片段。这些记忆片段一直珍藏在心中，并总想在因缘相应时一一写出，永久保存。

从小到大，我几乎没有同龄的朋友，喜欢交往的大抵全是老人。这些老人，有亲人，有邻居，有外祖父母的老友，有师长，有特意去拜访的，有在生活的不同地方遇到的。他们或在社会底层，或在偏远乡村，或在都市陋巷，或没文化，或孤寡，或为老农，或为职员，或为收破烂者，或为大学者名教授，或为高僧大德，或为隐士哲人，或为乡贤遗老。各种老人前后交往不下百人。

这众多的老人，无论他们有无学识，地位高低，都或多或少打下了旧时代的烙印，保留了很多新时代早已不再的礼节、习俗、语言、认知、情感，而这正是信而好古的我所最喜爱的。记下这些，也是一种文化的传承。至于他们各异的命运、不同的悲欢与这命运悲欢背后所彰显的生命力量、人性光辉，更让我常有不吐不快、必须写出的冲动。

在这冲动的驱使下，我逐渐在百忙的工作中挤时间写成一篇又一篇文章。先写成的一组，则是我前面所说的年高德劭、学问渊博的老人，他们大多是学者名贤。本准备将这些文章汇成《岁月深处》的第一卷，然而这些被中国文化所熏陶的老人，他们的生命内涵实在太丰厚了，每记一位，必是几千上万字，几十位老人写下来，则近五十万字。出版社建议可分别出版，则有了现在的“岁月深处”系列。

这些文章从最早提笔到增补修改定稿，再到今日即将出版，前后历时二十年。《仰止高山》的十一篇文章所记述的十余位老人，都是在我青少年求学阶段对我教诲影响最大、在我心中有着最深情感地位的老先生。《拜谒士林》的十三篇文章所记述的近二十位老人，或仅有拜谒之缘，或交往不多，或情感略浅，或学问造诣不及《仰止高山》中之老人，但都有感人至深的地方，不可忘怀。

两书所记的老人绝大多数都在八十岁以上。《仰止高山》中的老人除我的新文学先生尹从华先生以一百零一岁高寿还健在外，其余已全部去世。尹老不仅在世，还依然神清气爽，精神矍铄，声音洪亮，每次无论谁去看望他，他都要坚持到九层楼下目送客人远去。何其荣幸之至，《仰止高山》的序，就是尹从华先生九十七岁时所作。《拜谒士林》中，仿佛也仅北大名学者、年近望九的钱理群先生及香港孔教学院院长汤恩佳先生尚健在。

当我提笔写起每位老人的时候，一位位先后作古的老人便好像从岁月深处远远走来，从模糊到清晰，一个个记忆的片段从心中源源不断地涌出。写作的过程常常伴随着强烈的情感起伏，然后这情感化成涓涓细流般的文字，把我心中想说的话说尽。当一篇篇文章写完，一位位老人又仿佛依依不舍地缓缓离去，再回到依稀朦胧的岁月深处。几十篇文章的写作，就是这样的心路。

书稿的完成，也只是写了与我交往中那些德高望重、饱学年长的老人，还有很多普通平凡甚至地位卑微的老人。他们还在我的写作过程中，把这些老人写完，恐怕又有几卷。越写越觉得自己“岁月深处”这个名取得好，这个系列里不仅可以有老人，还可以有我过去生命中一切以为珍贵的东西：与我有着深厚情谊的众多亲人、邻居、学生，我那些最喜欢读的书，我旅经的千山万水，我救养过的不计其数的生灵，我搬迁了数次的传薪书院，我兴修的个个庄严典雅的儒祠，我与戏班的故事，以及其他以后还将不断退到岁月深处的人和事，似乎难有绝期。这样的写作，恐怕会延续到我生命的尽头了吧！虽然这样，我却乐此不疲。套用严寄石老人的话说，真是生命不息，“岁月深处”写作不止。

最后特别要感谢为拙著写序的尹从华先生与我的外祖母。九十七岁的尹老听闻我求序的请求，便命人将所有文章发给他。他读完后欣然命笔，写成文采斐然的大作。九十六岁的外祖母与家母家父同到我家过年，因疫情突发，在我家困聚了月余。她每天戴着老花镜认真读原文，摘抄，然后写成长长一篇序。她临走时，把手写的工整娟秀的序稿交给我，没想到这年秋天外祖母就与世长辞，这篇文章竟成了外祖母与我的永远告别。写到这里，我已止不住泪涌而出。外祖母的这篇序也成了“岁月深处”里的珍宝。七十五岁家母写的后记，一改昔日的文风，简洁洗练，深沉厚重，极富文采，我同样视若珍宝，亦铭感曷深。

在疫情中坚持阅读拙著，写出精彩读后感的几多传薪学子；排除重重困难，倾注深情为拙著打字，十余年间一直帮助我录入拙著的王采莲女士；为出版拙著前后操劳的胡晓慧女士和重庆出版社诸位编辑，在此我一并表达深深的感激！其中的丰富故事，定会在“岁月深处”系列的其他文章中详细描绘，兹不赘述。

书稿是一篇篇散文，是一段段感人的故事，是一条条珍贵的史料，是一颗颗学问的珍珠，是淹没在岁月深处的绚烂、丰厚、崇高、善良、美好、悲悯与人间温情。愿以此拙著与读者诸君广结善缘，同沐熏风。

二零二四年夏七月李里于江苏常州讲学之途

《论语》的启蒙

——怀念何世森老人

我公开出版的平生第一部著作《论语讲义》，书中自绘了二十一幅插图，第一幅即题名《论语的启蒙》，画的就是我和我的《论语》启蒙先生何世森老人。

何世森老人，我称他何爷爷，是因为老人与我懂事后自觉寻访拜谒的众多老先生不同，何爷爷从我记事起便已认得，便这样称呼，这称呼一直伴随着我的童年、少年、青年，直到何爷爷去世。至今只要一想到何爷爷就感到亲切，儿时的回忆遂涌上心头。在这篇文章里，我还是愿称老人为何爷爷。

何爷爷对我的《论语》启蒙，已是我将要迈进青年时代的事，而与何爷爷浓浓的情感却在我的幼年时代便种下。之所以从我记事起就叫他何爷爷，是因为何爷爷是我外祖父母的同窗好友，不仅同窗，何爷爷还与外祖父是同乡，他们初中就是同学，毕业后又同时考取遂宁师范学校，何爷爷第一名，外祖父第二名，外祖母第三名。不仅是同学，在反对国民党贪官的学潮中，何爷爷与外祖父都是学生领袖，国民党镇压学潮时，何爷爷化装成工友从地道逃走，去了西北。外祖父没跑掉，被抓去重庆关了一年集中营。幼时常听外祖父母说起这件事，每每说到此时，外祖母都会对我笑着说，你外祖父没有何爷爷聪明。不仅同为学潮领袖，何爷爷与外祖父母还同做了大半辈子中学国文教员。青年时代何爷爷与外祖父母都因各自的因缘到了重庆教书，中青年时代皆忙于工作和家庭，很少往来，直到退休后才频繁走动起来。何爷爷和外祖父母一起乘船经三峡过武汉、南京，到上海旅游。

在各地名胜拍了不少黑白照片，至今还保存在年过九旬的外祖母的相册里。何爷爷也和外祖父同回射洪老家寻旧。我从小和外祖父母住在一起，在我的记忆中，外祖父母家来得最多的客人就是何爷爷了。但凡逢年过节，外祖父母的寿辰或是外祖父母的同学远道来家小住，何爷爷是必来的，即便是平常，何爷爷也隔三差五来玩，最多的时候每周来一回，最少的时候也是每月一次。后来听母亲说，她那时还颇有些不高兴何爷爷，因为外祖父母是旧式读书人，都不太会做家务，做菜不是煳了，就是咸了淡了，所以每回何爷爷一来，外祖父母就要忙着来叫住得很近的母亲过去做饭菜。母亲是生在红旗下，受过毛主席上山下乡教育的新青年，再加上从小操持家务，烧得一手好菜，但那时母亲在工厂上班较忙，我又很小要母亲带，母亲还每晚熬夜自修电大中文课程，本已很辛苦，故对时不时被叫去做饭的事自然有些不快，不过这也足以证明何爷爷那时来得有多勤了。而对我这个小孩子来说，何爷爷的到来却是最高兴的事。

那时外祖父母的家在故乡重庆城里一个叫协和里的老院子，老院里有九个小院。旧社会是一家人住一院，一九四九年后就一个院住了十来家人。每家人都只有一间屋，大多是老老少少一大家人住在一起，屋子既是客厅，又是卧室，又是饭厅，屋里都是几架床，外祖父母家也同样。不过外祖父母住的那间屋曾是院里的客厅，比其他屋都略大，而且正对院中的天井，但凡没下雨，何爷爷来了总是坐在院中天井里玩。

我读书的小学堂就在外祖父母家老院背后一座被改造过的前清古庙里，印象最深的就是中午放学回家，经常会看到何爷爷和外祖父母坐在铺满青石板的小院里聊天。每每这时我则会围上去听他们讲话或是缠着何爷爷说这说那。

因为外祖父母平素教我读《千家诗》《唐诗三百首》，何爷爷来时，我就会兴高采烈背给他听，外祖父母就会在旁边说：“你何爷爷读了八年私塾，会作古诗，你要好好请教。”

儿时的我于学问还没有概念，更不懂请教学问，只觉得何爷爷很和善，愿意和我玩，愿意听我背诗，还愿意给我讲我那时最喜欢的《西游记》的故事，并觉得何爷爷对小孩子的耐心比外祖父好多了。外祖父那时得了肝病，性情很有些急躁。外祖父母和何爷爷的共同同学朋友到外祖父母家小住时，何爷爷更是每回必到。当他们几个老同学聚会时，大家挤坐在外祖父母家窄小的屋里，总会听到何爷爷说些古代的有趣典故或引用些之乎者也的诗词古文。可惜我太小，许多都听不懂，即使听懂了也没在意，更不用说记下来了。

不过有一件事我当时觉得太有趣了，印象极深，至今还隐约记得。何爷爷讲古代有位秀才非常迂腐，不管什么时候都是说着古奥的文言，有一回他家里来了小偷，他也用文言古词喊着抓贼，但是周围的老百姓听不懂他的古词，不知道他在喊什么，都没去理会他。最后他被偷了还非常生气地用文言古词责备周围的邻居见死不救，说了半天邻居们还是不知道他在说什么。秀才先生说的那些文言古词何爷爷都讲了，只是我全不记得了。

何爷爷一般都是一个人来，偶尔也会带他的老伴骆婆婆来。骆婆婆是个小学教员，人很贤惠善良，她的姓却给儿时的我带来了不小的困惑。我总觉得骆婆婆的骆字很难，不是觉得这个字难写，而是根本不知道是哪个字，并心想还有姓这种姓的，真好笑。因为骆字与糯米的糯字同音。记得母亲还玩笑地说过：骆婆婆这个人就像她的姓一样糯，软绵绵的。

有时周末我们也会去何爷爷家玩。何爷爷家住在城外长江对面叫做南岸玄坛庙的地方。南岸已是郊外，玄坛庙更是郊外的郊外，何爷爷的家更是在玄坛庙一个偏远的山坡上。每次要先到江边码头乘船过河，然后渡到江对岸，爬许多石梯，又穿过一些田野池塘才能走到，这对从小就热爱乡野的我简直就是无比快乐的郊游了。

而且去何爷爷家，几乎是全家出动，外祖父母、母亲、姨母和我。外祖父母只有我母亲和姨母两个女儿，那时姨母还未嫁。路上一家人热热闹闹，跋山涉水，真是童年最幸福的时光。何爷爷的家现在回想起来，好像是在破旧简陋的小学堂里，住的屋子就是一间旧教室，有两样简单的家具，比原本简素的外祖父母家更俭朴。印象最深的是何爷爷家的小木床都挂有蚊帐，有时蚊帐背后还会爬出一两个壁虎，叫我兴奋无比。我们去玩，何爷爷非常高兴，每次都会到离他家很远的地方来接我们，骆婆婆则热情地给我们做饭，何爷爷的儿女也会来陪我们。

儿时的记忆许多都已模糊，但深深印刻在脑海中的就是对何爷爷的喜爱。何爷爷比瘦高的外祖父略矮一点，脸宽宽的，眼睛长得比较开，最明显的是一对招风耳。母亲提到何爷爷时常笑说何爷爷其貌不扬，不像外祖父那样有书卷气，一看就是读书人。

后来才隐约知道何爷爷学潮以后去西北，经商好些年，再到重庆教书已是年过半百，或许是岁月的痕迹让何爷爷少了几分外表的书卷气吧。何爷爷虽然比外祖父大五岁，但身体看上去比清瘦的外祖父结实多了，只是何爷爷的嘴和手都有些抖。好像从有记忆起，何爷爷的嘴和手就是抖的，特别是夹菜的时候，何爷爷总是慢慢抖着抖着夹进碗里，夹进嘴里。顽皮的我在何爷爷不在时，还经常学何爷爷抖着手夹菜，并自以为学得很像而自豪。殊不知这早先大家都没在意的嘴抖手抖的毛病，后来却给何爷爷带来了极大的痛苦。

到我十二三岁逐渐成为少年的时候，外祖父母搬出老院住到了城外姨母单位分的新房。何爷爷的破旧学堂教室里的家也被拆迁，两地相隔更远，走动虽不像以前那么频繁，但何爷爷一年总还是要到外祖父母家玩几回。只因我在城里的中学堂念书，没在外祖父母家住，所以见何爷爷的机会就少了。

但有件事却记忆很深，在学习中学语文的语法中，我常遇到一些困难。一回外祖父告诉了何爷爷，何爷爷下次来玩时，竟给我买了本新蕾出版社出的土黄色封面的《初中语文基础知识》，还在扉页上题写了“送给李里存阅，何爷爷赠，八九年九月十八日”几个字。我一直很珍爱这本书，多年来都精心保存着，把它看成我与何爷爷深厚感情的见证，何爷爷的题词，也成了我唯一留下的何爷爷的手迹。很多年以后我给别人送书题字时，大多都爱写“存阅”两字，这既是跟何爷爷学的，更是对何爷爷的默默怀念。

在我慢慢长大的光阴里，何爷爷和外祖父母都渐渐老去，何爷爷来家也越来越少。何爷爷长外祖父五岁，外祖父长外祖母三岁。外祖母七十寿辰时，何爷爷已年近八旬，但何爷爷还是来贺寿了。这次来似乎是最后一回，以后都是我们去何爷爷家看望他，不过这次何爷爷的到来却对我产生了深远影响。外祖父母都是读书人，对于世俗社会人们最喜欢的寿诞生辰大宴宾客颇不以为然，所以每次寿辰，基本都是我们一家五六个人团聚一下，家庭以外的客人，就是何爷爷了。这回因祝寿，两家又隔得远，何爷爷年事已高，就在外祖父母家小住了几日。

而这时的我早已初中毕业，在参加高等教育中文的自学考试，对学问之道已始知求索，对何爷爷的感情也从自发的喜欢，变为自觉的请教。

儿时听说何爷爷读过八年私塾，只是概念而已，那时才清楚知道何爷爷的八年私塾，《四书》全部读完，《五经》也读了不少，于旧学有相当深厚的根底。这对已开始有意寻师求学的我来说，当然是如获至宝。自幼即见外祖父母的书架上有线装本《论语》，从小就信而好古的我非常喜爱，时常抱在手中，只是全然读不懂，也不知请教，更无从请教。父亲虽在大学教书，却教的是物理；母亲虽爱文学，却对国学没有深入的了解；外祖母的父亲受五四新思想影响，不让子女读旧学，四书五经之类的古书外祖母自然没有读过；外祖父倒是进过私塾，但只读了不到两年，《论语》从《学而》第一读到《述而》第七，不仅没读完，先生也不讲，只是死背，后来未再问津，对于《论语》还是茫然。

当我知道何爷爷有深厚旧学根底时，就一心想着请教何爷爷，可之前总没机会。这次外祖母寿诞，我和何爷爷都住在外祖父母家，有较充裕的时间，我就又拿出自小就爱抱在怀中的那部线装古本《论语》向何爷爷请教。我每问何爷爷《论语》中的一句，何爷爷就先看看线装书上《论语》正文下的小字，然后将其中的意思慢慢讲给我听。当我明白了那么多年抱着而不解其意的《论语》中的话语的意思时，简直有了五柳先生的欣然忘食之乐，这种快乐远远超过童年何爷爷为我讲《西游记》故事的喜悦。

那几天我真是如饥似渴地请教，只要何爷爷一闲下来，我便拿着书上去询问，何爷爷也都耐心地为我讲解。而每讲解一句时，何爷爷都要先看小字，然后思考一下，再慢慢讲给我听，这样的场景使我最为难忘。因为当时我根本不知道那些小字是什么，而且觉得比正文更难读懂，何爷爷却要先看小字再给我讲，这就增加了我对小字的好奇与兴趣。可惜那几天太短，眨眼即逝，《论语》才请教完一篇，而我对《论语》的浓厚兴趣却从此生起。那段时间我真的想将手中自考学业放下，专门到何爷爷家向他学《论语》，把二十篇都请教完。然而那时家里希望我尽早完成学业，终于未果，这至今还是我的一大遗憾。

听过何爷爷讲解后，我才知道原来《论语》那么有意思，可谓妙趣横生。那以后的很长一段时间，我几乎每天清晨诵读《论语》，先把何爷爷给我讲过的第一篇朗读背诵，然后再往下读。由于那时自己水平有限，何爷爷没有讲的，很多还是读不懂，再加其他学业紧，便又暂停了下来。

直到二十四岁，我第一次到异乡的大学教书，为学生开设《论语》公益讲座，才仔仔细细将《论语》全部自学完。而自学的方式则是向何爷爷学来的，先看正文下的小字。到这时我方知道外祖父的那部线装《论语》是民国刊印的仿宋本《四部备要》的版本，正文皆用黑体大字，大字下有两行更细的小字，小字原来是南宋大儒朱熹的集注。我句句对着朱注读，不仅明白了正文的本意，更懂得了圣人的微言大义，也读出了朱子注解的精妙，觉得其乐无穷。这次我读完了《论语》，并第一次讲完了《论语》。从此我便在不同的地方、场合，对不同的人群宣讲《论语》，并颇受好评。我讲解《论语》的文稿最终得以整理出版，追根溯源，得益于何爷爷对我的《论语》启蒙。

也正是何爷爷给我讲《论语》的这几日，他夜里都和外祖父同睡一张床。何爷爷走后，外祖父对我说："你何爷爷老了，手抖得更厉害了。他晚上起夜解小便很吃力，穿衣服更是动作迟缓得很，手抖得半天穿不起衣袖，脱衣也同样艰难，早晚穿脱衣服总要搞一个多小时，恐怕以后来玩都困难了。"果然不久就听到何爷爷得的是帕金森病，且拖了十多年，越来越严重，从口手抖动发展到全身抖动，以至不能出门，不能下楼，不能再来外祖父母家玩，我更不能再向他请教《论语》。

后来每年春节我都要和外祖父母去何爷爷家看望他，这时何爷爷的家早已不像我儿时去那样周围都是田园池树，取而代之的却是横七竖八拥挤的个体皮鞋厂。通往何爷爷家的路已被这些皮鞋厂夹成一条窄窄的小巷，巷子里到处淌着皮鞋厂流出的污水，又脏又臭，行走起来很困难，稍不小心就会滑倒。我们每次走在其间都提心吊胆，小心翼翼，幼时全家人兴高采烈像郊游般地去何爷爷家的情形再也没有了。何爷爷的家虽从我小时候去玩过的那个破旧学校教室搬到新房子，但现在看来这个房子也非常简陋，只不过是几层楼连粉刷也没粉刷的水泥房，孤零零地立在小坡上，屋里的家具依然和从前老屋的家具一样简单。这时外祖父母的家已用上了组合家具，何爷爷家还是几架木板床，一个没油漆的方桌，几口木箱，几把竹椅。头两回去，何爷爷九十多岁的老岳母还在，一个有残疾的儿子，娶了个做保姆的媳妇，生了个孙子，四代人同住在一起，两室一厅的屋显得很拥挤。此时何爷爷还勉强能在屋里走几步，后两次去，老岳母去世了，何爷爷也站不起来了。

到何爷爷八十二岁那年，外祖父先他而去，离开人间。我和母亲去告诉何爷爷时，只能勉强坐着的何爷爷，听到这个消息，苍老的眼中流出浑浊的泪水，本已很抖的嘴，抖得更厉害，伤心地说："黄晋诚走了，他还比我小五岁呢，我们又是同乡，又是同窗，感情最好了……"说到这里便再也说不下去了。

以后再和外祖母去看望何爷爷时，何爷爷的病情一年比一年严重，后来完全躺在床上动弹不得，翻身都要靠别人，喝水吃饭必须喂，没法下床大小便，就在床上靠何爷爷下身的地方挖了个洞，让大小便从洞中漏下去。这些都由骆婆婆照顾。虽然如此，何爷爷的头脑还是清醒的，每次见我们去，何爷爷都如我小时候去他家一样高兴。我也每次拉着何爷爷不停颤抖的手，说些我的各种情况给他听，开始何爷爷还能简短答应，最后已不能说清字词，只有浓重的声音。从他望着我的眼神和努力回答我的不辨语言的浓浓声音中，我依旧能感到何爷爷对我们到来的喜悦。和外祖母离开出门的时候，想到从小就喜欢给我讲故事，给我《论语》启蒙的何爷爷晚景却这样痛苦，我就会辛酸地流下泪来。

何爷爷八十七岁这年的夏天，二十七岁的我和年近八旬的外祖母再去看望何爷爷时，何爷爷睡在客厅的那张木板床空了，没有睡在上面的何爷爷了。我和外祖母都愣了一下，骆婆婆才告诉我们，何爷爷已经走了，没有来惊动我们。

我和外祖母心里都很难过，我们说这几年照顾何爷爷辛苦她了。骆婆婆说他们年轻结婚时，自己家弟兄姊妹多，又有老人，负担重，何爷爷没有嫌弃，靠教书不多的工资资助她娘家，还要养他们自己的三个儿女，所以一直不宽裕。后来何爷爷自己睡客厅，让她的九旬老岳母睡卧室，一直赡养老岳母到九十五岁去世，所以她一辈子感激何爷爷，照顾何爷爷算不得什么。何爷爷的儿子也说："爸爸古书读得多，经常给我们讲历史故事，《资治通鉴》都能背出很多段落，就是老了，病得重了……"我听到这些心里很不是滋味，想起从小到大和何爷爷的点点滴滴，泪湿衣衫。

我和何爷爷有两张珍贵的单独合影，一张是在故乡重庆枇杷山公园照的，已是少年的我穿着蓝色毛衣，何爷爷戴着鸭舌帽，穿着土黄色夹克，我们并排坐在一张水泥椅上。这是外祖父母、父母、姨母、我和何爷爷一起在枇杷山公园高兴游玩的纪念。那次外祖父买了件土黄色夹克，是打折的，才二十多块钱，很便宜，但穿着还舒服好看。所以向来节俭，几乎从未见过给别人买过衣服的外祖父，很难得地给何爷爷也买了一件。照片上何爷爷穿的那件土黄色夹克正是外祖父送给他的，这张照片就成了何爷爷、外祖父和我之间深厚友谊的最好见证。还有一张是何爷爷病重躺在床上已不能动时，我坐在他身边照的，这张照片却成了我和何爷爷的永诀，等我下次再去时，何爷爷已不在人间了。

何爷爷去世至今已十余年了，回想起来，在我拜访求教过的众多老先生中，何爷爷不算是最有学问的，也不算是最年长的，更说不上有名，但却是和我交往最久的，从我记事起我们便相识，且是我生命中遇到的第一位有学问的老人。和何爷爷的感情更像亲情，暖暖的，绵绵长长的。何爷爷带给我童年的欢乐，是其他任何一位饱学的老先生都不能相比的。正由于我儿时就认得何爷爷，对何爷爷更多的是情感上的感受，即使长大了也习惯性地停留在童年感性的喜爱中。没有更多关注何爷爷的学问，询问何爷爷的经历，以至于在何爷爷这里得到的学问与人生的理智的收获，比应有的少得多。

就在写这篇文章时，我也因此感到刻意的观察不够，细节缺乏。我对何爷爷的一生了解太少，写起来很不丰满，这成为永久的遗憾，无法弥补了。而何爷爷对我《论语》的启蒙，却真真切切为我打开了国学的一扇窗，让我原本对国学自发的兴趣，变为自觉的学习，并获得学习《论语》的方法，最终奠定国学的基础，终身受用不尽。然而这些都是何爷爷所不知道的，他不知道他对他同乡、同学、好友黄晋诚的外孙有那么深远的影响。写上这篇文章算是我对何爷爷的深厚感情和何爷爷对我深远影响的纪念。

这篇文章写好不久，我和年过九旬的外祖母、花甲远过的母亲、我的妻子和半岁的儿子专程回了一次故乡，去看望好久不通音问的骆婆婆。我们一家人又穿过到处流着污水、夹杂在众多皮鞋厂中间窄窄的小巷，来到现在看起已经非常破旧的何爷爷的住家。骆婆婆还不到九十，可看起来比外祖母老多了，头发已全部变白，思维颇有些迟钝，眼睛因白内障而视力极差，腿因生病而很难走路，已好久没下过楼。不过听说我们要来，她异常高兴，专门通知大儿子回来陪我们。我和骆婆婆说起最近写何爷爷文章的事，骆婆婆断断续续地对我说，当年别人介绍她和何爷爷好，她对何爷爷什么都不了解，只听别人说何爷爷很有学问，可以当她老师，她就和何爷爷结婚了。停了停又说："你何爷爷是有学问。"之后骆婆婆就反反复复说，她是因为何爷爷有学问可以当她老师才和他结婚的。

仿佛这时和她相伴了一辈子的何爷爷印在她心中最深最深的痕迹就是何爷爷的有学问了。我和骆婆婆摆谈之际，年近古稀的何爷爷的儿子一边陪外祖母、母亲闲谈，一边抱着我半岁的儿子逗笑，这时何爷爷的儿子又成了我儿子的何爷爷。我想我的儿子虽然没有见过我的何爷爷，却在半岁时见到了他的何爷爷。何爷爷虽然不在了，可是何爷爷和我家的深厚感情却在第四代身上延续下去了，想到这里心里涌起一阵温暖，泪水似乎模糊了双眼。

我永远怀念您，我的《论语》启蒙先生何爷爷。

二零一四年孟春杏花开时

李里于传薪书院禽鸟池畔夜雨中

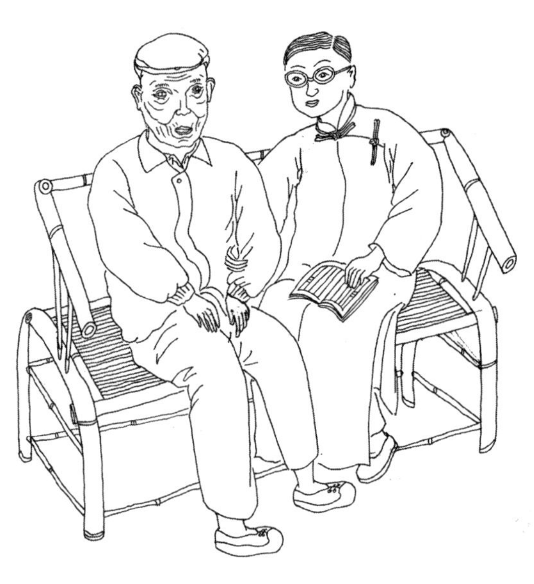

《论语》启蒙。里中学时从外祖父好友何世森爷爷请教《论语》，是我研学《论语》之始。《论语讲义》出版之际，何爷爷已去世四年矣。遂绘此图，以为纪念。

旧学入门

——怀念周汝森老人

从小就热爱中华传统文化的我在人生的求学路上，寻访拜谒求教了许多精通古文化的老先生，而引我入旧学之门的便是我十一岁时遇到的年过花甲的周汝森老人。称老人为爷爷，是因为认识老人时自己还是孩童，第一次见到老人就叫他周爷爷，周爷爷这个称呼就一直在我和老人的交往中延续。

十一岁前的我已是信而好古，与同龄孩子的喜好大不相同。或喜欢将家里的床单被盖披在身上学古人；或喜欢寻来斗笠和草鞋穿戴上学古之隐士；或将大大小小的扣子穿成一串做佛珠；

或将一些绳子捆在竹棒上做拂尘；或将两把蒲扇缝在一起做芭蕉扇；或将自己根本读不懂的外祖父母发黄的线装古书抱在怀里走进走出。

十一岁这年，母亲给我读了一篇朱自清先生的散文《背影》，我顿时被那朴实文字中流露出的人间情味深深打动，感受到文学的无穷魅力。母亲告诉我，朱自清先生的笔法叫白描，我又似乎突然明白了为文之道，也模仿起朱自清先生的笔调写起文章来。然后又在母亲的教材中无意翻到苏东坡的《赤壁赋》，更被那古典文字中的巨大魅力吸引，以为古文竟可以创造那么美的意象，而又生起对古文学的无限向往。这种在文学上的颖悟，仿佛使我整个人也一下子发生了很大变化，从一个调皮的顽童变成了一个文静的少年。恰在这个时候，我遇到了我的旧学启蒙先生周爷爷，从此我对祖国传统文化的喜爱由自发变为自觉，对古文、骈文、对联的学习也就由此开始。

周爷爷的老伴是我外祖父母读遂宁师范时的同窗好友。我十一岁这年，周爷爷夫妇游览三峡路经重庆，特意来探访数十年未见的外祖父母。周爷爷夫妇几经辗转问到离外祖父母家不远的地方时，我正在那里倒垃圾。见两位像在寻路的老人，便上去主动热情地问他们找什么地方，回答正是外祖父母住的那个大院，我当然自告奋勇为两位老人引路。一路上两位老人都夸奖我这个娃娃与众不同、斯斯文文、热情礼貌、乐于助人。要到外祖父母的大院时，我又问他们找哪家人，兴许我认得，回答竟是我外祖父母，这让两位老人和我都喜出望外。这样的巧遇，让我与周爷爷没经过外祖父母便先相识了，也让周爷爷第一次见到我就极其喜爱。

周爷爷夫妇与我外祖父母多年不见，外祖父母当然留他们小住。那时我读书的小学堂就在外祖父母家大院的背后，每天中午我就在外祖父母家吃饭。放学回来，原本就极喜欢老人的我，必定围着周爷爷夫妇，听他们与外祖父母谈些陈年旧事、诗词文章。周爷爷见我一个十一岁的娃娃竟爱听老人说话，且兴趣盎然，确实有些与众不同，便有意和我说话。我便将我背得的《红楼梦》中的许多诗词高兴地背给周爷爷听，这更让周爷爷大喜过望，一边连连对我外祖父母、母亲夸我是个不同凡响的孩子，一边就给我讲起诗词古文。这让刚刚爱上文学的我受到莫大的鼓舞，而益发喜欢去学习。

在似懂非懂地听周爷爷给我讲古诗文后，我就隐约感到周爷爷是位很有学问的老人，而自己自小就喜欢却苦于读不懂的那些线装古书里的东西，终于有人可以给我讲解了，于是我时时跟在周爷爷身边。虽终因自己年龄太小所获不多，却暗暗在心中把周爷爷看作自己的旧学老师。不过我和母亲都觉得周爷爷的样子不大像文人，因为我们觉得文人都应是清清瘦瘦、斯斯文文的，周爷爷却高高大大、壮壮实实。真正感受到周爷爷的博学鸿词、文质彬彬，并实实在在获得教益已是几年以后的事。

再见周爷爷，我已是十六岁的少年。这时我已于初中毕业，由于对文学的偏好，没有继续入高中深造，而是辍学在家自修国文。因外祖母的兄弟姊妹回故乡团聚，我也同往，在安岳县外祖母故乡的许多名胜古迹都能看到周爷爷题的诗和古文，原本就对周爷爷向往已久的我更生起了对周爷爷的崇拜。

访亲之余，我专程去拜望了五年不见的周爷爷。周爷爷见到我这个昔日的娃娃已长成斯文少年，又得知我专攻文学，异常高兴，亲切地呼我为小里子，让老伴去陪我外祖父母及外祖父母的兄弟姊妹一大家人，自己则一直拉着我讲了两三个小时的学问。

周爷爷告诉我，做学问首先要基本功扎实，基本功扎实即字要认得多，文章要背得多，并且要精读一部古人的著作，将其读熟，读透，这样自然能习得为文之道。最应精读的古文就是《孟子》《庄子》《昭明文选》或韩昌黎的文章。

又讲读书当如牛吃草，多读；犬逸途，时记；鲸吞虾，善取。一边讲，一边信手拈来长篇大论地背诵古人的诗赋文章，听得我钦佩不已。周爷爷教我，不管读古今文章都应以“情真、语工、意新、境美”为标准，文章写好一定不要急于发表，将它放在一边，隔一段时间再拿出来看一遍，隔一段时间又拿出来看一遍，每看一遍都会发现新的问题。一篇好文章需要千锤百炼，而这修改的过程也是自己不断提高的过程。

另外，周爷爷还勉励我，既然是以文学为专业，那就应该逐渐学会作对联、古诗、律诗、词曲、辞赋、骈文、古文，这样才算是文学上的通才。在文学上这样高的要求，我只在周爷爷这里听到过，因为周爷爷就是这样善于创作各种文学体裁作品的通才。

至于做人治学，周爷爷讲他是以自拟的“律己真善美，待人宽厚诚，阅世公清远，治学博专精”为终生的座右铭。壮实魁梧的周爷爷讲起话来慷慨激昂，声音洪亮，讲到激动时，还唾沫四溅。临行时，周爷爷又将他主编的《南桥诗钞》赠予我。《南桥诗钞》是刊印蜀中时人旧体诗词的刊物，印得颇古雅，封面是按旧时线装书的样式设计的。周爷爷一手发起并选编，故而周爷爷倍加珍爱。自从十一岁那年周爷爷来过我家后，家中时常收到周爷爷按期寄给外祖父母的《南桥诗钞》，这是周爷爷别后留给我最深的印象。

周爷爷住在外祖母的故乡四川安岳县，我住在几百里之外的重庆。那时交通不便，坐车也需大半天。虽再见周爷爷后，已对周爷爷的学问钦服倍至，极想亲近受教，但相见却极有限。到周爷爷去世，连同儿时的初识，总共也只见了周爷爷四次。

除开前两次，再一次见周爷爷是我十九岁到安岳乡下劳动锻炼时，路经安岳县城去探望。最后一次见周爷爷是我二十四岁初登大学讲堂后。两次的拜见亦如第二次，周爷爷依然是慷慨激昂，声音洪亮，时而唾沫四溅地给我讲诗词文章。

记忆颇深的是周爷爷给我讲他的老师欧伯衡先生的诗词，欧是重庆南开中学的教员，旧诗人。其中“曾经沧海难为水，始信温柔不是乡。秋露冷，雨宵长，便能歌哭也寻常”几句，周爷爷一唱三叹地诵咏声，至今萦回耳畔，经久不去。

周爷爷非常崇敬欧伯衡老师，说自己一生历经坎坷，仍爱诗文，老而弥笃，都是欧伯衡老师的启发与勉励。他还专门写了《风流儒雅仰衡师》一篇古文纪念，并出资刻印了老师的《蘅圃诗存》，对老师的每首诗词作了精彩点评。周爷爷看了电视中演一位贫苦的哑母收养四个孤儿，且均将其培养为大学生的感人故事，写了一首一千七百余字的七言长诗《哑母行》。周爷爷一见我就激动地给我讲这感人事迹，且一口气将两百多句的长诗抑扬顿挫地背给我听。让我既赞叹周爷爷的记忆力，更感动于周爷爷虽年过七旬，仍饱含激情，充满对真善美的热爱。周爷爷对我讲学无止境，应活到老学到老，他每天都要新背几首诗或一篇古文。言毕，他当即兴致勃勃地背了一首他新近读的《颐和园词》长诗，是王国维先生所作，有百余句、千余字。

我认识的老先生中能大量记诵的不乏其人，但像周爷爷这样古稀之年还在孜孜不倦学习，如学生般背诵新书的实不多见。至今我还记得周爷爷满含激情、抑扬顿挫、一口气不停背诵长诗的陶醉样子，其中像称颂慈禧太后“五十年间天下母，后来无继前无偶”，感伤前清兴亡之痛的“定陵松柏郁青青，应为兴亡一拊膺。却忆年年寒食节，朱侯亲上十三陵”的句子，都长久萦绕脑际。

周爷爷讲，王国维先生是一流的大学者，但要真正懂得王先生何以在颐和园昆明湖沉渊自尽，就必须好好读王先生的《颐和园词》。

我之前虽也知道王国维先生，但并不深入，在周爷爷的指点下，我确实找来《颐和园词》，细细读过，读罢才深深体会了王国维先生对前清的一往情深。以后我对晚清历史的浓厚兴趣就由此种下。周爷爷喜欢作骈文，对我讲唐朝文学家王勃的《滕王阁序》在骈文中名气最大，但毕竟是少年之作，在艺术造诣上未必最高。南朝大文学家庾子山的《哀江南赋序》是骈文中的上品。而唐太宗的《大唐三藏圣教序》（简称《圣教序》）那才是骈文中的极品，读了《圣教序》才知道唐太宗的文学造诣也是一流的，可惜世人知之甚少。

周爷爷讲时，我颇庆幸自己《滕王阁序》和《哀江南赋序》都能全文背诵，还兴高采烈地背了许多给周爷爷听。周爷爷一边非常高兴地夸赞我好学、肯下功夫，又叮嘱我一定要再读《圣教序》。我便问周爷爷在哪里可以读到《圣教序》，周爷爷告诉我《西游记》中就收有。我也是在周爷爷这里第一次听说《圣教序》，回去以后就兴趣盎然地从《西游记》中找到融通三教、表彰玄奘、义理深邃、文采飞扬的《圣教序》，还将其熟读成诵。周爷爷无比崇敬地给我讲，他在四川省诗词学会的年会上认识了一位境界崇高、学问渊博的九十五岁大诗人刘克生先生，还将刘老用工整小楷写给他的信拿给我看，说刘老的道德学问及诗词文章让他崇拜得五体投地。在我心中，周爷爷已经是学富五车，能让饱学的周爷爷崇拜得五体投地，这自然使我特别惊异，并成为我日后拜访刘克生先生的最初因缘。

十六岁后的三次拜访当然与十一岁时的初识不同，十一岁时是兴趣虽浓却似懂非懂地自然亲近，十六岁后是兴趣仍浓却如饥似渴地有意请教。每次请教，不管在做人，还是在治学上，我都受益良多且得到莫大的鼓励。而我从周爷爷那里获得的教益，除了几次见面外，更重要的便是周爷爷给我的来信。周爷爷用的信笺都是白底红格竖排的中式八行笺，字是漂亮工整的毛笔行楷，文章则是辞采飞扬、铿锵有韵的骈文或骈散夹杂的古文。内容形式完美统一，相得益彰。每次收读周爷爷的来信，我都欣喜若狂，爱不释手，反复吟诵。

周爷爷的每封来信几乎皆有对我热情洋溢的褒赞与勉励，

如“别后一年，业益精进；走笔成章，骈俪可诵。趁闲拟对，情辞堪称。思敏资聪，固属天赋；而攻勤研苦，宁非学力”；又如“足下超尘绝俗，表表高标；学道宏文，泱泱雅度。相知十载，有幸三生；交订忘年，谊联染翰。老朽获益匪浅矣”。再如“忆昔渝州识面，已钦杞梓之才；普州论文，益重瑚琏之器。惟君天姿聪睿，器识清纯。步趋先贤而情有独钟，勤研典籍；承继绝学而义无反顾，大写篇章”。周爷爷的谦虚厚德，于后学的殷殷关爱、倍加鼓励溢于字里行间。而周爷爷的这些嘉勉之辞对默默自学、漂泊浪迹，不受世人理解，甚至为世人所讥嘲的我以莫大的慰藉与鼓舞，成为我不断前进的巨大精神动力。

在学问上的指点，更是周爷爷每封信的重要内容。如“染翰为文，尤应日居月诸，不可或辍，多练则熟，熟能生巧，巧则能左右逢源。”“窃思学海无涯，文章万仞，泛舟积步，拾贝寻珍者，非一朝一夕之功也，生其勉乎哉！”“辱以教学之道见询，敢不竭诚以告：贵深钻，重谙诵，明中心，释词义，烂熟于心自然得心应手，咳唾珠玑。”我寄去的文章、对联、书稿，周爷爷无不细细读过，然后将其中错讹一一工整列出，更正寄还。我的《竺霞法师传》书稿，《国学通观》部分书稿，周爷爷看后都写了长长几页勘误表，并注明哪页、哪行及错误原因。不光是书稿，我信中的错字，用得不妥的词语，周爷爷每次也给我列举寄回。给我修改对联更是常事，如我十余岁时第一次学作的对联“身居陋室，读经览史，感千古兴废；心系神州，思国忧民，叹百年悲欢”；“冰心自在淡泊里，傲骨还留清贫中”两联。周爷爷在信中首先称赞对联“构思新颖，着想超拔”，然后指出第一联中“系神州”与“思国”意思重复。“感”与“叹”同义，两字同义叫合掌，合掌是对联大忌。“史”字与“民”字平仄不对。第二联上联结尾三字都是仄声，下联结尾三字都是平声，叫尾三仄、尾三平，也是作对联的大忌。再将修改过的对联附上：“身居陋室，读史读经，千秋兴替存明鉴；心系神州，忧民忧道，百载悲欢启邃思”“冰心自在清寒里，铁骨常存坎壈中。”

周爷爷的信中还时常附些诗作。我十六岁拜望周爷爷后，收到周爷爷的第一封信中即有周爷爷书赠给我的七言律诗：“少无流俗韵，赋性异同伦。古籍胸中蓄，华章笔底新。翱翔师鹍鹄，游处友龙鳞。求索如饥渴，时时获至珍。”这首诗我异常珍爱，用镜框装裱，一直挂在我的床头。

读了我的《竺霞法师传》，周爷爷又随信附赠了一首七言律诗：“一支妙笔绘风神，如见丛林云水身。罗汉寺盈罗汉果，菩提心彻菩提因。融经面壁臻崇德，弘法传衣秉至仁。但翼华编飞广宇，众生缘结悟天亲。”另一封信中，周爷爷还附了一首他赞钱锺书的诗，说与我共勉：“通才睿智融中外，妙语鸿篇贯古今。名利任人争攫取，自甘淡泊见冰心。”

我外祖父去世，周爷爷专门写来了深情的挽词《江城子》：“渝州重晤菊方妍，感心虔，久流连，访旧欢联，潇洒似神仙。宝鼎龙湖同揽胜，频指点，载歌旋。惊闻噩耗奏哀弦，望东川，泪潸然。音容宛在，情景忆当年。从此清明寒食节，杯酒奠，慰重泉。”

周爷爷的信有正文，有对我信及书稿对联的勘误校改，还有随附的诗作，故而多是沉甸甸厚厚一叠。周爷爷的信是用无声的语言默默教育我，让我受益无穷。首先是周爷爷嘉惠后学、诲人不倦的师长风范与严谨认真、一丝不苟的治学态度深深影响了我。以后我在教学中对学生文章认真批阅，往往评语比原文还长；对求学者的来信尽量回复；做学问力争追根溯源，细致谨严，都是周爷爷的身教所致。

周爷爷写得流光溢彩、抑扬顿挫的精彩骈文书信让我羡慕难禁，遂对骈文产生了浓厚兴趣，并开始模仿学习作骈文。在给周爷爷的几次骈文回信中，我逐渐熟悉了作骈文的方法技巧。现在我能作出颇为像样的骈文，皆拜周爷爷所赐。从周爷爷的信中，我还学到了不少读书、治学、写作的方法门径。周爷爷的信既有丰富的内容，崇高的德行，渊博的学识，谨严的态度，激扬的文采，谆谆的教诲，热忱的关爱，还有精美的书法，古雅的信笺，任何时候读它都是一次精神享受，心灵的洗礼。只要一提到周爷爷，脑海中就会浮现周爷爷精美漂亮的书信。

与周爷爷精美书信对比最强烈的就是他健壮魁梧的体魄，这样的体魄使我丝毫没有担心过周爷爷的健康，总以为才七十多岁的周爷爷必定还有许多时光可以去亲近求教。哪知天有不测风云，我二十六岁这年，在毫无思想准备的情况下突然接到母亲的电话，告诉我七十六岁的周爷爷去世了。这消息简直如晴天霹雳，叫我无法接受，一时心中涌起无限的悲哀与遗憾。后来才知道周爷爷是无意中检查出肝癌晚期，住院三个月就离开了人间。

回想我第一次见周爷爷的时候，正是他与老伴外出旅游之际。后来周爷爷则把全部精力投入到他热爱的古典文学中，《南桥诗钞》则是他晚年最重要的成果。所以我见到的周爷爷是乐观豁达的。听说周爷爷知道自己是癌症后，仍积极配合治疗，还以健康开朗的情绪劝慰家人，忍着剧痛在病床上坚持背文写诗。然而无情的病魔还是夺走了周爷爷不到八十岁的生命。听周爷爷的老伴讲，临终前周爷爷还时常提到我，说小里子是凤毛麟角，非常难得，将来前途未可限量。

我虽与周爷爷相交十六年，但只见过四回面，得到五封信，然而这四回面、五封信却对我的人生产生了深远影响。是周爷爷将我真正引入旧学之门，产生了作对联、古文、骈文的浓厚兴趣，并为我以后进一步研习国学打下了坚实的基础。

周爷爷又让我第一次深切地感受到被旧学陶养的先生的崇高人格与深厚学养，这成为我日后有意识地不断去寻访拜谒众多厚德博学老先生的动因。周爷爷对我的深情厚谊、爱护鼓励、指导教诲，我铭记在心，终生难忘。

而我现在每每想起周爷爷，都会生起无限的遗憾：遗憾我不能再亲近请教周爷爷，不能再收到周爷爷对我教益无穷、文质彬彬的书信；遗憾周爷爷没有看到我的不断进步，没有再看到我的新作，没能再给我的新作指正批评，没能用他文采飞扬、铿锵有韵的文章为我的新作作序；更遗憾没能将周爷爷请出来为大家讲学，让许多如饥似渴、向往国学的大众聆听他慷慨激昂、渊博精彩的讲学；最遗憾周爷爷那么健壮的身体没到八十岁就不能再承载他的生命，而让他匆匆地离开了人世。就是活到今天，周爷爷也还不到九十岁。我时常想，倘若周爷爷还健在，对周爷爷自己，对周爷爷钟爱的古典文学，对我，对像我一样热爱传统的青年将是何等的幸事啊！可这些已是永远不可能了，我只有在心底深深地怀念带我入旧学之门的先生周汝森爷爷……

二零一一年春桐月

李里于梅香湖畔雨中

这篇文章写好九年后，重新校读增删时，特意在网上搜索周汝森爷爷的名字，不想竟意外而惊喜地看到有两幅裱好的周爷爷的书法作品，两幅都是周爷爷送给友人的。一副是对联，上书："穷通并重，德艺双馨"；一幅是立轴，上书："云集各方贤士，商讨共谋国是，遴选时荐优仕，发展稳定局势。"以前我都只看过周爷爷的毛笔小楷，写得工整秀雅，极富书卷气，我非常喜欢。而网上这两幅字，都是大字，这两幅大字写得厚重端庄、气象肃穆，即使置诸古人书法作品之中，也毫不逊色，可见出周爷爷在书法上造诣颇深。我正在无限感叹之际，给我打文章的王生却在网上查找是否可以购买，不想王生费了九牛二虎之力居然将周爷爷这两幅字买到，还表示一定要送给我。我一边对王生充满感激，一边欣喜若狂。没想到周爷爷去世十七年后，我还得到了周爷爷的遗墨，这真是老天厚我。我想在这两幅字上题上喜获的因缘，再将它挂在我开办的公益国学院传薪书院的墙上，让我最欣慰的是没有沐浴到周爷爷春风化雨的传薪学子们，能通过瞻仰周爷爷的翰墨而遥想周爷爷的学养风神。

另外，外祖母在读到我写周爷爷的这篇文章后，又从旧物中搜出一张周爷爷写给她的讲养生之道的字给我，字的内容是："养生之道在于：看淡，心康体健；看惯，心平气和；看穿，心安理得"，落款："应萱老师諟正"。

前几年刘克生先生的公子——九十三岁的刘香鲁老人去世前，将周爷爷写给刘克生先生的几首诗的原稿送给我作为纪念，现在一并录在这里。

一首题为《酬克生吟丈并和原玉》：

"后凋松柏历严霜，增郁风和日载阳。雅契兰莲遥印色，幽偕梅菊暗流香。芳园景缀终当护，广厦材需岂易忘。最是诗人长咏赞，四时苍翠寿而康。"

一首题为《步韵寄慰克生吟丈两首》：

"西山伫望隔云烟，玉照时瞻辄肃然。一瓣心香虔祷祝，阁中长咏艳阳天。""惠我琳琅海岳编，诗文典丽冠时贤。已驱二竖神清朗，笔散珠玑似往年。"

一首题为《澳门回归志感》：

"华夏邦圻臻庶域，炎黄裔胄振英声。浦珠还日荆花灿，赵璧归时连蕊清。完复尧疆回港澳，铸新禹鼎待台澎。赤旌镜海映天宇，风虎云龙呈瑞祯。"

一首题为《游潼南桂林桃花山》：

"景招渔父桂林新，游趁东风净路尘。红雨青山酣浴日，绛霞碧树蕴烘春。琼枝旖旎媛依簇，玉叶婆娑士咏频。十里清江花弄影，重来孰问武陵津。"

每首诗的落款都题有"克生吟丈郢正""后学周汝森敬呈"。

看到周爷爷的这些字迹工整秀雅的诗作，一方面看到了周爷爷对刘克生先生的深深崇敬，在刘克生先生面前的无比谦逊；另一方面再一次感受到周爷爷的满腹才学和绚丽文采。

到今天如果周爷爷还活着，应该九十三岁了吧。然而周爷爷却离开十七年了。周爷爷是我亲近的几乎所有老先生中活得最短的一位，这是我为周爷爷最感到惋惜的。周爷爷作为领我入旧学之门的先生，对我在国学道路上的导引之功与周爷爷对我时雨润物的深情，是不会随着岁月的渐远而淡忘的，反而历久弥浓，浓到融入我生命的血液，再不分离。

二零二零年春寒料峭时节

李里于什邡红豆村垂柳新绿碧水池畔

里少时亲近周公汝森，习骈对古文，获益匪浅。惜公未满八旬则骤逝，伤心哉，绘以悼之。

新文学先生

——记百岁教授尹从华老人

在我的青少年时代，对于五四以降，新中国以前用白话创作的新文学，我是极度喜爱而近于痴迷的。我爱新文学描绘的去古未远、新旧交融的民国情味，爱新文学刚刚脱胎于古典文学悠长深婉的凄美意境与含蓄清丽的典雅语言。

这极度喜爱的缘起是十二岁时，母亲为我买了几本叫做《作家童年》的书，我读了其中一本，便觉得兴味盎然。这本书便是新文学史上著名作家艾芜先生回忆自己幼年时代的作品。那时我对于浪漫深情、万里流浪的艾芜先生全然不了解，也不知什么是新文学，但就是非常喜欢艾芜先生朴素的文笔和用这种文笔记录的民国生活。从此我就有意地寻找民国作家的书来读，在母亲和外祖母的书架上我寻到了叫做《新文学作品选》的书，我如获至宝般如痴如醉地读起来。

读了作品选，又找《新文学史》来读，进而又去找我喜欢的作家的专书来读：鲁迅先生的《呐喊》《彷徨》《朝花夕拾》；巴金先生的《家》《春》《秋》《寒夜》；茅盾先生的《春蚕》《子夜》；老舍先生的《骆驼祥子》《四世同堂》《茶馆》；艾芜先生的《南行记》；李劼人先生的《死水微澜》；废名先生的《桥》；杨振声先生的《玉君》；庐隐女士的《海滨故人》；苏雪林女士的《棘心》；苏青女士的《结婚十年》；曹禺先生的《日出》；夏衍先生的《上海屋檐下》；丰子恺先生的《缘缘堂随笔》；许地山先生的《空山灵雨》；夏丏尊先生的《平屋杂文》；梁实秋先生的《雅舍小品》；周作人先生的《苦雨斋随笔》；郁达夫先生、沈从文先生的小说散文集；戴望舒先生、徐志摩先生、闻一多先生、冰心女士的诗集，等等。

整个中学阶段我都沉浸在新文学的世界中。初中毕业，十五岁的我只身游历江南，专程去寻访拜谒了富春江畔郁达夫先生的故居；绍兴古镇的鲁迅先生故居、三味书屋、咸亨酒店；乌镇的茅盾先生故居；石门湾缘缘堂的丰子恺先生故居。瞻拜之余，又特意到上海书店用自己上学时从每天中午的饭钱里克扣下来，积攒了许久的两百元钱买了几大捆上海书店影印的《新文学史参考丛书》。这套书几乎收录了新文学史上所有作家的代表作品，无论知名的还是不知名的，都按民国时的封面和繁体字竖排版一模一样地翻印过来，内容丰富，形式古朴，一派民国情味。我喜爱之极，真是使出了全身力气，将几大捆、一百多本书，用我瘦弱单薄的身体从书店扛回十多里以外的旅店，又再扛到码头，搬上船。然后逆长江而上，经过七八天的乘风破浪，最终运回重庆家中。然后天天废寝忘食地读起来。

当我痴迷新文学两三年以后，我遇到了我的新文学先生。初中读完后，因不满于学堂只重技术不重人文的声光电化的教育，我便辍学参加高等学校自学考试中文的学习。那时，父亲教书的重庆师范大学开办了自学考试的全日制辅导班，任课的都是文学系退休的老先生。我便以十五岁最小的年龄报读了这个班。两年的学习，我通过了国家十余门课的考试，取得了国家承认的大专文凭。在这两年里，我一边听班里先生的课，一边去文学系旁听其他先生的课。在我听过课的所有先生里，讲得最精彩的就是我的新文学先生。

我的新文学先生是众多先生里年龄最长、相貌最特别、课讲得最好、经历最传奇、对我影响最大的。在未听我的新文学先生讲课前，我已在学院里见过先生，并留下了深刻印象，这深刻印象是缘于先生相貌的特别。先生一见便让人难忘的是他那又圆又光的大头，这头大得仿佛将整个身体都压得矮胖了，不过先生的身材原本就矮胖结实。当我研习国学后，才恍然发现先生的身材委实与国学大师马一浮先生相仿，都是不高的身体上，一个硕大的头颅，这个大头里装着无尽的宝藏。

要知道被称为“千年国粹、一代儒宗”的马一浮先生可是近代以来唯一读完了《四库全书》的人。先生头顶的头发因全秃而发亮，下巴的胡子剃得光光而发亮，眉毛淡得几乎没有而发亮，脸圆润饱满没有一丝皱纹而发亮，整个头看上去便是闪闪发亮。先生上身比下身长，又总爱穿成套的西装，不过穿上西装，上衣大的裤子必长，裤子短的上衣必小。

所以先生穿的西装，不是裤脚挽上几圈，就是上衣捆绑在身上。然而先生似乎并未觉得别扭，而随时都戴着碎花领带，端着一杯茶，总是碎步小跑似的，精神抖擞地走在学院里。不过先生的相貌隐瞒了先生的年龄，单从相貌看，先生至多五十余岁，直到我正式听先生讲课时，才知道先生七旬已过，是学院返聘的老教授。

由于早先就有的对新文学的浓烈兴趣，故而一直盼着上新文学课。等到新文学开课时，走进教室的竟是在学院里早已见过的这位因相貌奇特而印象极深的先生，着实让我兴奋了一阵。听了第一堂课，我就被先生折服了。先生依然是端着一杯茶，其余什么也没有，没有教材，没有讲义，没有提纲，没有当今许多教员一讲课就离不开的电脑课件。他拿一支粉笔，一讲就是一上午。而且自始至终站着，声音极其洪亮，没有扩音器，几十个人的教室，每个角落都充斥着先生的声音。

先生讲课中，无论讲新文学史上的哪一位作家的作品，都信手拈来。先讲作家的身世经历，讲这位作家的创作风格，艺术成就，讲这位作家在新文学史上的地位。更讲教科书上没有的，一般老师也不知道的，作家鲜为人知的逸闻趣事。

比如冰心和著名社会学家吴文藻结婚时，在北京一座寺庙里租的一间寮房做新房，婚床是两架单人木床拼起来的；戴望舒将情书和他的著名诗作《雨巷》寄错，才追到他的恋人穆丽娟；胡适向他告状说老师沈从文追求他的女学生张兆和，张才嫁给才华横溢的沈从文；鲁迅因弟弟周作人的日本媳妇而与周作人闹翻；庐隐因与比自己小十岁的男青年李唯建恋爱，还写出《云鸥情书集》，闹得满城风雨；废名与熊十力因佛学观点不同而扭打一团等，不可尽说。尹先生讲的这些文坛逸事总是让我听得津津有味，欲罢不能，每每催使着我一下课就想去找这方面更多的书来读。

不仅如此，先生在讲授新文学时还经常将传统文化中的许多内容结合起来，印象最深的有两件。一是讲到新文学中创造社的著名作家郁达夫时，尹先生特别提到郁达夫不仅小说写得好，将民国青年的家国苦闷与青春的性苦闷完美结合，在那时产生了巨大影响。而且旧诗也作得相当好，由此引申讲到中国古诗的源流，讲到律诗的平仄韵律，讲到如何评判新文学作家的旧诗成就，讲郁达夫的旧诗在众多新文学作家中，数量和质量都是一流的，只有鲁迅能与之相比。

还即兴背出了许多郁达夫的旧诗。特别是郁达夫散文《钓台的春昼》中的《钓台题壁》一诗，尹先生背得情深婉转，我至今不忘："不是樽前爱惜身，佯狂难免假成真。曾因酒醉鞭名马，生怕情多累美人。劫数东南天作孽，鸡鸣风雨海扬尘。悲歌痛哭终何补，义士纷纷说帝秦。"我原本就极喜爱郁达夫先生的小说，他的小说我中学时代就基本读完。听了尹先生的课后，我又迷上了郁达夫先生的旧诗，还专门买了一部郁达夫先生的旧诗集，细细读起来。

二是尹先生在讲到鲁迅先生的杂文时，因文中提到王国维，便将王国维的生平作了详细介绍，还专门阐发了王国维在国学各方面的精深造诣。分析了他受西洋哲学家尼采、叔本华影响的悲情哲学观；将地下文物与史料对照研究的新史学研究方法；用境界高下来判别词的艺术成就的《人间词话》，专门研究戏剧的《宋元戏剧考》；以及用比较文学方法写成的《红楼梦研究》等。最后讲到王国维之死时，尹先生大加发挥，讲了历代为固守气节而死的诸多名士，特别强调王国维之死已成为百年中国学界研究的重大课题，至今尚无定论，还需要深入探讨。听了尹先生的这堂课，让我对王国维先生产生了极大兴趣，尤其是王国维先生之死。在这个问题的仔细学习与思考后，逐渐形成了我对被新文化否定的诸多守旧人物的重新认识与肯定推崇，以至于我自考本科毕业时获得第一名的论文，写的就是新文化的反对派著名古文家、翻译家林纾老人。这都是尹先生不知道的，他的精彩讲课对我产生的深远影响。

尹先生讲课最绝的是不管讲到哪位作家的作品，先生都张口就背，需要引用多少就背诵多少，最让我震惊的是那些上百万字的长篇小说，先生都可以一字不差地背诵。不要说鲁迅、郭沫若、巴金、老舍、曹禺、郁达夫、沈从文、冰心、丁玲、赵树理、周立波这些名家的作品，就是不太著名的作家像庐隐、废名、朱湘、穆时英、顾一樵、汪敬之、邵洵美等诸先生的作品，先生也照样熟练背诵。

先生在背诵时，若是教材里有的作品，同学们就会拿着教材对照，而每次的结果都是一字不差。一次学堂讲座请先生讲钱锺书先生的《围城》，先生也是讲到哪背到哪。讲完以后学生提问的时间，有同学竟有备而来，拿出长篇小说《围城》全书，从书中任意抽出很多段落请先生背诵。先生仍是从容不迫，一字不差地圆满背出，赢得在场全体师生经久不息的掌声。我见过记忆力好，能大量背诵古典诗文经传的老先生不少，但像这样能全面背诵白话新文学的，我平生只见过先生一人。说实话，文言作品简洁凝练，多有韵律，背诵起来比浩繁冗长的白话作品要容易得多，这就更让我对先生佩服得五体投地。

对先生的惊羡和崇拜使我下决心，自己以后若做老师也一定要像先生一样，上课除了一支粉笔，什么都不要，就能滔滔不绝地讲几个小时。从此，我每天早晨、黄昏，无论天晴下雨，都用两个小时在学院的花园池塘边来回绕行着背书。一天又一天，一遍又一遍，反反复复，来来回回，几乎把几卷本的《新文学作品选》里的所有小说、戏剧、诗歌、散文都背完了。

虽然后来我没有专门讲授新文学课，但在谈到新文学时，我都能如数家珍地讲出众多新文学的作家作品，还能背出许多原作。虽然我自幼也在外祖父母的引导下背过不少诗词古文，但都是一种自发的零星断续的背诵，并没有形成一种自觉的记诵的能力。自从遇到先生以后，通过近一年每天的反复背诵训练，我才真正锻炼出一套自己可以驾驭的颇强的记诵功夫。以后再背各类文章，读几遍我就能慨然成诵，这都是缘于先生的巨大影响和启迪。

先生讲课的精彩，不仅因为他渊博的学识和超人的记忆力，还有他声情并茂的强大感染力。先生讲不同的作家作品，都能用不同的讲述方式和声调把你带入到各异的作家风格和作品意境中去。讲鲁迅先生时，先生的语气是深沉而笃定的；讲老舍先生时，先生的语调是幽默而轻快的；讲郁达夫先生时，先生的语言是浪漫而忧伤的。最记得先生讲郭沫若先生的《凤凰涅槃》时，先生用最洪亮的声音、最高亢的语调、最饱满的精神、最澎湃的激情，慷慨激昂地背诵两千余字的长诗时，先生大大圆圆的脸上每一根毛细血管都因充血肿胀而变得像一轮灿烂的红日，那熊熊燃烧的激情似乎把在场的所有学生都点燃，而整个教学楼也仿佛震动起来。这堂课后很久，我都沉浸在先生用生命的力量把我带入的“凤凰积香木自焚，复从死灰中更生”的伟大境界中……先生的这堂课令我永生难忘。

以后，我从十七岁开始教书，到今天在全国各地讲学，上课都从不带教材，不带讲义，不带任何提纲讲稿。不管讲几天，从头到尾皆背着讲完。讲课也略能引人入胜，稍受全国各地广大听众的喜爱，这都是因为心里早有先生给我的精彩课程的榜样，才使我讲课能够不断与之看齐，而取得略微令人满意的效果。很多听讲者都感叹我是天生记忆力好，其实，我自己知道哪是天生记忆力好，记忆力是要靠自己勤奋锻炼出来的。无论旁人怎么赞美我记忆力好，读得多，背得多，课讲得精彩，我却从不会有丝毫自得，因为我深深知道，我这点本事，比起我的新文学先生来，那简直不能望其项背。所以，先生不但在青少年时代深深影响了我，直到今天，先生仍然是年近不惑的我心中的楷模，只要想到先生，任何的自满骄傲都无从滋长。

今年春天，我带领传薪书院的学员到乐山游学。参观完郭沫若先生故居出来后，因临时找不到合适的教室，学员们就在郭沫若先生故居后门的人行道上给我安了一把椅子，然后大家围着我，在街边上席地而坐，听我讲郭沫若先生的生平成就。这时，我脑海里又情不自禁地浮现出当年先生给我们讲《凤凰涅槃》时的震撼场景。于是我也用最洪亮的声音、最高亢的语调、最饱满的精神、最澎湃的激情，慷慨激昂地给学员们朗诵了一遍《凤凰涅槃》。学员们都被深深感染，也纷纷站起来，一起当街大声朗诵《凤凰涅槃》。一百多人洪亮的朗诵声响彻天际，吸引了街边的无数路人。很多学员都被当时的场景感动得热泪盈眶，我想这不正是先生深远影响的最好体现吗？

我在自学的历程中，能遇到这样的先生，简直是荣幸之极。对先生无比崇敬的情感催逼着我，令我时刻想去亲近先生。不仅每次下课都缠着先生问问题，并找到先生在学堂简朴的住所，隔三差五去请教。

先生见我是一个自考的学生，又那么小的年龄，比那些正取的大学生还要好学许多，很是赞许。所以每次我去求教，先生都热情接待，逐一解答。最记得我当时读了顾一樵先生的小说《芝兰与茉莉》，然而在众多新文学史上，都没有介绍，既没讲这本小说，也没讲这个作家。我就特意去请教先生，先生随即就如数家珍般地讲起：顾一樵即顾毓琇，民国时国立中央大学的校长。是一位了不起的全才大师，学贯中西，博通古今。集科学家、教育家、文学家、音乐家、佛学家于一身。清华大学毕业，后留学美国麻省理工学院，是该校第一个获得科学博士学位的中国人。还是中央音乐学院、上海戏剧学院的创始人，更是文学家曹禺、科学家钱伟长、吴健雄的老师。《芝兰与茉莉》是他早年创作的自传体爱情小说，但顾先生并不专门以文学名家的身份名世，所以新文学史上就没有讲述。听了先生的讲解，我大开眼界，也就非常深刻地记住了顾一樵先生。和先生交往久了，我不仅了解到许多我想知道的新文学上的问题，也逐渐了解到先生的传奇经历。到那时我才知道原来顾一樵先生正是先生读国立政治大学时的校长。

先生姓尹，名从华。民国十二年（一九二三年）生于重庆璧山县。父亲是布厂经理，家境殷实。尹先生大大圆圆的头就似乎注定了从小智慧过人，几年私塾就背熟了大量古书，在天主教办的教会中学里，又学得纯熟的英文。高中毕业后投考四川大学中文系、中央大学社会系、朝阳大学司法系，均被录取。后因毕业会考获全省第一，被省教育厅保送到中央政治大学法政系。中央政治大学后改名为国立政治大学。此间他与读中央政治大学外交系，后来成为著名武侠小说家的金庸同为中央政治大学十三期校友。毕业后参加高等文官特种考试行政人员考试，获优等第一名。继受国立政治大学推荐，到国民政府文官处工作，任职前面试要求以“建国”为题做一篇策论。获准通过后入文书局，专门负责起草各种文书，回复各类信件，撰写褒奖令。

中华人民共和国成立前夕，尹先生又任《重庆日报》主笔，负责撰写社论。开国初，尹先生因历史问题受到严格审查，结论是“交代清楚，不予追究”。因此，尹先生又得以在重庆几所中学教授高中语文，进而担任教研组长、教导主任、学校的中苏友好协会会长等。工作成绩突出，又调到教师进修学院，开始讲授新文学。

我问过尹先生，何以要教新文学？尹先生告诉我，他原本是想教古典文学的，但当时能教古典文学的老师多，能讲新文学的却非常缺乏。自己因为喜好新文学，新文学作品读得比较多，学院则任命他讲授，他也就勉力答应了。不过在讲授过程中，他又不断丰富学习，深入研究，还自编了教材《中国现代文学史》《中国现代文学鉴赏》，以后遂一直教下去了。在教师进修学院时，他又参加了民主党派中国民主促进会，并成为重庆最早的民进会员，从此便和民进结下六十年不解之缘。从民进的支委做到省委常委、全国代表。前年教师节还获得重庆民进“最美教师”称号。印象最深的是我初去尹先生家时，就在尹先生家的客厅墙上看到一个长长的镜框，镜框中有一张长条黑白照片，照片上则是邓小平、胡耀邦等党和国家领导人接见民进“五大”代表的合影，尹先生即在其中。

年过花甲，尹先生才与兰州大学生物系毕业，与在中学教授生物、比他小十余岁、温柔贤惠的朱老师重新组建了家庭。尹先生不计个人得失，积极乐观地把全部精力和热情都投入到教学与各种社会活动中，任过省市人大代表、政协委员，还做过所在区的政协副主席，民进重庆市委的领导，退休后积极投身民办教育，硕果累累。他以原国立政治大学校友的特殊身份，为海峡两岸的统一积极奔走呼吁。据与尹先生同在重庆师范学院工作的我的父亲讲，尹先生在参政议政的过程中，敢于讲真话，为民请命，深受群众爱戴。所以我在重庆师范学院读书时见到的尹先生，虽年近八旬，仍非常忙碌，早出晚归，不仅在民办学堂任校长，在几个学堂任课，经常开讲座，还要出席各类会议，参加众多活动，接待各地来访，工作干劲和活力远远超过许多年轻人。

由于对尹先生的无比崇敬，因而时时在家里宣传尹先生的事迹。听了几次我详细的描述后，外祖父将信将疑地说："这个人我似乎会过，五十年代重庆开第一次优秀教师代表大会，我是优秀教师，好像他也是优秀教师，都参加了那个大会，而且他还作为典型发了言。"听外祖父这样说，我就更加兴奋，希望外祖父能会一会尹先生，看看到底是不是曾经相识。在我的极力促成下，终于陪外祖父到尹先生家拜访，两位耄耋老人一见欢喜，正是故人相逢，感慨万千。皆感叹近半个世纪，沧海桑田，各人都饱经忧患，不通音问，没想到竟这样重逢。

外祖父向尹先生讲述他的外孙对新文学的酷爱，对尹先生五体投地的崇敬，希望尹先生对他的外孙多多指点，也谢谢尹先生对他外孙的关怀教导。尹先生则对外祖父称赞他的外孙勤奋好学，聪慧上进。至此，我对尹先生的崇敬中就更添了许多温暖的情义，跟尹先生走动得也就更多了。外祖父母还专门邀请尹先生夫妇到家里吃饭小聚，尹先生吃了母亲做的菜，连连夸赞色香味俱全，说他的夫人朱老师做不出这样好吃的菜，很久以后还经常提起。一九九八年夏天，外祖父病重住院，尹先生顶着酷暑，转了几道车，专程从二三十里路的城外赶到城里的医院看望外祖父。这次以后不久，外祖父就离开了人间，两位老人再不得相见。

不久，我也自考本科毕业，离开故乡到异地的大学教书，但每次过年回家，只要有时间我都会去看望尹先生。这时尹先生关心得最多的就是我的个人问题，但凡我去，尹先生就会问我有没有女友，可以在学生里找一个，往往学生和倾慕的老师相爱是非常幸福的。有一年，一个从内蒙古来访的女研究生碰巧和我一起去看望尹先生，尹先生误以为是我的女友，异常热情，和她谈天说地，以后我和这位女研究生很少往来，尹先生却和她成了忘年交。几年后，我终于结婚的时候，尹先生专门托学生从故乡给我送来两百元钱作为贺礼，并来电话说非常抱歉，他近九十，不能远来参加婚礼，千万望我原谅。等我自己开办的传薪书院，首届学生毕业，二届学生开学之际，九十岁的先生还用工整的毛笔小楷写来贺词："贺李里山长传薪书院毕业典礼暨开学典礼：讲信修睦，居仁由义。身体力行，知行合一。日新又新，自强不息。提升人生境界，促进社会和谐。九十叟尹从华敬题。二零一三年九月于重庆师大。"

尹先生九旬华诞的时候，重庆师范大学给他举办了一个庆寿活动。很多专家学者都写来贺词，对尹先生的一生给予高度赞誉。像原国立政治大学重庆全体校友敬贺的："风雨人生，百炼成钢。有为有守，自律自强。教书育人，桃李芬芳。济济英才，争列门墙。参政议政，慨当以慷。铮铮铁骨，赤子心肠。两岸一家，统一是尚。同心同行，共创辉煌。宝刀不老，气宇轩昂。期颐在望，仁者寿康。"重庆著名学者年近九旬的董味甘先生敬贺的："身正学高堪铸铜，巍然共仰岁寒松。黄花晚节清辉灿，鹤发童颜矍铄雄。树德立言输胆赤，为霞作绮漫天红。九如歌献千秋寿，共祝期颐再庆功。”

在祝寿会上，尹先生热情洋溢、饱含真情的答谢词也很显出尹先生与时俱进、阳光向上的高尚襟怀：“九十岁了，首先，我充满感恩的心情。感天地覆载之恩，父母养育之恩，师长教诲之恩，党、民进、重师培育之恩，亲友、同志、同事扶持之恩，家人特别是老伴呵护之恩。没有这些眷顾与关爱，就没有我的今天，没有我的一切。九十岁了，审视我走过的曲折的人生道路，风风雨雨，历尽坎坷，我始终坚定信心，兢兢业业，经受住了考验，迎来了晚晴。爱国、敬业、勤奋、奉献，是我的人生信条。若干年来，我对教学工作与社会工作付出了许多心血，受到肯定，我感到安慰；但工作还有若干不足，若干缺失，我又感到遗憾与愧疚。不经历风雨，怎么能见彩虹？天意怜幽草，人间重晚晴。我珍惜这来之不易的晚晴，一定永葆这绚丽的晚晴。九十岁了，高龄老年人了，我明白自己现在的人生定位。今后要净化心灵，淡泊宁静，崇尚自然，不心为物役，不患得患失。静以养心，动以养身，增进身心健康，提高人生境界，安享、乐享晚年。另外，老年人，即使是高龄老年人，仍应保持积极、乐观的精神，与时俱进，紧扣时代脉搏，老有所学，老有所为，老有所不为。对社会、对组织、对单位、对家庭尽力做些力所能及的有益的事。这是为学之道，做人之道，也是养生之道。最后，再一次感谢大家！祝大家快乐！祝大家圆梦！圆学习梦，事业梦，幸福梦，百岁梦！圆中华民族伟大复兴的中国梦！”

尹先生的身体确实是异乎寻常的健朗，思维是异乎寻常的敏捷。今年春天，我带着母亲、妻儿一同去看望尹先生，我们还在学院大门外的街上，就远远看到一位老人站在大门口，仔细一看正是满面红光的尹先生。没想到九十二岁的尹先生已从新家的十余楼上下来，早早在校门口等候我们多时了，一阵温暖感激涌上心头。

尹先生走路还如十余年前教我时那样矫健轻捷，迈着碎步，小跑似的步子；说话还如十余年前的声如洪钟、语速急促，脸上还如十余年前那样圆润光亮没有皱纹，丝毫没有老态龙钟之象。如果没有人说，谁也想不到这是一位年过九旬的老人，反觉得像一位五六十岁的人。把我们领到家后，尹先生又几个小时不断地和我们讲话，既讲他近来的生活，又殷殷关切我母亲的退休状况、我的事业学问、妻子的育儿经验、五个月儿子的喂养健康，真是无比细致周到。临近中午，尹先生夫妇又斩钉截铁、不容分说地一定要请我们到十几楼下，学校对面的餐馆吃饭。正吃饭之际，尹先生又突然起身出饭馆，十多分钟后又急急匆匆、满头大汗地返回餐馆，结果是九十二岁的尹先生回家去给我们拿了一大包礼物，叫我们无论如何要收下他的微薄心意。让我们一家一边无比感动于尹先生的真诚炽烈，又一边无比感叹尹先生的健康矍铄！

尹先生确实是与时俱进，毫无老态。尹先生告诉我，他八十多岁后才开始学电脑，不久就很熟练了，不光上网了解国家大事、查询资料，还聊 QQ。很多十七八岁、二十来岁的小姑娘都和不知年龄的尹先生成了好朋友。现在九十二岁的尹先生又熟练地掌握了微信。

尹先生知道我崇敬他，尹先生也很赞许我在国学上取得的一点点微不足道的成绩。但尹先生不知道他对我产生了怎样无比巨大深远的影响，但愿尹先生读了这篇文章能够有些许了解吧。啊！我的相貌奇特、讲课绝伦、经历传奇、对我影响巨大的新文学先生，用千言万语也无法表达我对您的崇仰敬慕和无尽感激。我只有把对您的所有感情化作对您的深深祝福，祝您永远健康，用您无比积极乐观的心态去拥抱您无限热爱的美好人生，用您健美绚烂的生命去显现宇宙造化的伟大神奇……

二零一五年盛夏暴热数日后大雨中

李里于蓉城传薪书院禽鸟池畔

这篇文章写好后，我就将其刊登在我编印的《国学蒙正》报上，还托在传薪书院读书的重庆同学将报纸给尹先生送去。没过多久，尹先生又托重庆同学将他看后的感想和记录的文中一些与史实不符的地方带给我。他在感想中谈到非常感谢我对他的深厚情谊，表示下了很多功夫写出这篇长文，他也为有我这么一个学生而感到自豪。我的传薪书院的学员们因读了《国学蒙正》报上我写尹先生的这篇文章，而生起对尹先生的无限向往。家住重庆的学员们捷足先登，先后多次去拜望尹先生，尹先生依然是热情十足、精神抖擞地接待他们。去的学员多时，尹先生还热情洋溢地给他们畅谈国学，谈他对国学的热爱与理解，谈当前党和国家对国学的重视，谈今天学习国学的大好形势，最后鼓励学员们学好国学，为中华民族的伟大复兴贡献力量。

讲授时依然是旁征博引、信手拈来、大段大段地背诵。而这时的背诵已不是新文学的作品，而是儒家经典的《大学》《中庸》《论语》《孟子》《诗经》《易经》等。去看望尹先生的学员们不仅相信了我在文中称颂的尹先生在新文学上的记诵力，还深切感受到了尹先生在国学上的造诣和成就。学员们都很敬佩、喜爱热情博学的尹先生，回去以后还把尹先生的讲授录音整理成长篇文字，我又将这些文字刊在《国学蒙正》报上。

后来读到多次去亲近过尹先生的学员的文章。这些文章详细记录了学员每次去亲近尹先生时，尹先生给他们精彩讲学的内容。尹先生给他们一字一词深入讲解了《毛诗序》；对比讲了张若虚的《春江花月夜》和余光中的《乡愁》；讲了明清小说的卓越成就，又顺便给他们背起了《红楼梦》中林黛玉的《葬花吟》；还全面介绍了郁达夫，讲郁达夫时尹先生告诉他们："你们李里老师就很喜欢郁达夫，受郁达夫影响不小。"读到这里，我异常感动，过去二十多年了，尹先生竟然还记得当年我对郁达夫的热衷。另外尹先生特别告诫他们，即使学习新文学，也要打好古典文学的基础，没有古典文学的修养，新文学也学不好，新文学的作家都有很深厚的古典文学的修养。学员的文章中最让人难忘的是尹先生给他们讲的"黑课"的故事。曾经有个晚上，尹先生正在给学生上课时，教室突然停电，一片漆黑，学生们顿时嘈杂起来。尹先生为安定课堂，急中生智，便马上用激昂慷慨的声音、诗意的语言在黑暗中大声讲道："我们在光明的时候要阔步前进，在黑暗的时候要摸索前进。"顿时教室一片肃然，接着响起雷动的掌声，教学又在因学生无比崇敬而生起的师生情感交融中有序地进行下去。这堂课成了学生们最美好的记忆，多少年以后学生们再见先生时，都无比感叹地说起那堂在黑暗中给他们点燃人生光明的“黑课”。学员的这篇文章让我既感动又羡慕，感动于尹先生一如既往的人格光芒，感动于尹先生的光芒又以强大穿透力照耀到他的再传弟子们身上，更羡慕我的学生们能近水楼台先得月地听到那么多我都不曾听到的教诲。让我想急迫地坐上火车，回到千里之外的尹先生身边，再去吸收尹先生无尽宝藏般的智慧与学问。

去年我的新作《子学讲义》出版，还特意请九十六岁的尹先生题写书名。尹先生非常认真题写了几遍，然后选了最好的一张托我的学生送到成都来。秋天我回故乡讲学，又和重庆热爱尹先生的学员们专程去看望尹先生。九十六岁的尹先生仍如从前般从十几层楼上下到校园里来迎接我们。到家后，尹先生竟然清晰准确地说出了曾经去看望过他的每个学员的姓名、职业，新去的学员他马上就能识别出来。当时就让去过的学员无比感动，新去的学员异常惊讶。询知我已有两个小孩后，尹先生又极其幽默地竖起大拇指笑赞：“高产作家，高产作家”，引得大家哈哈大笑。

尹先生告诉我们，他每天都忙得不亦乐乎，晚上经常都要忙到十二点过，甚至一点过。新去的学员很不理解，一个九十六岁的老人每天有什么可忙的。尹先生为了消除不解，又把大家带到书房电脑前，告诉大家他每天都要花很多时间上网了解国家大事。

接着，尹先生又从书柜里抱了一大堆本子出来，一本一本摊在桌子上给我们看。每个本子都是尹先生亲手装订的，封面上都有尹先生亲笔题写的名字。我们详细看了，这些本子里全是尹先生搜集的各个方面的资料，有政治的、经济的、法律的、文学的、哲学的、历史的、养生保健的，还有尹先生个人经历的。这些资料或是报刊剪贴，或是照片，或是手抄，内容丰富，五花八门。

尹先生特意拿出一本给我看，这一本的题目叫《学生反馈》，副标题是《师恩似海，生情如山》。翻开第一页就是尹先生剪贴的《国学蒙正》报上我写的《我的新文学先生》这篇文章。我正在感动时，尹先生就指着这些本子给大家说："我一天忙什么嘛，就是忙这些，整理这些，有时候都要整理到三更半夜。"尹先生的老伴又补充说："你们尹老师的生活根本不像九十多岁的老人，精力比年轻人还充沛，晚睡早起，每天很喜欢吃糖。我才八十多岁，都远远赶不上他。"尹先生抢着老伴的话补充说："糖分三品，白糖是下品，冰糖是中品，红糖是上品，我每天都吃红糖。他们说老年人养生，这样不能吃，那样不能吃，尤其不能多吃糖，我则天天吃糖，还不是活到九十六岁了。我说养生的关键是积极乐观的生活态度，这比什么都重要。"说着，尹先生又翻开一本选贴自己近年所照相片的本子给我们看，本子的扉页上就有尹先生的题辞和题诗，题辞是："天天休息，天天学习。天天用心，天天开心。"题诗是："枯藤老树发新芽，心血浸润绽春花。老当益壮赤子情，黄昏夕照媲朝霞。"我和同去的学员，真是看得有些目不暇接。然而，目不暇接之余，无不被尹先生健康的身体、旺盛的精力、敏捷的思维和积极乐观、激情澎湃、热爱生活、催人向上的人生态度所深深感动和折服。确实看到尹先生不像看到一个年近百岁的老人，在他身上看不到一点老人的龙钟，看不到一点岁月的沧桑，更看不到一点生命苦难的痕迹，反而是时刻洋溢着像青年般四射的活力，饱含着对生活、对生命、对国家、对人民、对世界的火热激情。

校改这篇文章时，心中充满了喜悦。在我亲近的众多老先生中，尹先生是今天还健在的，唯一一位以九十七岁高龄仍健康、阳光、积极向上、每天无比充实地生活着的饱学老人。我由衷地祝福尹先生长住人间，让更多的人去享受他太阳般的炽热光芒。我也还要带更多的传薪学子去沐浴尹先生的和风暖照，去尹先生那里获得取之不尽、用之不竭的积极向上面对人生的无限动力，以及面对生命苦难的昂扬斗志。

二零二零年早春乍晴乍阴时候

李里于千年红豆树下

这篇文章写完到今天又过去了三年，最可庆幸的是尹老还健在，而且今年正是尹老百岁华诞。这三年中，我与尹老的交往还在继续。三年前，《岁月深处·仰止高山》的文章正在删补修改的过程中，每改定一篇文章，都会发给尹老过目。尹老看过所有文章之后，竟以九十七岁高龄给我写了一篇两千余字的序言。这篇序言内容丰富，思路清晰，文采飞扬，更对我褒赞有加。我既欣喜又惭愧，对尹老的深情铭感不已，并写信以表谢忱。信曰："尹老慈鉴：赐序已拜读再三，感佩泪零！先生以九十七高龄，辱撰宏文，泱泱雅言，字逾两千。包举全书，提要钩玄，论列完整，面面俱到，义深旨远，体大思精，引经据典，文采流光。关怀之切，谬赞之深，期许之大，鞭策之笃，勉励之巨，里喜愧交并，铭感曷极。惟遥向故乡先生所在，稽首八拜，谢师隆恩！此书付梓，先生美序刊之卷首，里之拙作忝尾其后，又曷其幸甚至哉！他日天下人读先生文而遥想先生风神，景崇思慕，则里所朝夕祷望者。祝先生寿追尧舜，再泽后学。待疫患烟消，里必速速趋庭面谢先生，复聆教诲。忝列门墙，李里敬奉。"许多人读了尹老的序言都赞不绝口，感叹一位九十七岁的老人，能著此宏文，真是太了不起了。

众多传薪学子读了这篇我写尹老的文章后，更是对尹老崇拜不已，大家还专门组织起来跟我到重庆拜会了一次尹老。尹老夫妇仍旧无比热情地在餐馆招待大家之后，又在预订好的茶楼里和大家亲切座谈，慷慨激昂地自述平生，讲了自己对国家、民族及传统文化的一往情深，并传授了一些学习国学的方法。声音仍是那样洪亮，思路依然那样清晰，语言照旧那样极富感染力，传薪学子无不感动感慨，受到巨大的激励和鼓舞。

百岁前，尹老还一个人集中精力将平生文章编成了一部厚厚的《晚晴》集，并将我与众多传薪学子写他的文章及来往书信都编在其中，印好后还一一题名相赠。去岁，重庆师范大学给尹老做百岁大寿，我特撰两副寿联，并附数语以贺："尹老慈鉴：弟子李里遥闻先生期颐华诞，曷胜欢呼雀跃之至。远瞻先生百岁之容，矍铄如前，风仪大雅，神采奕奕，不禁深慨大德必寿，天保九如。回思先生教泽宏恩，更铭感曷极，终身不忘。兹拟寿联二对以祝先生万福金安，寿涉无疆。

颂声远传更祝双甲，故土遥拜景崇百年。

百岁音声宛如昨，宏文教授泽及今。”

尹老非常高兴，又回信感激。两三年之间，我与尹老的书信唱和也有十余封。去年末，尹老夫妇不幸染疾，住进医院。百岁高龄的老人，遭此一劫，我和传薪学子们都异常担心，未想生命顽强的尹老又创造奇迹，闯过一关，康复出院。而今仍在家中健康、积极、阳光地生活写作，随时热情接待来访的客人，让大家深刻体会美好生命的光辉。

写到这里，再一次祝福我的新文学先生尹老年周双甲，年周三甲，永放仁寿之光。

二零二三年秋分

李里于什邡赞化园千年红豆树下

我的新文学先生。重庆师范大学有我的新文学先生尹从华老人，今已一百零一岁，神清气爽，谈笑风生，乐观积极，与时俱进。

九十岁的兄长

——怀念族兄李炽昌老人

我的祖父十几岁读完四年私塾就离开家乡到异地做学徒，后来发家致富，做了爱国实业家，可惜好景不长，四十多岁就离开了人间。所以我父亲和他的弟兄姊妹先前都没有去过祖父的家乡。我年少的时候，为了寻访祖先的踪迹，专程到了祖父、外祖父、外祖母的故乡，了解到许多父辈都不曾知晓的祖先的旧事，更认识了许多父辈都不认识的亲人，其中最有学问、境界最崇高、对我影响最大的就是今天已九十高龄的我的族兄李炽昌老人。

炽昌兄长的年龄与我外祖父一般大。据炽昌兄长讲，我们李家先辈是从湖广迁来四川的。第一代入川的老祖宗是乾隆年间的李坤吉老人。坤吉老人娶了浦氏、谢氏两房妻室，共生了八个儿子。炽昌兄长是浦氏大房之后，我则是谢氏幺房之后。幺房出老辈子，经过八代人，我这个十多岁的少年竟和与我外祖父同岁的炽昌老人以弟兄相称。

炽昌兄长第一次见到我，简直没有想到我祖父离开家乡七十多年后，他的孙子还会回乡来寻祖。当读了我写的古文后，炽昌兄长感叹说，一个学新学的少年居然能将古文写得如此清通流畅，实不多见。我走以后，炽昌兄长就作了两首诗给我寄来，一首称赞我回乡寻祖，诗云：“倍道兼程抵赤城，铁鞋踏破也寻根。于今数典不忘祖，幸有斗南唯一人。”一首褒许我作的古文：“韵流风发属华章，造诣资深溢班香。更喜凌霄耸壑志，重张区宇好经量。”这两首七言绝句当然是对我的溢美，我自己是远没达到的，只能当作是对自己的勉励鞭策。而在第一次的信中就收到炽昌兄长的诗作，我自然是喜出望外，对于诗作也就倍加珍爱了。

我祖父的家乡在四川的蓬溪县，离我的出生地重庆有几百里之遥，那时交通极不方便，几经周折，先到了外祖父的家乡射洪县，在乡人那里才打听到我外祖父生长的那个小镇与我祖父生长的小镇虽在两个县，却只有一河之隔，这是我外祖父与祖父所不知道的。因为我父母结婚时，祖父早已去世。更是我父母所不知道的，因为他们过去无从得知。当我回去告诉他们时，他们着实兴奋了一阵子。没想到两个临镇互不相识的老人到了几百里以外的异乡，而他们的子女又结合了。我循着乡人所指的方向，买舟渡河，又走了许多山路田埂，一路饱览了祖辈家乡的美丽风光，最终寻到祖父和乾隆年间以来历代祖辈生活的地方。然而近亲们都是地道的农民，对于家族的旧事知之甚少,不过却告诉我,若要详细了解家族的源流,必须找李炽昌，因为只有他书读得最多，最有学问，一九四九年前还做过李家的族长。而他早已搬到几十里以外的县城去了，这样我又到县城专门去拜谒这位远房族兄。几经周折，到蓬溪县城我终于找到他的住处，拜访了炽昌兄长。蓬溪旧名赤城，故而炽昌兄长赠我诗的第一句就是“倍道兼程抵赤城”。

炽昌兄长的家在蓬溪城边的半山坡上，是几间破旧的灰瓦平房，平房的三合土地上到处都有些凹凸不平的小坑，扫地如果不洒水，就会扬起许多灰尘。屋子的门窗都没有油漆，屋里更只有些很简易的家具，整个家看上去非常朴素。见到炽昌兄长，就觉得他和我外祖父长得很像，都是个子瘦瘦高高的，脸长长的，头发因中间秃顶，而用两旁长长的花白头发疏疏地覆盖着。眉骨有点高，下面的眼睛熠熠有神。整个人看上去白白净净的，一看就知道是读书人。不仅样子长得像，言谈之间更知道炽昌兄长原来与我外祖父还是遂宁师范学校的先后同学，只是互不认得。不过炽昌兄长说他知道我外祖父，因为外祖父是有名的学生领袖，还因领导学潮蹲过国民党的集中营，而他却是暗中活动的。

炽昌兄长民国九年（一九二一年）生，父亲、祖父都是读书人，少小让炽昌兄长读了八年私塾。《诗经》《书经》《易经》《左传》及众多子史书都能通背。他的两位先生，一位是前清的秀才，一位是前清的举人。这两位先生都认为科举是一定会恢复的，就按科举考试的要求，严格教炽昌兄长做八股文，试帖诗。至于诗文辞赋更是平常作业，要求熟练掌握。这使炽昌兄长打下了深厚的旧学功底。在颇多给我写信的老先生中，炽昌兄长的信用词是最古奥的，每次读都必须翻古书、查字典才读得通。正由于此，年少时的我在炽昌兄长的信中学到了不少古词，像“啜茗怀波”“茹禾念露”“永矢弗谖”“炳炳麟麟”“景崇忧悃”“深中肯綮”“聊陈窳陋”“小言詹詹”“代为曹丘”“操觚塞责”“未克把管”“探赜索隐，钩深致远”“义出沉思，词归翰藻”，等等。私塾教育不仅打下了炽昌兄长坚实的旧学根底，更培养了炽昌兄长传统文人爱国爱民、先忧后乐、不计个人得失的高尚人格。这在炽昌兄长以后的人生道路上分明地表现了出来。

八年私塾后，炽昌兄长考入蓬溪中学，继而又考入遂宁师范学校。这期间日本疯狂侵占东北华北，共产党就在后方大力宣传抗日，发展党员。炽昌兄长怀着强烈的忧时爱国之心，阅读了很多像艾思奇、邹韬奋等进步人士的著作，并开始接触马列主义。随着对共产党了解的逐渐加深，特别是共产党的坚决抗日，让他十分敬佩！炽昌兄长于民国二十七年（一九三八年）参加了中共地下党组织。

入党以后，炽昌兄长即在党的安排下积极开展工作。遂宁师范学校毕业后就在家乡蓬溪常乐镇当小学校长，让附近乡县的地下党员秘密到校教书，暗中宣传共产党的方针政策，为保护地下党员、迎接解放做了大量工作。一九四九年后，炽昌兄长被派到南充川北行署工作，此间与读“革大”的胡氏长嫂结婚。不久双双调到四川省公安厅工作。炽昌兄长讲，他一九四九前都是用文言文写作，一九四九年后为适应新社会要求才改为白话。在省公安厅时，一次为赶写一份交给中央的材料，一夜之间就秃了顶，而这份材料中央领导看后非常赞许，专门批示了“言简意赅，说得中肯”八个字。全国文件那么多，能得到中央领导赏识，并亲笔批示表扬的实为难得，这也足见炽昌兄长过人的学识与才华了。

炽昌兄长对自己作为离休干部本应享受的待遇和物质条件从不在乎。蓬溪城边的半山坡上，炽昌兄长住的破旧的几间平房，都是炽昌兄长退休很多年后用自己的全部积蓄买的，炽昌兄长一直甘之如饴地生活在其中。这和我见过的许多离休干部条件极优厚的住家形成鲜明对比。

第一次见到炽昌兄长时，我就非常喜欢，以后隔一两年便要去蓬溪看望他。先前炽昌兄长身体略好些的时候，我总会在炽昌兄长家住上两三天，这种时候我多是和炽昌兄长坐在他家平房门前没有院墙的院坝里谈天。天气好时，我也搀着炽昌兄长和长嫂到县城里慢慢散步。现在更是每年都要去看望炽昌兄长。每次去炽昌兄长总是坐在简陋客厅中的旧藤椅上看书。炽昌兄长极爱惜书，他的所有书都用牛皮纸包过封面。初见到我时，炽昌兄长就告诉我，乡县中书很难买，特别是一些古典著作。他很久就想买一部清朝时很流行的韵书，余照亭编的《诗韵集成》，一直没买到。

后来我回重庆后，跑了很多书店，终于找到这本书，买好给炽昌兄长寄去。炽昌兄长收到后非常欢喜，还专门写信来感谢。以后去看望炽昌兄长时，炽昌兄长又对我讲他家里原先有许多古书，“文革”中都被毁了。

炽昌兄长说最可惜的是他家藏的古版《广事类赋》和《广广事类赋》，还有我曾祖父藏的清朝大才子李调元编的《瀚海》。这几部书皆是难得的古文化百科全书式的类书，为读古书作文章最好的工具书。听炽昌兄长讲了这几部书后，我就到处寻觅，想买来送给炽昌兄长，可惜一直未得。

每次炽昌兄长见了我都很高兴，不是给我讲家族旧事，就是像遇到知音似的兴奋地给我谈论诗词文章。我从炽昌兄长那里听到了很多李家的故事。像李家族谱上的字辈：坤正崇阳、仕显荣昌、宗开希宜、泽聚致祥、行修言道、品著纯良。我和炽昌兄长都是昌字辈；我的曾祖父叫李仕沆，也曾饱读诗书。炽昌兄长叫他沆大祖，沆大祖给他最大的印象便是“智者乐水，仁者乐山”。

因为他年少时经常看到沆大祖一个人穿着长袍、拄着竹杖，在山林溪水间漫步，边走边一路吟诗，总是透着怡然自得的样子。炽昌兄长告诉我的这些我父辈们所全然不知的曾祖父的诗意情状，着实让我欣喜陶醉了许久；像我祖父有四兄弟，是显字辈，曾祖父分别给他们取名：显栋、显梁、显魁、显烈。四个人的名字连起来就是“栋梁魁烈”，这也足见曾祖父的胸怀与对子辈的期望；我的大祖父显栋公，炽昌兄长称他为栋大公，曾做过李家的族长，也读过不少书，为人宽厚豁达，在族中甚有威望。炽昌兄长便是继栋大公之后做的李家族长；我的祖父显烈公到重庆做石油生意，抗战中捐石油打日本，成了爱国实业家，并且很重情义，显赫后，专门回老家给三位哥哥买了很多土地。祖父结婚时邀炽昌兄长参加，那时炽昌兄长已投身革命，未能如约，至今颇以为憾。然而炽昌兄长结婚时，祖父还给他寄钱祝贺，炽昌兄长一直心怀感激。如此等等，不可尽说。

炽昌兄长给我谈论的众多诗文中，有些极有意思，让我印象深刻。比如几副有趣的对联：一副是“白面书生观肚内空空如也，红粉佳人视脚下悠悠大哉”。一副是“数数数三双单一个，量量量九寸零十分”。一副是“挺起胸膛救国，放开眼界读书”。炽昌兄长讲第一副对联是古人的讽刺联，白面书生没有学问，红粉佳人是双大脚；第二副联是清朝大才子李调元的数字对，三双单一个就是五，九寸零十分就是十；第三副对联是他读遂宁师范时，一位进步先生自己作来教他们的，这副对联对他走上革命道路起了重要作用。这三副对联或生动，或巧妙，或有气势，我非常喜爱，以后也经常讲给我的学生们听。

炽昌兄长给我讲的诗词，让我最记忆犹新的是明朝人的诗：“枇杷不是此琵琶，只因当年识字差。若是琵琶能结果，满城尽飞管弦花。”唐朝人的诗：“自小刺头深草里，而今渐觉出蓬蒿。时人不识凌云木，直到凌云始道高。”宋朝人的词：“朝云横渡，辘辘车声如水去，白草黄沙，月照孤村三两家。飞鸿过也，百结愁肠无昼夜，渐近燕山，回首乡关归路难。”等几首。

炽昌兄长讲的第一首诗，妙不可言，意味无穷，我十分喜欢，以后讲给内子听，内子更喜不自胜，当场就背下来了，还经常独自吟咏以品酌其中味道。

第二首诗是炽昌兄长看到中央电视台《面对面》采访我的节目后，引来夸赞我的。炽昌兄长讲这首诗是晚唐大诗人杜荀鹤作的，题目叫《小松》。小松小时无人识，长到参天众称奇，他一看了采访我的电视，就想到这首诗。

第三首《减字木兰花》，炽昌兄长特别感叹地讲，出自无名妇人蒋兴祖女儿之手。蒋兴祖女儿被金人所俘，悲歌亡国离散，情真意切，实在难得。

炽昌兄长还教我作诗作文应如白居易所言："根情、苗言、花声、实意"，并解释说："感情是诗文创作的基础，语言是情感发出的叶芽，声调是叶芽开出的鲜花，意义是鲜花结出的果实。古往今来所有好的诗文作品，都离不开这四个要素，但情感是最核心的，没有真挚的情感，后面的三条都无从谈起"。

炽昌兄长还告诫我文章发表之前，一定要仔细斟酌，再三审定。炽昌兄长的这些教导对我以后的作诗作文，及对文章发表的慎重都有很深的影响。

长嫂说乡县里很难找到能和炽昌兄长唱和的人，只要我去，炽昌兄长就有说不完的话。在炽昌兄长身上从来看不到某些老革命的做派，如果不问，炽昌兄长也不谈自己作为中共地下党组织成员的光辉经历。在我心里，炽昌兄长就是一位饱学睿智的老人。

先前炽昌兄长身体还马虎，八十岁以后，因为心脏病反复发作，多次进医院治疗。因长期的打针输液，炽昌兄长的耳朵受到严重损伤，到最后简直听不见了。因而我每次去只能用纸笔和他交谈，把自己想说的话和想请教的问题写在纸上，炽昌兄长则用很大的声音回答我。请他小点声，炽昌兄长却说讲不了小声，因为自己听不见，总怕别人也听不见。以至每次交谈下来，炽昌兄长都会声嘶力竭。虽如此，如果我不请兄长停，他就会诲人不倦地一直讲下去。

我的《国学通观》部分文稿写成后，炽昌兄长看后欣然用毛笔给我题了“钩深致远，弘扬中华文化；承先启后，昫伏民族菁英”一副对联。我的《朱子家训讲义》写成后，炽昌兄长认真读完，说内容很丰富，析理深透，征引广博，但思想性似欠统一，可试用辩证唯物主义精神贯穿全篇。请炽昌兄长作序，这时的他因长期输液手已萎缩不能写字，就由他口述我记录。炽昌兄长此时虽已八十九岁高龄，序仍然写得文采飞扬。

在这篇序中，炽昌兄长讲：“《朱子家训》所倡导的精神很多都与胡主席提出的‘八荣八耻’相吻合。”序的结尾强调“学然后知不足，学然后可以怀瑾握瑜，参加祖国建设，炳炳麟麟立奇功。”这也是炽昌兄长一以贯之爱国思想的充分体现。

炽昌兄长有时也很幽默。有一回，有个女学生跟我一起去看望他，炽昌兄长就在我请教问题的纸上写了一句：“可学鲁迅与许广平否”悄悄递给我，并笑眯眯悄悄对我说：“有花堪折直须折，莫待无花空折枝。”见我久无动静，炽昌兄长再见我时又笑对我说，他日结婚就送我“天不老，情难绝，心似双丝网，愿作同心结”几句话。

还有一回，炽昌兄长喝中药时，见我坐在侧，便笑说：“这个我就独享，不能拿出来分享了。”接着又引了一句杜甫的诗：“多病所需唯药物，微躯以外更何求。”

炽昌兄长还是我在中医上的第一位启蒙老师。兄长的祖父、父亲都通医术，他从小耳濡目染，渐渐懂得了许多医道。年轻时生过两回大病，炽昌兄长更进一步广读医书，研习中医，医术已达到一定水平。我初见炽昌兄长后就得知他懂中医，便向他请教。

炽昌兄长后来专门写了封长信来教我学中医的门径，信中讲：“中医是经过辨证才施治的，要辨证必须懂得理法，要施治必须懂得方药，理法方药又是相辅相成的，不能偏废。而阴阳五行这些朴素唯物论又贯穿在整个理法方药中，因此需对此等问题作全面的学习。古代的中医理论，虽有与现代科学相径庭的，如《内经》所载‘心之官则思’‘肝藏魂’等，就和现代生理学谈的不相符，需慎重对待。”又告诉我《黄帝内经》《伤寒论》《金匮要略》《温病条辨》是学中医的必读经典。并将自己使用多年、纸张都有些发黄、二十世纪六十年代出版的绿色封面的《辨证施治纲要》和红色封面的《温病条辨》两书寄来送我。因了这两本书我才了解了中医的许多基础知识和明末清初中医兴起的温病学派，了解了《温病条辨》的作者清代温病大家吴鞠通，了解了温病中的三焦论治。以后我还拜了几位中医师父，深入学习，但我进入中医之门，却是炽昌兄长的导引。

因为与炽昌兄长各在一方，见面毕竟是有限的。平常与炽昌兄长最多的交流便是书信。而收到炽昌兄长的信也是我生活中极喜悦的事。在信中，炽昌兄长称我为大棣，他说这个大字是对我的褒赞。而棣就是唐棣，唐棣是一种并蒂花，也就引申为弟兄之意。炽昌兄长的信很有特色，语言都是白话，用词却很古奥。这是炽昌兄长旧学问与新思想结合的最好体现。信中，炽昌兄长或是对我的褒赞勉励，或是回答我提的各种问题，或是教导我读书的方法，或是将他新作的诗对录给我看，还谦虚地请我雅正、斧正。

比如我第一次登讲堂，受聘于故乡罗汉寺的佛学传习所教授《古文观止》，炽昌兄长来信道："悉弟现在寺院执教，甚好，希诲沙弥不倦。两吴选的《古文观止》，对自东周至明末有代表性的各种体裁、各种艺术风格的文章，皆有一定的入选，研读它可以了解古代散文的大致风貌，并获得一定的写作知识，而讲授之，当能教学相长，吾弟勉乎哉！聊陈窳陋，不中肯綮。"

听说我向一位老尼学中医，炽昌兄长来信道："奉读大札，感义出沉思，辞归翰藻。知弟现在川音美术学院教授艺术概论，并于课余向某高龄比丘尼学医，这种'学而不厌，诲人不倦'的精神，实在可感祖风，尚希继续努力深造，敬教劝学，钩深致远，料知不久当蜚声学界医林，为人景崇。"

我到西安教书，遍游西秦，炽昌兄长又来信道："昌患微恙，久未克把管。遥想弟在西秦育英后，卧游五岳，聆听阳春白雪雅乐，定受益匪浅。希暇日将此番游历中所得各方面的收获，特别是文学创作给以鉴赏，以开茅塞，昌曷幸甚！"

一次我寄了一首同在寺院教书的同事作的诗向炽昌兄长请教，炽昌兄长回信答道："弟辱以诗作见询，昌读之，以为颇类操觚塞责之作。记得韩愈谏迎佛骨，又与大颠交厚，世人讥之为'两截人'。那么弟之同事诗中既主张出世，又主张入世，不免是世界观不统一，有多重人格了。小言詹詹，尚祈无哂。"

炽昌兄长寄给我的诗文，其中印象最深的是炽昌兄长为某戏台和某寺庙作的几副对联，和一副写长征的对联，及和毛主席《长征》韵的诗与为蓬溪中学七十五周年校庆作的诗。

题戏台的是："妙舞轻歌胜地腾欢春山悦，敲金戛玉高台雅奏乐九成。"

题寺庙的三副是："棒喝当头，势必大彻大悟；醍醐灌顶，即知非色非空"；"放下屠刀，立地成佛；拾来贝叶，当天写经"；"善善恶恶，彰善瘅恶；是是非非，求是格非"。

写长征的诗对最能彰显炽昌兄长的革命情怀，联曰："向世界宣言，征程二万五千里，计深虑远，播无限革命火种；有人民见证，历时三百六十日，摧坚陷阵，写多少英雄史诗。"和《长征》韵的诗曰："为国长征不怕难，运筹致胜总闲闲。避实就虚谙方略，左萦右拂类转丸。荡决重围师直状，芟夷冲要敌心寒。过化存神惊世界，返日挥戈带笑颜。"

炽昌兄长讲，毛主席这首诗的韵是极不好和的。讲到这里，炽昌兄长露出难得的自豪的微笑。蓬溪中学校庆的诗是："黉宇恢复历有年，今臻邹鲁蔚宏观。励行科教兴邦国，永乐传薪着祖鞭。化雨冲融翘楚殖，流风嬗变师道蠲。斯文雅尚逢机遇，再创辉煌新令颜。”

另一次我到江西讲学，将自己游览滕王阁后作的诗给炽昌兄长寄去，炽昌兄长又在信中给我和来一诗，诗云：“滕王高阁耸江边，饯序流辉更鲜妍。革新堆垛死尸习，圭臬士林万古传。”

后来炽昌兄长的年龄越来越大，已经完全无法写字，儿孙又工作学习到了外地，无人代笔，也就无法再读到炽昌兄长白话而古奥、经常还需要查古书辞典才能读懂的来信，这使我的生活少了很大的乐趣。而炽昌兄长写给我的十四封信也成了我生命中最珍贵的藏品之一。

再以后，我和炽昌兄长的交流便改成了电话。而炽昌兄长的耳朵又听不见，结果就是炽昌兄长拿起电话讲他要讲的话，讲完以后交给我八十多岁的长嫂。我又把要对炽昌兄长讲的话告诉长嫂，长嫂再附在兄长的耳边大声讲给他听，之后兄长又再对我讲。这样的交流十分困难，但我却异常珍视。每次听到电话那头九十岁的兄长用苍老的声音声嘶力竭地一个字一个字认真地回答我的问题时，我的心中就涌起阵阵深深的感动。

今年我开办宣讲国学的公益学堂传薪书院，请炽昌兄长题两副对联。炽昌兄长告知我题作好后就电话告诉我，一副是：“好古敏求藏修需教泽；含弘光大恢拓见精神。”另一副是：“穷元尽尾，窥祖述阃奥；推陈出新，合现实需求。”

炽昌兄长怕我听不清楚是哪些字，就一遍遍地大声重复强调，又说“好古敏求”出自《论语·述而篇》，“藏修”出自《礼记·学记篇》，“含弘光大”出自《易经·坤卦》，“恢拓”

出自《汉书·窦宪传》。说完了怕我没记全，第二天又打电话来再细说一遍，听得我热泪盈眶。

炽昌兄长虽历经苦难，又老病缠身，但晚年生活是幸福的。长嫂给了他无微不至的照顾，嘘寒问暖不厌其烦。因为炽昌兄长体弱，稍稍热一点不行，稍稍冷一点也不行。长嫂从衣服到被子都给炽昌兄长准备了厚厚薄薄几十种，随时更换，有时一天要换五六种。好几次我都非常担心炽昌兄长的身体能否经受住病痛的折磨，而炽昌兄长却顽强地活到了九十岁，这既得益于炽昌兄长懂中医，更靠的是长嫂的精心照料，当然炽昌兄长的儿子、媳妇和孙辈们都很孝顺。

炽昌兄长是将中华传统文化培养出的优秀人格与共产主义信仰完美结合的读书人的代表，也是新中国第二代优秀知识分子的代表。他身上集中体现了这代知识分子坚持理想、真诚、善良、无私奉献，将个人的生死置之度外，对国家人民无限忠诚的崇高品格。炽昌兄长是我见到的最优秀的共产党人。炽昌兄长既是我的兄长，又是我最好的老师。他高尚的人格与精深的学识一直照耀着我成长的道路，并将永远照耀下去，成为我人生永恒的楷模。

今年正好是炽昌兄长的九十寿诞，写上这篇文章表达我对炽昌兄长多年教导的感激之情和对炽昌兄长的深深崇敬。

二零一零年深秋

李里于梅香湖畔传薪书院

这篇文章写好后，病弱的炽昌兄长又顽强地生活了八年，直到三年前的冬天才以九十八岁高龄离开人间。这八年间我和炽昌兄长的交往和深情还在不断继续，并得到了很多炽昌兄长依然文辞古奥却十分珍贵的诗文对联。炽昌兄长九十华诞时，我在自己办的《国学蒙正》报上专门给炽昌兄长办了个祝寿专版，登出了炽昌兄长曾经给我的六封信、四副对联、一副题词、五张合影和上面这篇文章。三年后，九十三岁的炽昌兄长从蓬溪老家迁到了成都温江，和自己在温江教书的孙女比邻而居。这使我非常高兴，虽然温江离我在成都东门外的家也不是很近，但比蓬溪还是近了许多，我可以更多地亲近请教炽昌兄长。

炽昌兄长搬到温江的第二年，传薪书院乔迁新址后的开学庆典，我专门从温江把九十四岁的炽昌兄长和八十六岁的长嫂接来参加。颤颤巍巍的炽昌兄长还难得地登台致辞，致辞中炽昌兄长将自己特意作的一首诗、两副对联赠给书院同学。诗是："寰宇恢奂典庄严，睿哲杂沓贺枕虔。铣铣才俊已闻道，昂昂家驹待薪传。黄中通理谙治则，善世不伐尚劳谦。一树百获圆梦想，可堪欲后与光前。"对联是："开物成务，任重道远须宏毅；逊志时敏，极深研机莫等闲"和"修学好古，以古为鉴知兴替；秉心塞渊，居渊资深立令名"。

致辞完后，兴奋的炽昌兄长感到非常疲惫，无奈地在我书院的寝室里躺了许久才慢慢恢复过来，还不断抱歉地讲，他参加盛会没能有始有终，令大家扫兴，真是惭愧得很。回去以后又专门写来一首诗以表祝贺，还为新书院新撰了几副对联。

诗是："栖栖遑遑兴致隆，镌承邹鲁未竟功。卓荦观书尚蒿目，殚精开物有大庸。才华阒溢皆俊达，品德㦥壮冏寰中。铭心拥戴党领导，建设道上树勋功。"

对联一副是："挥书剑，辟开茅塞，好怀才抱器；用智珠，廓清视野，免擿埴索途。"

一副是："兼收并蓄，古为今用，洋为中用；实事求是，精者取之，真者存之。"

一副是："学知不足教知困，史可为鉴书化愚。"后来炽昌兄长对我讲，"擿埴索途"出自汉代大儒扬子云的《法言》，"擿埴"指敲地，"索途"指探索道路，合起来就指盲人拄杖敲地探索前程。

中国共产党九十华诞，我们《国学蒙正》报向炽昌兄长求诗，炽昌兄长欣然命笔，赋诗两首。一首是："国际匡襄党诞生，中华革命领袖新。三重压迫成刍狗，万众饮酥作主人。两个文明光风貌，四化建设壮族魂。力求社会向前进，瀛海导航总绝伦。"另一首是："领导核心党担承，神州旧貌尽维新。遵循真理重实践，不悖客观顾国情。社会和谐人为本，家邦安定乐升平。改天换地竞闵勉，崛起亚东世震惊。"

先师杜道生先生百岁华诞，炽昌兄长又非常精心地撰写了三副文辞巧妙雅驯的对联祝贺。一联是："盎盎杕杜，郁郁文章，表表高标孚众望；芃芃劲松，耿耿亮节，绵绵奕祚赋长青。"另一联是："允矣振铎忘我，士林推崇，能教无类教无射；大哉著述等身，党国器重，使老有养老有依。"再一联是："喜睿哲，目游八纮，才蕴八斗，赋捷八乂；庞宗师，明启九思，亦行九德，寿颂九如。”

炽昌兄长对他作的贺杜老的三联颇为得意，专门给我说，杜老姓杜，故用了《诗经・小雅》中《杕杜》一诗，杕意是高大挺生，杜指甘棠树，甘棠树在中国文化中是圣贤的象征。盎盎杕杜就是赞美杜老是一位生命旺盛、卓然挺立的大贤人。至于“八纮”“八斗”“八乂”对“九思”“九德”“九如”，炽昌兄长讲，这个数字对真是不好对，而且都有出处。“八纮”出自《后汉书・冯衍传》，“八斗”出自南朝诗人谢灵运对曹植的称赞，“八乂”出自《白虎通义》，“九思”出自《论语》“君子九思”，“九德”出自《书经》“皋陶九德”，“九如”出自《诗经》“天保九如”。

每次读到炽昌兄长的这些古奥的诗对，都会增加许多学问。不禁由衷感佩炽昌兄长的取之不尽、用之不竭的渊深学识，不愧是按照科举考试的要求教出的学生，对国学经典无比熟悉，信手拈来，随意剪裁，内容形式完美统一，文质彬彬。今天的学者再要想达到这个水平，恐怕是难于登天了吧！

炽昌兄长的这些作品，实在是古奥典重，几乎每个词都语出有典，而且都不是通俗常见的典故，没有相当的学问，要把字认清楚都困难，读懂就更非易事，更不用说创作了。给我录入文章的王生一再感叹，录入所有老先生的文章，就数录入炽昌兄长这一篇最费力，很多字都要先查词典，否则电脑根本打不出来。炽昌兄长的这些异常珍贵的诗对，我都将其全部刊登在了《国学蒙正》报上。

我新婚时，炽昌兄长写来两首贺诗和两副贺联。一首是：

“丹桂飘香气象殊，牵丝绣幕正当时。娴训刃则眷新圣，怀才抱德求明珠。情海深添国学诣，爱河激劝蒙正图。芙蓉城里喜瑞蔼，翌日会当庆悬弧。”另一首是：“燕尔新婚多自由，两厢情愿曷需媒。不拘遗俗高格度，永结同心竞风流。书剑共挥辟云路，毛锤齐秉写宏猷。锦城儿女亟才俊，比翼双飞到上游。”

一副对联是：“怡嘉名，结成情孚意契，楷模夫妇；为建设，铸就忧深责重，儿女英雄。”另一副是：“趁良辰，在芙蓉城里成佳偶；赉壮志，到青云路上益同心。”

我的儿子出生，炽昌兄长更写诗祝贺，诗云：“一索得男吉如何，承祚有人祥瑞多。宏扬性善君谙术，以蒙养正莫蹉跎。”我请炽昌兄长给儿子取名字，炽昌兄长赐名：宗箐；还赐字：景瞻。宗是儿子的字辈，箐指佳木丛生的山谷，意思是说儿子生在一个有学问的家庭。景瞻是指品德美好，人人瞻仰。名和字连起来就是指有学问的家庭，一定能培养出高尚的人，受人敬重。这都是对儿子的美好祝愿和勉励。

我在欣喜之余，也请炽昌兄长用我们昌字辈的昌字给我取个名，炽昌兄长赐名：炯昌。炽昌兄长讲，炯是光亮的意思，并勉励我要成为李氏家族中光前裕后的人。我从小就羡慕别人那些镶着字辈的名字，居然今天自己也有了，而且和炽昌兄长的名字排在一起，一看就知道是弟兄，这不正是传统的家族文化吗？我当然是喜不自禁，以后我写的很多书法作品中也经常用炯昌这个名。炽昌兄长给书院日彰阁题的对联：“胜地好栖迟，利从师传道，授业解惑；为学有箴规，贵专攻咀华，钩玄弘扬”，我亲自书写，刻成匾额，落款题的是“九十三岁族兄李炽昌撰，三十七岁族弟李炯昌书”。这样题写时，心中充满了对炽昌兄长的浓浓情意。

炽昌兄长搬到成都温江后，虽觉得亲近的时间可以比蓬溪多。然而开车还是要一两个小时，自己又不会驾驶，平日的教书讲学、管理书院更比先前繁忙，探望炽昌兄长还是多在年节上。因是年节，每次去几乎都是全家出动，我九十已过的外祖母、我的父母亲、我的姨母、我的妻子儿女，甚至我的很多学生都跟我去过。但凡这种时候，炽昌兄长总是身上穿着很多衣服，腿上搭着毛毯，颤颤巍巍地或坐在客厅的沙发上，或躺在卧室的床上。见到我仍是异常兴奋，用声嘶力竭的极大声音和我说他喜爱的诗词文章。我和炽昌兄长说的话，都是写在纸上给炽昌兄长看的。谈论诗词之余，炽昌兄长还是会偶尔幽默一下。

一次我没有剃胡子，炽昌兄长见了就笑着说：“我大弟还是位美髯公呀。”然后又指着我脸上的胡子说，脸庞两边的胡子叫髯，上嘴唇的胡子叫胡，嘴唇下的胡子叫须。听着炽昌兄长的话，我又不禁感叹炽昌兄长的幽默中都是学问。炽昌兄长的身边常放着很多中医书。长嫂告诉我，平时炽昌兄长大多时候都在读这些医书，如果不是炽昌兄长懂中医，长期自己开药调养，他早就不在人间了。这一点我也深有感触，我的外祖父与炽昌兄长同年，身体也和炽昌兄长一样，一直很弱，但外祖父不懂中医，只活了七十八岁，整整比炽昌兄长少活了二十岁。正由于此，虽十多年看到炽昌兄长都是病病歪歪的样子，反习以为常，以为炽昌兄长总能自我调养，化险为夷，活到一百岁。

心中的担忧反比炽昌兄长八十多岁屡次住院的时候少了许多，而更多了对炽昌兄长不会离开的自信。

当我坚定不移地相信炽昌兄长会寿登期颐时，突然有一天早晨，炽昌兄长的与我同年的孙女打来电话，告诉我他九十八岁的爷爷于昨天半夜去世了。我如晴空霹雳，茫然了半天，才给炽昌兄长的孙女打去电话询问详细情况。孙女告诉我，爷爷越来越弱，又住了一段时间的医院，略好点就回到家中。

去世前的中午，爷爷非常坚决地要求回蓬溪老家，说一定要落叶归根。家人都以老人经不起两三个小时的路途折腾，迟迟犹豫未决。最后禁不住爷爷的一再催促，到晚上十二点钟才联系好车。当车刚驶入蓬溪地界，爷爷就断气了。我听到后心中无比悲伤，我最亲爱的、也最爱我的炽昌兄长就这样离开了人间，我再也见不到和外祖父同年、与外祖父长得极像、满腹经纶、爱国爱党、境界崇高、心地善良的炽昌兄长了。

接到炽昌兄长孙女电话的当天晚上，我处理完各种事情，赶上最后一班火车，再转两次车，在夜里十二点过抵达蓬溪殡仪馆，见炽昌兄长最后一面。我俯在炽昌兄长的棺木上，透着玻璃棺盖久久凝视炽昌兄长的遗容，直到泪水模糊了玻璃。

第二天上午，在殡仪馆参加炽昌兄长的追悼会，来吊唁的人不多，主要是炽昌兄长的亲人。殡仪馆毕竟是县城的，很是破旧，殡仪馆大厅天花板的吊顶都掉了很多块，墙上到处都因潮湿而掉灰。看到放在其中的炽昌兄长的棺木，心中益发觉得悲凉。

追悼会上来了一位老干部局的领导致悼词，悼词对炽昌兄长作了崇高的评价："李炽昌同志的一生是曲折而光辉的一生，他忠于党，忠于人民。在地下革命时期，他以教员的身份作掩护，宣传革命真理，发展革命力量，开展革命活动，为革命事业作出了积极贡献。新中国成立后，他不论在公安部门工作，还是在教育部门工作，都爱岗敬业，忠于职守。他在蓬溪教苑辛勤耕耘十八年，关爱学生，善待同事，人格高尚，桃李满天下。他理想信念坚定，对党绝对忠诚。李炽昌同志是一名优秀的共产党员，是四川公安战线的一名忠诚卫士，是蓬溪教育界的一名优秀教师。"

听到这些悼词，我悲凉的心境又得到颇大的欣慰，欣慰党和国家还是清楚了解炽昌兄长的高尚人格与积极贡献的。我想炽昌兄长若在天有灵，听到这些评价，也会由衷感慰的。

炽昌兄长的一生就像这个追悼会，会场是破落的，而躺在破落会场中的灵魂是高尚的。这个高尚的灵魂从来不在乎自己的个人得失，而是毕生心系祖国人民。追悼会后我跟随工作人员一直到把炽昌兄长的遗体送进火化炉，才流着泪水、无可奈何、依依不舍地离开。

临别时，还一直在操持接待的九十岁长嫂，落寞地拉着我的手说："和你炽昌兄长一起生活六七十年了，老伴突然走了，真是不习惯呀。"我安慰长嫂说，等丧事办完，我接她到我那里去住段时间散散心。长嫂说她晚年照顾病弱的老伴二十多年，一天也没离开过，现在老伴走了，她是该到处去走走了。

炽昌兄长去世三年了，而回想我与炽昌兄长的交往却有二十多年。写到这里，二十多年与炽昌兄长交往的点点滴滴都一时涌上心间，悲欣交集。我深深地怀念炽昌兄长，感觉再长的文字也难把我和炽昌兄长的情谊说尽。现在每年过年，我还是去看望已九十三岁的长嫂。当拉着长嫂的手，与长嫂慢慢絮叨时，就感觉炽昌兄长还在身边。

炽昌兄长，我永远怀念您！

二零二零年早春二月夕照黄昏中

李里于什邡师古镇千年红豆树下

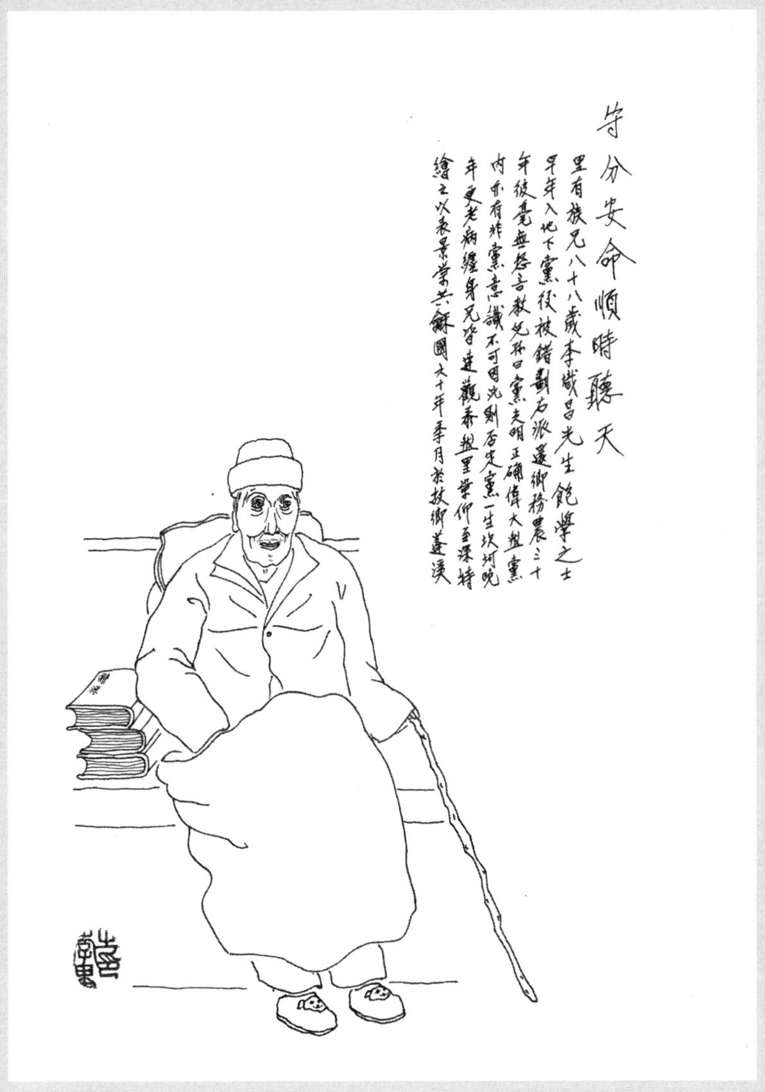

守分安命，顺时听天。里有族兄八十八岁李炽昌先生，饱学之士，一生坎坷，晚年更是老病缠身，兄皆达观泰然。里崇仰至深，特绘之以表景崇。

六姨祖公

——怀念九旬老教育家李仲耕先生

我称呼老教育家李仲耕先生为六姨祖公，但很多听我叫六姨祖公的人都颇不明白六姨祖公这个名号到底所指为何。要说清这个名号，便要从我的外祖母讲起。外祖母的外公有三兄弟，外祖母的外公排行老二，外祖母称她外公的哥哥为大外公，称她外公的弟弟为三外公。外祖母的三外公在前清做官，家世显赫，安岳老家有一座雕梁画栋、五进院落，叫作五岳朝天的大宅子。我年少时曾随外祖母去她老家看过，那时宅子早已在历史的变迁中饱经沧桑、几易其主，最终改作了新社会的小学堂，不过依然能从一个个小巧的天井、残存的雕花窗格、长满青苔的荷叶石础看出昔日的辉煌。

外祖母的三外公生了一个公子七个小姐。公子是长兄，据说仪表堂堂，清末民初留学日本，后来不知何故竟在黄浦江沉江自尽了。

剩下的七个小姐都生得斯文秀美、知书达理。她们与我外祖母的母亲都是堂姐妹，当然也就是我外祖母的堂姨了。其中六姨比我外祖母大十岁，曾在她的堂姐、我外祖母的母亲当校长的安岳国立高等小学堂教过书，七姨、八姨还与外祖母年龄相仿，并且是中学同窗。然而近代革命的风潮与时代的更迭使得旧时代的亲人大多云散烟消，音信渺茫，外祖母与她的七位堂姨也是几十年不通音讯。在我少年时的印象里，这些人事仿佛都像是小说中的故事。

我十八岁这一年，突然看到外祖母的一封来信，信写得情深而豁达，极富文采，且字迹清秀，落款是六姨。我十分欣喜好奇地询问外祖母这位六姨是谁，外祖母告诉我就是她三外公的六小姐刘药忠。我更惊异，这小说中的人物怎么在现实中出现了？外祖母告诉我她年老后常与少年时的同学聚会，聚会中竟辗转打听到住在成都的六姨，年过八旬的六姨得到消息后也感慨万千，便赶紧写来这封阔别近七十载后的书信。得到这封信不久，早已热爱文学，以为又可得到许多写作素材的我，比外祖母还要兴奋地陪外祖母从故乡重庆到蓉城成都拜望外祖母的六姨。外祖母告诉我，我应该称呼她的六姨为六姨祖。至于六姨祖的其他近况，外祖母也一无所知了。

六姨祖见到我的外祖母异常欢喜，便无限感慨地与外祖母聊起了六十多年未见各自的情况，以及众多的故人故事。我津津有味地在旁边专心地听着，还拿出小本子认真地记着：六姨祖和外祖母一样教了一辈子书，只不过六姨祖教小学，外祖母教中学；二姨祖祖和七姨祖祖早已去世，三姨祖祖、四姨祖祖年近九十，住在成都，八姨祖祖与外婆同年，刚满七十，住在西昌，其他都已去世；五姨祖祖一九四九年前因一直在老家管家，没有出嫁，对家里的农民佃客很宽厚和善，每年过年要请佃客到家里坐几桌团年，佃客们都很喜欢她，临近解放时错听国民党的宣传，把家里的珠宝金银都用簸箕装了倒进粪坑里……

当我兴趣盎然地听着六姨祖祖与外祖母的交谈时，坐在旁边的一位老先生也感慨万千地吟起杜甫的诗句“访旧半为鬼”，我竟随口接了一句“惊呼热中肠”。老先生颇为诧异地说：“你这个后生与众不同，居然对这些老人的陈年旧事感兴趣，不仅认真听详细记，还背得杜甫的这些诗，真是难得。”这时六姨祖祖才笑着说：“你们来我太兴奋了，都忘了介绍，这是你六姨祖公。”我忙站起来恭恭敬敬地给六姨祖公鞠躬，外祖母则给六姨祖公介绍，说我喜爱文艺，热爱传统文化，初中毕业便在自学文学。六姨祖祖又给我介绍：六姨祖公是成都师范大学的教授，教授教育学，最关心好学上进的青年，看到你这样的后生他就非常喜欢。外祖母则让我好好向六姨祖公请教。

这样的相互介绍之后，六姨祖公就更喜悦了，问了我些自学的详细情况后，就带我到他的书房参观。

走进去才看到六姨祖公的书房四面墙都是高高的书柜，书柜里装满了古今中外的各种书籍。最使我难忘的是有一墙的书柜装满了中华书局出的平装本的《二十六史》几百册，这也是我第一次看到全套的《二十六史》，居然有那么多。《二十六史》以外，还有整部几十本的《十三经注疏》《全唐诗》《全宋诗》《资治通鉴》《佩文韵府》《册府元龟》《太平广记》《宋儒学案》《明儒学案》《云笈七签》《佛家十三经》《曾国藩全集》《饮冰室全集》《鲁迅全集》《黑格尔全集》《马克思全集》《恩格斯全集》等，数不胜数。当时看到这些书就让我震撼，这之前我还从来没有看到哪位先生家有那么多书，且全是以前只听过名而神往的大部头学术名著，心里一下就感到六姨祖公是一位饱学的大学者，一定要向六姨祖公好好请教学习。我对六姨祖公诚恳地表达了我的这种求学愿望时，六姨祖公对我讲："你如此好学，我非常高兴，我们就定为忘年交吧！可惜你住在重庆，我们难得见面，但我可以给你推荐一位重庆的文史大家，重庆师范大学文学系的著名教授刘知渐先生。他与我同年，也有八十岁了，是我儿时的毛根朋友，他的夫人也是你六姨祖祖的拈香姊妹，你可以常去请教他。"我自然是异常欣喜地答应。

六姨祖公和我正愉快交谈之际，六姨祖祖又在给外祖母看她过去的照片，我原本就喜欢老照片，也凑过去看。其中一张发黄而古旧的六姨祖祖和六姨祖公年轻时半身黑白合影简直让我惊羡不已。六姨祖公浓黑的眉毛，清秀的脸庞，穿着灰色长衫，真是英俊绝伦。六姨祖祖梳着一对长长的辫子，娇羞的容颜，穿着暗花旗袍，也是俊美无比。两个人都瘦瘦的，充满了书卷气，刹那之间“郎才女貌”这个词就不再是一个抽象的概念，而是眼前照片中形象生动的男女。

我对这张照片喜爱之极，竟向六姨祖祖请求要将这张照片拿去翻拍。六姨祖祖见我如此喜爱，便也同意了。捧着这张照片，我又对照着仔细打量眼前的六姨祖祖和六姨祖公。六姨祖祖还是瘦瘦的，一对长辫子已变成了过耳的满头白发，书卷气满满，除了脸上多了些皱纹，与年轻时的样子并没有太大的不同。六姨祖公身材高大，比年轻时长胖了许多，头发全白，眉毛仍然是浓密而黑，还长成了长长的寿眉，脸从清秀变得富态，整个人看上去气宇轩昂，一副气养浩然的学者气象。最可喜的是两位老人都身体健朗，精神矍铄，说话行动全不像八十多岁的老人。我无比赞叹两位老人的容颜风神，六姨祖公颇自豪地说：“我和你六姨祖祖是读师范时的同学，你六姨祖祖年轻时漂亮得很，很多人追求她。”说着，六姨祖公又从书房拿出一卷诗给我看，诗册是毛边纸自己用线订起来的，上面的诗全是毛笔小楷手写的，工整秀丽。六姨祖公告诉我这些都是他平时自己写的诗，他指着其中一首诗给我看：

“陶家老二忒猖狂，竟敢登门泼醋缸。

郑侄虚传姑母诏，崔莺实住张生房。

红娘早达夫人意，老表休充表妹郎。

封建婚姻须改革，近亲岂可配鸳鸯。”

诗的题目是《怒斥陶二》，六姨祖公笑着说：“陶二是你六姨祖祖的亲表哥，他一直追求你六姨祖祖，你六姨祖祖不喜欢他，我和你六姨祖祖已自由恋爱了，他还从安岳老家跑到成都来大闹，我就写了这首诗骂他。”听了六姨祖公的讲述，我更感兴趣地看六姨祖公的诗集，又看到六姨祖公年轻时写给六姨祖祖的《誓别诗》三首：

“卿卿赠我红玫枝，我赠卿卿誓别诗。默默相依柳树下，欲言不语泪如丝。

卿卿送我一方巾，我送卿卿一颗心。巾上鸳鸯水上戏，心头盟誓口头亲。

卿卿寄我一封书，我寄卿卿一幅图。书道来年将再聚，图留永世不相辜。”

我说六姨祖公的诗写得太有趣味了，六姨祖公说：“我爱写打油诗，不要小看打油诗，打油诗也是诗中一体，写好了妙趣横生，自有佳作。”六姨祖公又翻到一首名为《打油诗赞》的诗指给我看：

“我爱打油诗，情真妙趣绝。毫无雕琢痕，一说即明白。

语言大众化，现代新风格。今古白描诗，遣词何晦涩。”

我还在体味六姨祖公诗中的无限趣味，六姨祖公又把他写给中国佛教协会会长赵朴初老先生的诗给我看：

“归休无所事，发愤研双经。探哲求真理，参禅养性灵。

闻思依马释，学证重知行。一得刍荛见，抛砖引点评。”

六姨祖公还给我解释“双经”是指佛教经典和马克思哲学经典，他退休后最大的兴趣便是把中外哲学宗教结合汇通研究，这首诗正是告诉赵朴老谈他结合研究佛教和马克思哲学的事。六姨祖公又给我讲他的书法是学二王，就是王羲之、王献之父子，六朝时人们写字皆是小字，大字是唐朝以后才开始流行的，小字在日常中用得最多，他现在每天都要临两个钟点二王的行草，二王的字最潇洒风流。六姨祖公讲书法以外，他还特别爱好音乐戏曲，很多种乐器俱会弹奏，闲来无事尤爱听京戏。六姨祖公要给我交流的东西太多了，短短两个小时转瞬即逝，临别六姨祖公和我都非常不舍。

第一次陪外祖母拜见六姨祖祖，我真是喜出望外又应接不暇。喜出望外的是不仅见到了少年时便听说如小说中的六姨祖祖，又意外地得到一位饱学的师长六姨祖公。应接不暇的是既听到了许多早想了解的外祖母三外公家的陈年旧事，又看到了许多只听闻神往而从未见过的整部整部的学术典籍，又看到了六姨祖祖、六姨祖公许多古旧发黄的黑白相片，又看到了六姨祖公毛笔小楷写在毛边册页上许多妙趣横生的诗歌，还收获了六姨祖公给我推荐的一位新老师刘知渐老先生……而每一样都是那样的充盈饱满，我仿佛都只窥见了冰山一角，心中留下了无尽的渴望。渴望再见六姨祖祖、六姨祖公，渴望再来探寻岁月深处的过往，渴望再来全面深入地学习请教，渴望再来的时间尽快到来。

回到重庆，我便迫不及待地去拜访六姨祖公推荐给我的重庆师范大学的刘知渐老先生，告知六姨祖公对他的想念和问候。而博学鸿词、满腹经纶的刘知渐老先生对六姨祖公推崇备至，说六姨祖公道德文章很了得，并告诉我许多六姨祖公的情况：六姨祖公李仲耕先生是四川有名的老教育家、大学者，学富五车，对文史哲、儒释道、宗教艺术、教育学、心理学都有深入研究，为学不依不傍，自成体系。出生于成都，父亲做绸缎生意，八岁时父亲去世，家道中落，便和母亲相依为命，对母亲格外孝顺。以苦读考取金陵大学平教系，平教系即平民教育系，师从大教育家陶行知先生，深得陶行知先生器重，由此生起教育报国的志向。

毕业后终身从事教育，做过教师、教务长、校长、省督学。民国年间做四川省教育厅督学时，刘知渐先生就与他同事，同为省督学。晚年创办《教师之友》杂志，影响广泛，一生培育了无数英才，在教育界德高望重。和大文学家、教育家叶圣陶先生，以及大书法家、佛学家、中国佛教协会会长赵朴初先生都是多年的好友……听了刘知渐老先生的介绍，我对六姨祖公就更加崇敬。

拜望刘知渐老先生后，我赶紧给六姨祖公去信，告知拜见刘知渐老先生的情况，表达对六姨祖公的无比景崇之心和见到六姨祖祖的极端喜悦之情。不承想没过多久就收到六姨祖公的回信，信笺是六姨祖公创办的《教师之友》杂志的专用信笺，信笺的顶端便有红色的“教师之友”几个字。后来六姨祖公告诉我，这几个字是他创办杂志之始，请老朋友赵朴初先生题写的。六姨祖公的信是用毛笔写的，字是漂亮的行楷。信的内容是：

“李里如握：看到你的信，我们都很高兴。一个现代青年，能知礼而好学，崇文而游艺，真是不可多得。春节以来，你六姨祖因感冒而鼻炎复发，卧床休息，不能亲笔回你的信，请你代她向你的两辈亲人问好。谢谢你去看望我的老友刘知渐教授，他已给我来信，知道了一些近况。我也在回信中介绍了你，希望他收你做他的门生，而且还请他赐书将我给你填的《临江仙》一词赠你做个纪念。专复，并祝阖府春祺。六姨祖公仲耕。九五年二月八日。”

六姨祖公还随信寄来了他同样用毛笔行楷给我填的《临江仙》词一首:“翰墨丹青传代代,古今多少先贤,文心道骨乃真元。若无书卷气，成就便是空谈。羡尔青春红似火，辉煌光照人间，攀登正好艳阳天。与君同一路，老少可忘年。”

得到这首词我真是有不可外人道的巨大喜悦，词中积极向上、乐观开阔的意象，精准洗练、典雅优美的文辞，工整流畅、疏朗明快的书法，一位老教育家对青年后生的教诲勉励完美地结合在了一起，让我爱不释手，反复观览，很快便背下来。

这首词对当年正在自学苦读，且被大多数人不理解的我以莫大的鼓舞与鞭策，鼓舞鞭策的巨大力量就像春天的暖阳催发万物生长，势不可挡，勇往直前。这让我对六姨祖公怀着终身的感激。后来，刘知渐老先生也用毛笔小楷将其书写为一张条屏赠我，告诉我他改了一个字，把“古今多少先贤”中的“今”字改成了“来”字,并说先贤就不会是今天的,“古来多少先贤”就对了。我把这件事告诉六姨祖公，六姨祖公非常欢喜地笑说:“知渐老兄真是我的一字之师。”这幅承载着两位老先生毕生友谊和对我深情厚谊的条屏，我视为珍宝，装裱好后一直带在身边，辗转到哪里就挂到哪里。

盼望的时间是漫长的，特别是自己还没有独立的青少年时代，好不容易盼到第二次到成都看望六姨祖祖、六姨祖公已是近三年以后。这次因母亲出差到成都，我随母亲同去。我经常和母亲说起六姨祖公、六姨祖祖，以及她们从未见过的六姨公、六姨婆，母亲也很想见他们，我们便一同前往。

我本想这次可以去看望三姨祖祖、四姨祖祖，可六姨祖祖告诉我她们已在这两年相继去世了，我感到莫大的遗憾。

六姨祖公、六姨祖祖都夸赞母亲年轻漂亮，根本不像我的母亲，倒像我的姐姐。六姨祖祖拉着素未谋面的侄孙女——我的母亲，便亲切地谈开了。我则正好请教六姨祖公，我作了充分的准备，把自己学作的对联、古文、学画的速写、学刻印的印谱都拿去请六姨祖公指正。

六姨祖公非常喜悦地一样一样认真看过后，对我讲我的古文作得很清通，而且充满感情，很有些梁任公先生文章的味道，叫我可以多读梁任公先生的《饮冰室文集》，要像梁任公先生一样笔尖饱含感情，著文极具感染力。他年轻时候就最喜欢读梁任公先生的文章。说到这里，六姨祖公随口便背诵起了梁任公先生的《少年中国说》。我印象很深的是六姨祖公谈吐中都说的是梁任公，而不是梁启超，后来我才知道以前的老先生称古人一般都是称字号不称名，而梁任公正是梁启超的号。我的对联当时正是初学，很多规矩还不懂，六姨祖公告诉我说："你作的对联立意很高，境界脱俗，但有个重要的问题，对联上联结尾的字一定要用仄声，下联一定要用平声，这是最基本的要求。作对和作诗一样，一般是一三五不论，二四六讲求。就是两句诗联中第一个字、第三个字、第五个字的平仄可以不相对，但第二个字、第四个字、第六个字的平仄就必须相对。”到此我才知道了作对联的这些常识，感激不已。

我画的画六姨祖公说很有丰子恺先生的意趣，简练而极富诗意，要多画，必定大有前途。求教之余，六姨祖公非常郑重地对我说：“你虽然热爱文学艺术，但哲学是必须认真学习的，学了哲学才能让你的整个思想境界和认识全面提高，这样你创作的文学艺术作品方能有更高的水平。而哲学的核心即是辩证法，不管唯物主义哲学还是唯心主义哲学，掌握了辩证法就掌握了哲学的灵魂。”

六姨祖公的这段教诲对我以后的人生治学产生了飞跃似的影响，我开始从对文学艺术的学习，走向了更广泛的文史哲的求索，特别是哲学上，我开始有意识地研读。这以后我才去买了著名哲学家冯友兰先生的《中国哲学简史》，从冯友兰先生深入浅出的叙述中，我走进了海阔天空的哲学世界，并得到无穷的受益。和六姨祖公相见的时间总是感到很不够用，我像一块小小的海绵，如饥似渴地吮吸海水，可是海太大太深了，我还没来得及好好吮吸，便被迫离开大海，只有急切盼望下一次的吮吸。

这次离开后我又给六姨祖公寄去了我和刘知渐老先生的合影，不久六姨祖公回信说：

“李里贤契：你和刘老师的合照很好，他和我俱老矣，但他人虽老而精神矍铄。我已去信与他，邀他来蓉聚会，届时你也能来就更好了。你和我的合照送他没有？也请他看看我的近照。你的画作，很有独具的风格，希能诗画合一，反映社会现实，很有前途。丰老的作品就多诗画合一，教育意义强，哲理味浓，艺术性也颇高。可学习他，但要创自己的风格，要立志超过他。所谓后生可畏，青出于蓝。请你代我问候你的父母和祖父母。专复，即祝时安。你的忘年友仲耕。九七年六月十八日。”

这封信也对我产生了很大的影响，当时我还不会作诗，更不会给画题诗，因了六姨祖公信中的教诲，我才开始慢慢有意识学作诗，直到今天可以比较自如地给画题诗，饮水思源，都是六姨祖公的鞭策使然。

六姨祖公邀请刘知渐老先生到成都聚会的愿望最终未能实现，第二年初春刘知渐老先生便去世了。当我打电话给六姨祖公报告这个消息时，电话那头六姨祖公也以极伤感的声音告诉我：“你六姨祖祖也去世了……”后来我在六姨祖公的诗集中看到悼念刘知渐老先生和六姨祖祖的诗。悼刘知渐老先生的诗云：

“少年你我共襟怀，棠棣之花并蒂开。平教会中逢俊杰，金沙院里识英才。青春有幸成知己，白发无缘互往来。千里蓉渝竟永别，难亲一面实堪哀。”

悼念六姨祖祖的诗词有二十多首，首首都情深意切，或写对六姨祖祖的千般不舍、万般思念，或写六姨祖祖走后自己的孤独落寞、凄凉惆怅，兹录两首，可窥全豹：

“《永念贤妻》：劳碌奔波困一生，同甘共苦至高龄。青年邂逅双师范，壮岁幸成二园丁。意合情投联伉俪，心坚志远互耘耕。相亲相敬相偕老，大限来时竟别分。”

“《忆秦娥·忆贤妻》：琴声咽，思卿梦扰南河月。南河月，三年不见音书隔绝。今年又到中秋节，良宵更觉伤离别。伤离别，何时重见，问声明月。”

刘知渐老先生和六姨祖祖去世的第二年，六姨祖公的好友赵朴老与世长辞，六姨祖公也赋诗深切缅怀。老友的逐渐凋零，特别是六姨祖祖的去世，及六姨祖祖去世后家中子女的离析，给六姨祖公带来了巨大打击。

当我二十四岁后因教书客居成都，终于可以经常去亲近请教六姨祖公的时候，六姨祖公却已老病交加地躺在了床上。人比前两次见到时瘦了两圈，老了几倍，昔日气宇轩昂的学者风范已不见踪影，取而代之的是满脸老年斑、腿脚不便、精神孱弱、神情落寞的垂暮老者形象。

我一面十分心痛六姨祖公，时时系念六姨祖公的健康；一面还是如饥似渴地想向六姨祖公请教。六姨祖公虽然每次见到我都异常高兴，却不能像从前那样精力充沛、兴趣盎然地跟我侃侃而谈了。我初到成都的两三年，六姨祖公虽老病，但也有身体和精神比较好的时候，这种时候六姨祖公见到我去就格外兴奋，也会给我谈不少东西。而对我后来影响最大的是，六姨祖公又给我介绍了一位大学者杜道生老先生，九十二岁，住在成都四川师范大学。

六姨祖公对我讲，我到成都来教书他非常高兴，可惜他现在身体已远不如前了，而杜道生先生是国学大家，身体康健，我能拜他为师一定会对我有巨大的帮助。我去见了杜道生老先生后，六姨祖公还带病专程给杜道生老先生写了一封举荐信：

“道生老仁兄惠鉴：久不通音问，甚念！从李里贤契处得知老兄一切，甚慰。弟与李里已定为忘年交，此君敬老尊贤，对吾兄最为景仰，欲敬拜吾兄为师，弟极赞成，故特郑重介绍，敬希收纳为盼！今年春暖花开，弟特邀吾兄同李里来小弟处畅叙。专此，即颂大安！小弟仲耕。零三年一月十六日。”

拜识杜道生老先生对我以后深入系统研究、体认、弘扬国学，产生了至深至远无比巨大的影响。

除了引荐杜道生老先生外，六姨祖公在他精力能支时，给我谈得最多的是他晚年在学术研究上的独特兴趣，就是汇通儒释道几家哲学。

六姨祖公讲，这几家哲学都揭示了宇宙真理，完全可以互通。比如佛家讲的无常，儒家讲的变化，道家讲的无为，其实都是一回事。

无为就是顺其自然而为，大自然就在不断运动中，运动的就是变化的，变化的也就是无常的。佛家讲的不二法门，就是马家说的对立统一，就是道家讲的太极，儒家讲的和而不同。不二法门即是一切事物都有两面性，对立统一就是两面性总是统一于一样事物中，太极图就是阴中有阳，阳中有阴，和而不同就是差异性中包含着同一性，同一性体现于差异性中。讲这个道理时，六姨祖公还专门指着家里的重孙子给我说：“你看这个小娃娃，乖的时候爱死人，调皮的时候气死人，但乖和调皮又都同时存在于小娃娃身上，这就是不二法门。”六姨祖公又引自己的诗阐发他的理论，诗云：“既可遵从释祖语，又能信仰马翁言。纵观两者皆真理，总是心存救世间。

日论精神与物质，法门不二互相连。”六姨祖公说他几家都研究，不迷信任何一家，曾称自己为“儒外门生”“道外学人”“教外佛子”。还讲他青年时代曾到成都有名的维摩精舍听禅学大师袁焕仙先生讲学，时常与南怀瑾先生同坐听讲，但他觉得袁先生所讲太执着于佛家，汇通不足。每每听六姨祖公讲哲学，都会给我很多很多的启迪，经常有豁然开朗的喜悦，让我受用不尽。

六姨祖公即使病中也多次对我说，他想将毕生的治学所得写成一本《人本论》，阐发“明一道、知二理、通三观、具四有、授五育、成六爱、富七力、达八的”的道理。一道就是做人之道；二理就是生理、心理；三观就是人生观、世界观、价值观；四有就是有理想、有道德、有纪律、有文化；五育就是启蒙教育、基础教育、专业教育、文化教育、终身教育；六爱就是爱道德、爱科学、爱民主、爱法制、爱社会、爱自然；七力就是观察力、记忆力、思维力、想象力、表达力、创造力、工作力；八的就是格物、致知、诚意、正心、修身、齐家、治国、平天下。

从六姨祖公给我的详细介绍中，可以知道《人本论》是六姨祖公作为一位大教育家对人的全面建设的毕生思考，系统完整，体大思精，将现代社会中一个人所需要的素养都全部考虑到了，很有现实意义。可惜六姨祖公老病缠身，一年不如一年，力不从心，终究未能完成写作《人本论》的宏愿。

六姨祖公的最后几年几乎不能下床，一直和大儿子、小女儿住在一起，他们都对父亲非常孝顺，特别是小女儿更是格外周到体贴。但大儿子要带孙子，小女儿办了几所幼儿园，非常忙碌，所以平时六姨祖公经常是一个人孤独地躺在病床上，对着已不太看得清楚的电视机里随时插放的戏曲辗转反侧，渐渐地思维也缓慢了，语言也稀少了。

当我再次去探望六姨祖公时，基本已听不到他从前的侃侃而谈，取而代之的总是我坐在六姨祖公的床边，六姨祖公紧紧地拉着我的手，有气无力地一直微笑望着我。我与他说话，六姨祖公也只有："是的""还好""好的""谢谢""很想念""要常来"等三言两语的应答。先前六姨祖公一直跟我说，我若有国学著作出版，他一定要给我写序，到这时六姨祖公示意我，序他是写不了了，但还是要给我题几个字。我劝六姨祖公不必放在心上。六姨祖公却要坚持，一回趁着精神略好的时候，强撑坐起来,在病床上用毛笔吃力地给我题了"博古通今"四个字。六姨祖公对我的深情厚谊，让在旁的我忍不住泪流满面。

六姨祖公满腹学问，深契各家圣贤，境界豁达，常养浩然之气，所以生命力顽强。虽然久卧病床，且数次病危住院，但都奇迹般地挺过来了。这期间我的心一直因六姨祖公病情的安危而起伏，每次看到六姨祖公转危为安，我就感到心中如大石落地，无比喜悦。

六姨祖公八十九岁这一年，我在成都李劼人故居举办国学研讨会，请了我在成都后认识的好多位饱学的老先生，如双流应天寺的百岁高僧佛智老法师、曾经维摩精舍袁焕仙先生的弟子八十六岁的李自申老先生、六姨祖公的老朋友九十四岁的杜道生先生等。躺在床上的六姨祖公听说后，也强烈表示愿意参加，我是又惊又喜。开会那天，消瘦病弱的六姨祖公竟坐着轮椅来了，六姨祖公的大儿子告诉我：父亲要来参加这个会很兴奋，说他要讲“四书”中的《大学》。我们都问他还讲不讲得出来，父亲说讲得出来，还当着他的面清楚地试讲了一遍。他觉得很是意外，父亲好久说话都只是三言两语了，讲起《大学》来却滔滔不绝，还讲了近两个小时。或许正是因为开会的前两天太兴奋了，开会当天六姨祖公精神非常差，脸色也很不好，在会场勉强听了两个多小时，实在支撑不住，便非常遗憾地提前回去了。当时我心中既内疚又担心，让原本病苦的六姨祖公又加重了病情，还不知有没有严重的后果。

没想到坚强的六姨祖公又挺过一关，还迎来了第二年的九十大寿。我给六姨祖公买了一个精致的瓷寿星，陪着九十五岁的杜道生老先生、八十一岁的外祖母、母亲欣喜地前往祝寿。杜道生老先生还用他古拙的毛笔小楷给六姨祖公写了《祝颂教育专家仲耕先生九秩华诞》三首贺寿诗：

“辛勤教学数十年，植李培桃布蜀川。堪称大名伊尹志，尼山一脉此薪传。

家风远绍古诗仙，写志言情藻色鲜。艺苑文园亲雅范，花开锦里艳阳天。

好古敏求慕老彭，专家声望显蓉城。兰芬桂馥灵椿茂，岁岁称觞拜寿星。”

落款是：“二千零五年乙酉岁新秋。契友杜道生拜上。”这三首诗高度肯定了六姨祖公在教育、哲学、文学、艺术上的巨大成就和在成都文化界的崇高声誉。祝寿会这一天，瘦弱的六姨祖公平静而喜悦，精神也比平常好了许多，我们都希望六姨祖公再创奇迹，活到百岁。

老病的六姨祖公九十岁以后只生活了两年，但这两年六姨祖公基本在家中的病床和医院的病床度过。我去看望他时，他不同于往常地有两件事反复念叨：一件是他说他平生的诗词希望出版，或许对纠正写诗片面追求格律的风气有所影响；另一件是他希望我能把他没能写成的《人本论》完成，他的基本思想和框架早都告诉我了，相信我完全有这个能力胜任，且一定会青出于蓝而胜于蓝。

六姨祖公的诗词在他去世的第二年，由他的大儿子搜集、整理为三百九十九首，以《行吟诗稿》之名刊行。印行前六姨祖公的大儿子令我作序，我非常虔诚而认真地用古文写了一篇赘言，讲述了六姨祖公的生平成就，重点论述了六姨祖公既讲格律，又不拘泥于格律，追求通俗易懂、明白晓畅、旧瓶装新酒、为大众所喜闻乐见的诗风，表达了对六姨祖公的深切景崇与怀念。至于《人本论》，因自己的学识有限，又没有深入的教育学研究，再加上忙于国学的讲学著书，至今尚未有动笔的可能，只有留待他日了。

六姨祖公的去世，我的心情是复杂的，既在意料之中，又在意料之外，既深深的不舍，又为六姨祖公感到庆幸。六姨祖公长期病痛，经常病危住院，去世自在意料之中。然而六姨祖公次次战胜病魔，转危为安，我总觉得六姨祖公一定会再造奇迹，不会那么快离开人间，所以去世又在意料之外。我与六姨祖公相交十三年，六姨祖公对我厚爱有加，帮助巨大，我当然是极其舍不得六姨祖公离开，但看到六姨祖公近十年被病痛折磨，苦不堪言，又庆幸离开对六姨祖公是一种解脱。

六姨祖公虽然去世了，但我对六姨祖公的感情是非常深沉的，六姨祖公是我慈爱的亲人，更是我人生的良师。六姨祖公对我文学艺术创作实践的指导有启蒙式的深远意义；六姨祖公对我学习哲学的引导，更让我对哲学产生了浓厚的兴趣，使我在哲学的徜徉中获得了全面深刻认识世界的方法，更懂得了精神境界的提升对生命的重要意义；六姨祖公给我推荐了两位境界崇高、学识渊宏，对我的学问和人生都产生了巨大影响的导师，使我真正走进了国学宏大深邃的广阔世界；六姨祖公赠我的《临江仙》词，给四处求学、漂泊浪迹的我的青年时代以莫大的鼓舞和鞭策，使我能克服各种困难、坚持不懈地走在学问探索的大道上。

六姨祖公不仅是我的人生良师，更是真正的思想家、教育家。六姨祖公对哲学的汇通研究，不囿于门户之见，是有站在宇宙高度思索万物真理的宏伟气度。六姨祖公对我的赏识、勉励、关爱、指导，完全是出于一位教育家的胸襟和情怀。

六姨祖公见到我这个青年，就以教育家的眼光观察；发现我的一点长处，就以教育家的胸襟赞赏鼓励；看到我的勤奋好学，就以教育家的智慧引导启发；不止一次准确地给我推荐确实能给我巨大帮助的老师，晚年都自顾不暇了，还以教育家的情怀不断地关怀我、帮助我。从六姨祖公对我这个青年的教育，就能想见六姨祖公一生以教育报国的理念，如化雨春风般培养万千桃李的师表人格。

六姨祖公的《临江仙》是写给我的，其实又何尝不是写给他所关爱的所有青年呢。“文心道骨乃真元。若无书卷气，成就是空谈。”就是青年修养的真谛，任何青年人如果没有这样的修养，都是很难取得较大成就的。“攀登正好艳阳天。与君同一路，老少可忘年。”正是六姨祖公希望和青年一起探索人生奥秘、宇宙真理的美好愿望。六姨祖公您虽然走了，但您教育家的襟怀将与您的《临江仙》同在。您的教育家人格更深刻地感染着我，使也做教师的我能以您为楷模，在教书育人的道路上，学着将您对青年的温暖，传递给我的学生们。

六姨祖公去世以后，六姨祖公的小女儿、我的小姨婆李星熹却延续了六姨祖公和我的情谊。几乎我们家的大小聚会，小姨婆都必到，且每到必表演节目，小姨婆完全成了我们家不可或缺的重要一员。小姨婆长得很像六姨祖公，个子高高大大的，并完美继承了六姨祖公的音乐细胞，歌唱舞蹈都是专业水准，还精通各种乐器，所以每次聚会小姨婆不是引吭高歌，就是蹁跹起舞，再不然就是弹钢琴、拉手风琴。我办了公益国学堂传薪书院后，传薪书院的各种典礼活动小姨婆必来支持，每来仍会献歌献舞。传薪书院的同学们大多都认得小姨婆，小姨婆几乎也成了传薪书院不可或缺的重要一员。

这篇文章写好后，我传薪书院的一位学员读到后，还在读后感中写下一段不为我所知的奇特因缘。原来六姨祖公竟是她母亲的老师，她母亲年轻时在成都女子师范读书，六姨祖公就是她的教育学老师。几十年后，学员的母亲都已是白发苍苍的老人时，还时不时去看望六姨祖公。而更奇的是，当年成都女子师范学校的所在，正是今天我在那里作了六年讲座的成都图书馆，我的这位学员也是在成都图书馆听了我的讲座后进入传薪书院读书的。学员在文中无比感叹地讲，在同一个地方，她的母亲跟随六姨祖公读书，几十年后她又在那里听我的课跟随我读书，我和六姨祖公又是一对忘年交的师生，这真是世间奇妙的传薪因缘。六姨祖公，您虽然离开十二年了，但您和我们的深情厚谊仍在这样奇妙地延续着。

二零一九年暮夏暴雨终朝飘风终日时节

李里于传薪书院公私不二斋

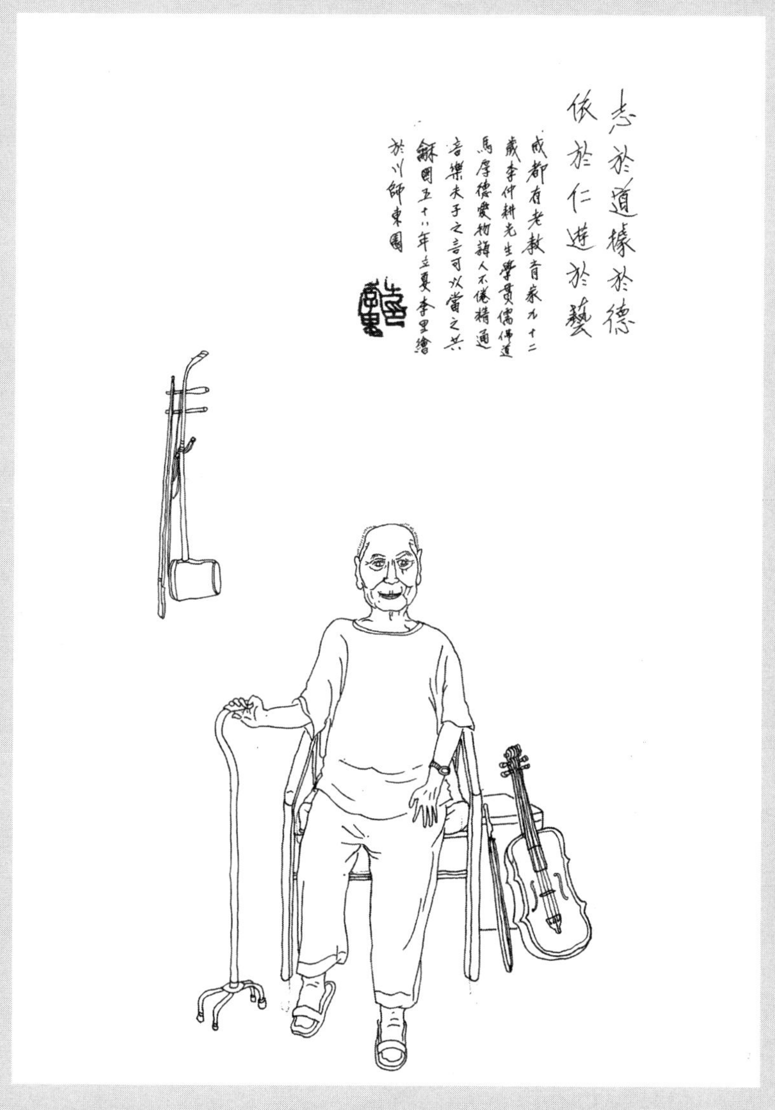

志于道，据于德，依于仁，游于艺。成都有老教育家，九十二岁的李仲耕先生，学贯儒、佛、道、马，厚德爱物，诲人不倦，精通音乐，夫子之言可以当之。

文史大家

——回忆刘知渐先生

刘知渐先生是一位文史大家，更是一位具有“独立之意志，自由之思想”的文史大家。刘知渐先生又是我亲近过的众多老先生中最具有批判精神，最敢于发表自己独立见解，最勇于挑战权威的 位。刘知渐先生也是我亲近过的众多老先生中最早辞世的一位。刘知渐先生在二十世纪九十年代末，以八十四岁之年辞世时，我还没有离开故乡。而我亲近过的其他老先生大多都是在我两千年后到异乡谋生逐渐谢世的。

与刘先生的交往还是我在故乡求学时的事。由于对文艺的偏好，十五岁初中毕业后我就没有再进学堂深造，而开始了自己的自学之路。那几年我独自住在父亲任教的重庆师范大学的一间宿舍里，尽情学习大学文学系的课程。远在成都的远房祖公、老教育家李仲耕先生知道我辍学自修，便介绍我去拜见他多年的好友、著名文史大家刘知渐先生，说刘先生是前清的进士、举人教出的学生，很有学问，在学界大名鼎鼎，是中国元代文学研究会的会长、中国诗词协会的会长、《三国演义》研究会的会长，在重庆师范大学文学系教古典文学，叫我去向他请教。于是自修之余，我最幸福的事就是到同住学堂的刘知渐先生那里请教，听他滔滔不绝地对历史文化进行批判性的精彩深刻分析。

认识刘先生时，八十岁的刘先生的生活就已经异常艰难。刘先生个子颇高，严重骨质疏松，腿脚软弱无力，根本承受不起身体的重量。再加上高度近视，头顶已秃的方方的脸上总是戴着一副有很多圆圈的高度近视眼镜，耳朵又很背。刘先生的行动就极为困难，走路必须拄着拐杖，脚不离地地半步半步地艰难移动。刘先生住在重庆师范大学的教师宿舍里，从刘先生的宿舍到学堂后门，一般人来回一趟最多也就二十多分钟，可是刘先生拄着拐杖、脚不离地地半步半步一点点艰难移动，最少也要两个多小时。因此刘先生平素基本不大出门，然而为了到学堂后门的书摊去买书，再艰难刘先生也会花几个小时移动往返。我就曾在学堂中碰到过刘先生一点点缓慢移动艰难去买书的情形，然而当我上去问候先生时，先生却高兴地说，他今天好不容易买到一部古本影印的《山海经》。

不仅走路艰难，刘先生在家中生活也艰难。那时刘先生的夫人已去世，两室一厅的教授屋就刘先生一人住，显得空空荡荡。屋里的家具除了一架床、一个衣柜、一个平柜、一张书桌、一张饭桌，几把竹椅，剩下的几乎都是一个挨一个的木书架、竹书架和其中的书籍。但所有的家具和书架、书籍上都蒙着厚厚一层灰。不过刘先生的高度近视也看不见。有一次，刘先生出门忘了带钥匙，半天进不了家，索性请人来把锁下了，所以我初拜谒刘先生的一两年，刘先生的家门是随时可以推门而入的。好在刘先生俭朴的家里除了书大概别无长物，也避免了对书毫无兴趣的小偷的光顾。

虽然刘先生的门可以直推而入，但出于对先生的敬重，我次次都是先在门外敲门。然而刘先生耳背得很，恭敬轻声敲门没有反应，加重敲也没有反应，再加重仍没反应，继而在门外大声喊，一般也没有反应。偶然听见了，刘先生又要艰难地脚不离地半步半步从卧室移到门边，花二十多分钟来开门。以后我不愿先生这般费力，索性也不敲门了，径直推门而入。即使进门了，只要没走到刘先生在的那间屋，刘先生都是不知道。

我几次进屋都看到刘先生厨房的天然气灶上煮着东西，而行动艰难的刘先生竟因看书忘了，不是烧干，就是煮煳，有时锅也烧穿了。当然我遇上的时候会帮先生善后，我没遇上的时候，刘先生又得花两三个小时，艰难地拄着拐杖，脚不离地地半步半步移到学堂后门外去买锅。我的印象中，我亲近刘先生的那几年，几乎没有看到过我以外的别的人，不管是同事还是学生，出入过刘先生的家。

刘先生在生活上虽然很吃力，但谈起学问来却非常自信，思维敏捷，滔滔不绝。刚见我时，看起来已非常颤巍巍的刘先生还极为自信地告诉我，他准备写《新人性论》《文艺复兴时期的中国文化》《中国通史》三部大书，并讲这些书的内容他已思考酝酿多年，搜集了许多资料，早就打好腹稿。

《新人性论》要总结古今中外对于人性的各种议论；《文艺复兴时期的中国文化》是要分析西方发生文艺复兴时，中国为什么没有与西方同步，走上商品经济的道路；《中国通史》更是要通过对中国历史的重写，纠正新中国成立以来对许多历史问题的若干偏见。这三部书都是研究历史文化中极其重大的问题，涉猎学问之多，涵盖面之广，就是很多学者组织的一个班子也未必能将其研究透彻、写作清楚。而刘先生一个年过八旬、身体羸弱、生活吃力的垂暮老人竟还异常坚定地认为自己能够独立完成这种大部头学术著作，这是何等广博深厚的学术功底，这是何等融会贯通的高明智慧，这又是何等的人文自信、学术自信、生命自信呀！

刘先生最爱讲学问上一定要敢于坚持自己的主张，特别不要迷信权威，还要敢于批判权威。他年轻时写了一本《桃花扇》研究的书，就是有别于郭沫若、欧阳予倩等大名家对于《桃花扇》的见解而作的；二十世纪四十年代他曾和大思想家梁漱溟先生就中国未来道路的问题争论了三个多小时。两人争得面红耳赤，互不相让。

谈起这些问题时，刘先生均是斩钉截铁，没有一点犹豫，没有一点商量，仿佛每一样都是绝对真理，不容置疑。当时我也把刘先生的这些见解独到的议论对母亲和一些旁的人说起，母亲和旁的人都觉得刘先生很有些狂。梁漱溟、郭沫若等人都是中国一流的大人物，对这样的大人物刘先生都好像是谈论身边的熟人一样的议论或批评，当然一般来说，普通人是会觉得刘先生有些狂的。

然而，在我与刘先生多次接触后，才深刻认识到刘先生本就是满腹经纶、智慧超群之人。作为文史大家的刘先生和他评论的那些人物同样都是中国不可多得的人。刘先生并不是狂，是来自纵横捭阖的深厚学养与独立思考的自我判断，绝不人云亦云。凡我所言皆我严肃研究思考所得，不依不傍，不低首权贵，不献媚世俗，坚决捍卫学者的精神独立。

这种在学术人生上的独立坚持，在刘先生的藏书中也有极好的体现。刘先生满屋满壁的书中，除了像《十三经》《二十六史》《资治通鉴》《全唐诗》《昭明文选》等著名的文史大书外，我印象很深的是刘先生在他书桌旁最好拿的地方放的是《王国维全集》《陈寅恪文集》。

对当时的我来讲，这两部书是第一回见到而特别欣羡的。在我拜见刘先生之前，正读了那时非常有影响的陆键东先生所著的《陈寅恪的最后二十年》。这本内容厚重、文笔深沉、一唱三叹、充满无限历史感慨的著作，让我爱不释手。自然，书中主人公充满悲情色彩，以遗老自居、固守气节、一生傲骨、教授中的教授的国学大师陈寅恪先生令我深为向往。

陈寅恪先生文中说：“每当社会风气递嬗变革之际，士之沉浮则大受影响，其巧者奸者诈者往往投机取巧，致身通显。其拙者贤者，则往往固守气节，沉沦不遇。”对这段话，我是异常膺服而时时记忆在心的。书中讲陈寅恪先生在人生的最后二十年，“著述唯剩颂红妆”，意为陈寅恪先生在晚年所写著作都是称述江山更迭之际，那些具有风骨气节的柔弱女子。

其中，陈寅恪先生下功夫最深，便是写秦淮名妓之首柳如是的三卷本八十万字《柳如是别传》。我非常想找这部书来读，可那时这样的书，书店中是根本没有的。没想到第一次到刘先生家就看到了刘先生书架上的《陈寅恪文集》。这部文集是上海古籍出版社出版的，蓝底暗花封面的平装本。我喜出望外地一下就从文集中找出了《柳如是别传》，并向刘先生借来读。然而，陈寅恪先生是学涉无涯的顶级国学大师，虽是别传，也是用旁征博引的考证写出来的，读起来很是不易，当然也就进度缓慢。一直想着早点读完了还给刘先生，却不承想，到刘先生去世，这本书还没读完。这部没能还给刘先生的《柳如是别传》，反成了我这里最珍贵的刘先生的遗物。每每看到刘先生借给我的这本陈寅恪先生的书，我就想刘先生一定是非常喜欢具有“独立之意志，自由之思想”的陈寅恪先生，不然刘先生的书架上怎么会有当时少见的《王国维全集》《陈寅恪文集》呢，而且还放在自己最顺手的地方？

“独立之意志，自由之思想”是陈寅恪先生在给王国维先生写的挽辞中讲的话，这句话既是对王国维先生的称道，也是陈寅恪先生心迹的自白。刘先生身上的独立精神不是正与陈王二先生一脉相承吗？

许多年以后，我还在成都的旧书摊上，欣喜地淘到一本与刘先生的《陈寅恪文集》同版本的，上海古籍出版社出版的，蓝底暗花封面的《陈寅恪文集》之六，陈寅恪先生的另一部重要学术名著《元白诗笺证稿》。其实后来图书繁荣，各种新版本的《陈寅恪文集》很容易买到，我却对刘先生书架上那套版本的《陈寅恪文集》情有独钟，总希望有一天能把那套文集里剩下的陈寅恪先生的另外几部学术名著《隋唐制度渊源略论稿》《唐代政治史述论稿》《寒柳堂集》《金明馆丛稿》收齐，然后郑重题上字，以述这套书与刘先生与我的特殊因缘。

对于权威名家，刘先生总是大胆批评，但对老朋友介绍来的我这个求学青年，刘先生却非常热情。每次去，刘先生总要诲人不倦地给我讲许多东西。讲得最多的就是中国必须走商品经济的道路才能富强，农业经济积累的财富太有限。汉初七十年的储备，汉武帝打两次匈奴便用光了。而中国历史上最早讲商品经济的就是商鞅及其后学所著的《商君书》。刘先生特别强调《商君书》短短二十四篇应好好研究，对未来中国还有大用。

因为刘先生对《商君书》的特别表彰，使我对这本书产生了浓厚兴趣，回去后跑了很多书店，终于买到这本书。这也成为我以后研究国学中的子学的重要材料。每每谈到这些，我都能感到一位风烛残年、行动不便的老知识分子对国家前途命运的无限关切与深入思考。

当时我还非常年轻，兴趣主要集中在文学艺术，对于国家道路这样的大问题，没怎么有意留心过，更谈不上自己的思考认识。然而刘先生的这些议论却使我的眼界一下打开，开始有意识地关注历史文化与国家前途命运之间的关系，逐渐学习探索，再专门到农村劳动锻炼，深入考察中国农村社会及农民的生存状态。经过多年的思考，最终形成自己对于国学与国运的关系、中国应该走什么道路、人类应该走什么道路等问题的一系列认识。

而这些问题恰恰是研究国学的人必须思考清楚的。研究国学的人如果对这些问题没有清醒的认识，那么他讲的国学就只能是些琐碎片面的知识学问，而缺乏对现实社会人生的指导意义。在我的国学研究中，传统的学术文化始终要围绕中国向何处去，人类向何处去的问题而展开，虽然有些问题的结论，比如中国是不是必须走商品经济的道路，与刘先生已不太相同，但我能有意识地去这样思考研究，都是多年前刘先生导引的巨大功劳。每思及此，我就对刘先生充满了无尽的感激之情。

谈国家前途命运之余，刘先生还教我古文诗对、治学方法。刘先生讲他幼时跟从前清举人老师读书，老师教一篇《古文观止》上的文章，就叫他仿着那文章的笔调作一篇文章。后来又读清朝桐城古文大师姚姬传的《古文辞类纂》，受到了严格的桐城派古文训练。十四岁前已将《资治通鉴》全部读完。刘先生教我作古文一定要简洁，一个多余的字都不能要。读了我用古文作的《小三苏传》，称赞我文章写得不错，就是之乎者也之类的虚词用得过多。让我一下明白了，如何才是文章的简练，虚词在什么时候用才是必须的，使我在作古文上有了很大的提高。他又教我用作对联的方法来写文章就是骈文。这是我听到的对骈文最精要的概括。教我作对联，刘先生说作对联以构思奇巧、内容丰富而简短为贵，太长的对联就像文章，反而丧失了对联的妙趣。曾文正公是对联大家，值得学习。

元曲看似容易，其实很不好作，今人元曲作得最好的是赵朴初先生，一般人只知赵朴初是大书法家，殊不知作元曲才是他的绝活。诗歌因其抒情性，在众多文体中最有长久的生命力。

新文学作家中，作旧诗的只有鲁迅先生功底最深厚，像郭沫若、郁达夫、苏曼殊辈都是以才气取胜。他还教我读书要不求甚解，若求甚解则容易被困难挡住。往往书读到后面，前面的问题就迎刃而解了，读到那本书时，这本书的问题就解决了。刘先生还告诉我写毛笔字主要靠功力而不是才气，要舍得下功夫。刘先生的这些教导，对于一个热爱传统、立志自学的青年来说，简直如获至宝，心中真是感激不已。刘先生教我的许多东西，现在也成了我教学生的东西。在刘先生客厅的两把竹椅上，八十余岁的刘先生每次都毫无保留、滔滔不绝地给我讲，而十七八岁的我也每次都如饥似渴地静静地听，空荡荡的房间里我们一老一少经常从黄昏谈到黑夜。

六姨祖公仲耕先生作了一首《临江仙》词赠我，说刘知渐先生的小楷写得最漂亮，请刘先生写来送我。刘先生的严重骨质疏松引起手抖，写字也变得非常艰难，更何况是毛笔字。但刘先生还是花了很大力气给我写了出来。临末，刘先生还题了一段话："老友李仲耕先生以《临江仙》一阕，赠青年学子李里君，嘱余代书。余年八十有二，久不执毛笔，徒贻笑耳。乙亥暮春刘知渐。"

仲耕先生送我的词是："翰墨丹青传代代，古今多少先贤。

文心道骨乃真元，若无书卷气，成就是空谈。羡尔青春红似火，辉煌光照人间。攀登正好艳阳天，与君同一路，老少可忘年。”字写好后，刘先生对我说，“古今多少先贤”一句不通，先贤就不会是今天的，因而改作“古来多少先贤”就通了。

后来我把这件事告诉仲耕先生，仲耕先生非常高兴地说，知渐老友真是他的一字之师。刘先生写这幅字时，真是异常艰难，很多字里都能看到刘先生写字时手颤抖得厉害的痕迹。尽管如此，刘先生小楷的功力、字迹的工整秀雅和整幅字所展现出来的透着深厚学养、充满书卷气的精神气象，还是那样分明地呈现在笔笔墨痕之间。然而，刘先生即将走到生命尽头的衰弱之相还是掩饰不住地留在了这幅字里。“若无书卷气”一句，刘先生写掉了一个“书”字，“老友李仲耕先生”一句，刘先生又写掉了一个“仲”字。因了这两个字，我在裱这幅字时，还专门请了一位书家将这两字添上。从此，刘先生赠我的这幅字上，就在整齐的字行间多了两个醒目的、书风不同的字。每当看到这两个字，就看到了风烛残年的刘先生写这幅字时的艰难，和这艰难背后刘先生对我的深厚情谊。得到这幅两位耄耋老学者合作的书法词作，我是格外珍爱，一直带在身边，漂泊到哪里就挂到哪里。到今天已过了不惑之年的我，坐在已搬了无数回家的书房中，抬头一看，最醒目的就是挂在书房正中镜框里刘先生赠我的这幅字。

刘先生还送过我一部《现代千家诗》，上面就收有两首刘先生漂亮工整的七言律诗。《现代千家诗》的序中讲，此书又名《七十年来旧体诗集》。收的全是五四以来著名人物的旧体诗，不仅有国家领袖毛主席、周总理、朱德、陈毅等的作品；更有著名文学家鲁迅、郭沫若、朱自清、老舍、叶圣陶、田汉等的作品；还有国学大师马一浮、吴宓、冯友兰、陈寅恪等的作品；也有著名学者陶行知、林散之、启功、费孝通、钟敬文等的作品。刘知渐先生的作品选在其中，也足见刘先生的成就与影响了，真不愧是文史大家。

在《现代千家诗》的扉页上，刘先生用刚劲有力的漂亮蓝色钢笔题下了："李里同志存阅，刘知渐持赠"几个字，这寥寥数字也力透纸背、棱角分明，就像刘先生不依不傍的独立人格。书中收录刘先生的两首诗，很能展现刘先生的博学哲思、文采风流。一首是为江苏盐城新四军纪念馆落成作的《题陈毅将军像》："东南半壁一支军，儒将风流举世知。遥想兵书旁午日，刀光剑影写新词。"另一首是参加四川江油李白纪念馆开馆作的《题李白纪念馆》："匡山莫感旧时秋，太白高名万古留。未必关情皆粉黛，何妨孤愤寄糟丘。清癯骨相云间月，淡荡生涯海上鸥。眼底权奸如粪土，骚坛旷代罕同俦。"第二首诗文辞优美，意境深邃，我非常喜欢。诗的注释中，刘先生说唐朝大诗人元稹、白居易论李白的诗是"十九皆言妇人酒"，他不以为然，故在诗中特别写了"未必关情皆粉黛，何妨孤愤寄糟丘"两句。读到这里我又不禁感叹刘先生的不盲从权威，随时敢于发表自己独立见解的气魄。

《现代千家诗》这部书的扉页上有新文学大诗人、著名大学者、民俗学大师，活了一百岁的钟敬文先生温润的字迹题写的书名。钟先生是我久所崇仰的学界泰斗。后来听刘知渐先生的一位助教（曾到钟先生执教的北京师范大学进修）回来讲，九十五岁德高望重的钟敬文先生还登台给他们讲课，而且是当时学界年龄最长，仍在登台讲课的先生。

钟先生每次讲课总是拄着拐杖第一个到教室，在教室等所有的进修学员来听课。进修学员照毕业照时，钟先生也是拄着拐杖第一个到，来等所有的领导、老师、学员。

刘知渐先生去世两年后的暑期，二十四岁的我到京城专门去北师大拜访过钟敬文先生。在北师大古旧的一栋宿舍的二楼，敲开了钟先生的家门。遗憾的是，开门的是钟敬文先生年过七旬的儿子，他告诉我，父亲病弱，正在住院，无法接待访问者。不久我就听说钟敬文先生去世了。

写到这里，再看看有着钟敬文先生墨迹，更有刘知渐先生亲笔题赠的《现代千家诗》，我又不禁感叹学海无涯。这部书都跟随我二十多年了，我虽非常珍视，一直把它当成我与刘先生的情谊见证，还保存着我访钟敬文先生不遇记忆的藏品，但都是随意选读，没有从头到尾认真读完，这是应该重重自责的。

另外，刘先生还曾是我外祖母的老师。外祖母平生读过两个大学，一九四九年前读的是重庆女子师范学校体育系，重庆女子师范学校的今身就是重庆黄桷坪的四川美院。一九四九年后又读了重庆师范学校中文系。在中文系读书时，长外祖母十岁的刘知渐先生就是她的古典文学老师。只不过外祖母只是刘先生众多普通学员中的一位，与刘先生没有更多的交往。直到远房祖公仲耕先生给我介绍刘先生以后，外祖母才告诉我刘先生还是她的老师。到今天我给外祖母读我曾写的一篇回忆刘知渐先生的文章时，九十六岁的外祖母还无限感叹地说："没想到我的老师竟对你有那么深的影响。"

我头两年去请教刘先生时，刘先生总是一个人坐在空荡荡的屋里，两年后屋里不知不觉间多了一位四十岁上下的女子和一个十三四岁的男孩。女子看上去是颇有文化而能干的，据说在某报社做编辑，男孩管那女子叫母亲。女子对刘先生家似乎非常熟悉，且很有些主人的样子。但刘先生每次见我还是滔滔不绝地讲学问，并未介绍这女子与男孩。自此以后刘先生的家门便上锁了，不能再推门而入，这让我心中疑惑了很久。

又过了一年，我才从学堂旁的先生那里听说，那位女子是刘先生新娶的妻子，比刘先生小四十多岁。这使我甚为惊奇，更希望了解刘先生。

原来女子的祖父是著名的民主人士、民盟创始人之一的鲜英先生。抗战时期，鲜英先生在陪都重庆上清寺的公馆特园，就是共产党与民主人士聚会共商国是的重要场所。董必武、冯玉祥分别以"民主之家"尊号题赠鲜英先生的特园。周总理、张澜、黄炎培诸先生都是特园的常客。而鲜英先生与刘知渐先生正是多年知交。解放后的动乱年代，鲜英先生家受到冲击，子孙都被连累。鲜英先生的孙女在压抑中长大，性格非常内向，这期间刘先生一直暗中帮助。恢复高考后，鲜英先生的孙女考到重庆师范学校，做了刘先生的学生。据与鲜英先生孙女同学，后又留校重庆师范学校的先生讲，读书期间刘先生就将鲜英先生孙女的名字附在他的名字后共同发表学术文章，还引来旁人许多非议，但刘先生从不在意。毕业以后，鲜英先生的孙女也结婚生子，但家庭生活不幸福，最终还是离了婚。

刘知渐先生的夫人去世后，八十岁的刘先生就提出要和鲜英先生的孙女结婚，遭到文学系许多先生的反对，但刘先生毅然决然终于娶了鲜英先生的孙女。刘先生从未对我提起这些，我也没有和鲜英先生的孙女说过太多的话。在刘先生的葬礼上，鲜英先生的孙女给我留下了极深的印象。鲜英先生的孙女在致悼词时，哭得非常悲伤，泣不成声地说：她虽和刘知渐先生结婚只有两年，但感情是很深的，刘知渐先生既是一位好老师，又是一位好丈夫，嫁给刘先生很幸福。

后来的许多年里，鲜英先生的孙女在刘先生葬礼上泣不成声的发言场景，都时常浮现在我的脑际。而我经常想，鲜英先生孙女极度悲伤的两三句话里，有着无尽的人生况味。这况味中是敬重、是感激、是遗憾、是怜惜、是悲悯、是不舍、是思念、是孤寂、是无奈、是千折百转的悠长心路、是一段特殊历史时空下的情感错位、是艰难世事中的人间真情……

知道刘先生和鲜英先生孙女的故事后，我更敬佩刘先生的浪漫人格。刘先生不仅在学问上有独立之意志，在生活上也特立独行，不随流俗。因此对刘先生的身世经历也了解了更多。

刘先生出生于民国三年（一九一四年），成都温江人。祖父是名医，父亲是清末秀才，教私塾于乡间，既耕且读。刘先生少小随成都五老七贤读书，年轻时做过四川省督学，后往新疆学院任教多年，一九四九年后才到重庆师范学校任教。刘先生原来主要研究历史，到重庆师范学校后因中文系乏人，请他教授古典文学。刘先生却因此将历史与文学结合，创造性地写出了中国第一部编年体文学史《建安文学编年史》，在学界产生了重要影响。从此，才不断出现效法此书的各阶段文学编年史。重庆师范学校也因刘先生在学界的威望申请到了第一个硕士研究点。由于刘知渐先生学识渊博，在许多方面皆有造诣，所以刘先生又任过《三国演义》研究会会长、元代文学研究会会长、诗词学会会长等。

刘知渐先生去世是颇突然的。鲜英先生的孙女虽和他结了婚，但因工作在城里，并不每天到刘先生这里来。八十四岁的刘先生拉了几天肚子，可能无人知道，没及时治疗，结果因严重脱水而辞世。刘先生就这样走了，这是他自己没想到的，也是鲜英先生的孙女没想到的，更是我没想到的。

刘先生还雄心勃勃、无比自信地想完成自己的三部大作，当然他完全没想到自己拉几天肚子就匆匆离开了这个他爱之深、忧之切的人世；鲜英先生的孙女恐怕也没想到，八十多岁的丈夫其身体与中年的自己已全然不同，一个很小的病痛就可能带来致命的危险；远在城里的我连刘先生突然生病都不知道，当然更不可能想到刘先生的去世。那时我已离开学堂，在城里的一个寺庙一边做整理经书的工作，一边自学，去向刘先生请教的时间已不像先前那么多。得知刘先生逝世，我十分悲痛地赶到学堂，在刘先生的灵堂前给刘先生重重磕了三个头，把自己给刘先生作的挽联烧给了刘先生。挽联都是少年之作，不太工稳，但是颇能代表我当时的心情，也就抄录在这里："有幸三生得饱学良师，岂知曩时赐书成遗墨；堪悲一瞬失仁慈尊长，深惜昨日聆教化绝音。"

二十多年过去了，很多人事都已模糊，但刘知渐先生坐在空荡荡的屋子里给我滔滔不绝讲学的情景却依旧清晰。不过现在回想起来，我的心里还是充满了无奈与遗憾。我想那时刘先生虽然体弱，但究竟没什么大病，如果能得到较精细的照顾，是一定不会因为拉肚子就与世长辞的。如果刘先生还能多活些光阴，也许他的三部大著就能问世，他毕生的真知灼见还能为以后国家的发展提供借鉴。遗憾自己那时真是太年少，向刘先生请教的时间实在不太多，而且每次去也只是谈学问，对刘先生缺乏深入的了解，以至今天写起刘先生来，感到不少地方还是空白。最遗憾的是那时只知如饥似渴地求教，对刘先生的关心照顾很不够。特别是我和刘先生的交往只有短短四年，且仅留下唯一一张合影，而这些只能成为永久的慨叹埋藏心底了。

如果今天刘先生还活着，应该一百零六岁了吧。在我亲近的众多老先生中，去世最早、在别人眼里有些狂、高度近视、耳朵很背、走路脚不离地半步半步极缓慢移动，然后孤独地坐在铺满灰尘、空荡荡的教授屋里的刘知渐先生的形象又清晰地浮现在脑海，挥之不去。

二十多年间，见过那么多满腹经纶的老先生，再回想刘先生，他最与众不同的是他在学术上的绝对自信。任何时候刘先生的学术议论都像站在群山之巅，俯视万方。他的每一个结论都仿佛是绝对真理，不容置疑，而对每一个问题的阐发，又总是证据凿凿，教人不能不信。

今天想来，这种自信既来源于刘先生过人的才情、深厚的功底、渊博的学识、敏锐的思辨，更源于刘先生不人云亦云，敢于坚持自己的见解、表达自己意见的独立人格。虽然刘先生的见解未必每一条都不无值得推敲之处，但刘先生的这种对任何事物敢于独立思考的精神，却是非常值得称道的。

正如国学大师陈寅恪先生对王国维先生的评价中所云：“先生之著述或有时而不彰，先生之学说或有时而可商。唯此独立之精神，自由之思想，历千万祀，与天壤而同久，共三光而永光。”刘先生的治学精神也同然，且不知不觉在二十多年中深深地影响了我，使我在很多诸如清帝退位对中国的利弊、地主阶级与中国文化的关系、百年中国的进程、先进与落后的判定、人类文明的走向、婚姻家庭的意义等问题的认识上都有自己不同于一般的见解，追根溯源都是刘先生的身教所致。这是我曾经所没有深刻自觉到的。当有了这种自觉后，我对刘先生的感激又更加深了，对刘先生的怀念也更加切了。

在这深沉感激与浓烈怀念的驱使下，刘知渐先生对我的教益和影响越来越清晰地呈现在我的人生反思里。是刘先生让我这个自学的少年打开了眼界，窥到了学问的广大，懂得了许多治学的方法，认识到做学问必须融会贯通，要将所学与国家民族的前途命运紧紧联系起来，不能只读死书，要勤于思考，更要敢于独立思考，敢于提出自己与旁人不同的见解。还让我学到了做老师的诲人不倦。特别是使我以后始终能带着中国往何处去、人类往何处去的问题去研究国学，让古老的国学能在指导现实社会人生中发挥积极作用。刘先生虽在时间的流逝中远去，但刘先生的教导却深深地留在了我的心底，永不泯灭。

刘知渐先生八十二岁时，用毛笔小楷书赠我的仲耕老人的

《临江仙》词，最近又跟随我搬到了新的住处，现挂在书房的正中。回想刘先生的这幅字已跟随我二十四年，从我故乡旧宅的协和里老屋，到我执教的重庆佛学院华严寺小屋，到异乡成都执教的川音美院宿舍，到更远西安执教的艺术学院宿舍，再回到成都执教四川师范大学时的农家小院，到成都梅香湖畔传薪书院的书楼，到成都禽鸟池边传薪书院的书房，到今天新迁的什邡红豆村千年红豆树下的书房，几乎我住过的所有地方，都挂过刘先生送我的这幅字。看到这幅字，就像随时看到刘先生。刘先生虽然是我亲近过的饱学老人中最早离开的一位，但随时看到刘先生的字，又仿佛刘先生一天也没离开过。

二零二零年早春众鸟夕鸣时

李里于九一亭中

文史大家。重庆师范大学有文史大家刘知渐先生，倡独立之意志、自由之思想。深邃睿智，绘以怀之。

自行束脩未尝无诲

——怀念学界泰斗季羡林先生

我与季羡林先生的交往，为众多好事的媒体所津津乐道的，是我以十块腊肉敲开了季羡林先生的家门。何以十块腊肉就能见到名满寰宇的学界泰斗季羡林先生呢？这是源于孔夫子的教诲，《论语》第七篇《述而》记有孔子说的："自行束脩以上，吾未尝无诲焉"。意思是只要送我十块腊肉，我没有不教诲他的。中国读书人都是孔夫子的学生，既然孔夫子这样教，我就这样送，季羡林先生也就这样见。这原本是极正常的事，然而今人鲜有这样做的，所以大家反觉稀奇，这与我穿长衫而备受关注与争议，是其理一也。中国人穿自己的民族服装本来是极正常的事，但现在绝大多数中国人都不穿了，有人穿反倒让人诧异。这就叫把正常当非常。

我拜见季羡林先生，说来已是二十年前的事了。二十年前，我暂别了自己青少年时代的落魄潦倒，阔别了自己生活了二十四年的故乡重庆，到千里以外的成都，第一次登上大学讲堂执教。我虽兢兢业业，认真教书，然而好景不长，穿着长衫，提着烘笼，拜着老尼学中医，经常亲近老和尚，不合时宜，被众人视为非常的我，教了一年书又被辞退。我在无可奈何中，伤感地离开学堂，又被迫回到故乡。就在这个前途未卜、异常落寞的暑假，怀着寻觅出路的心境，因京城一个私立学堂的招聘而北上。到京城投宿在一个刚刚在那里立足的故人的家里，故人的家在离京城一两百里外的远郊，交通极不方便，到城里办事要辗转五六次车，走几个小时，堵车的光景就更不可说了。我在焦急等待应聘结果而终于落空的十数日里，因白待在故人家的尴尬，只得早出晚归，白天在茫茫人海的偌大京城转悠，然而在这转悠中竟然办成了一件久来渴望却不敢奢望的事，那就是见到了被学界称为一代宗师的北京大学著名教授季羡林先生。

知道季羡林先生已是数年前，那时我还在故乡自修国文，每每周末就要从自修的学堂到城里的书店看书买书，西南书城是新建的最大书店，我常常半天半天在其中流连，在这流连中时时见到名著类的书籍里有季羡林的散文集。当时十四五岁的我并不知季羡林为何人，因为自己熟悉的新文学作家中未曾听闻，以为或是位当代知名作家。经常地取季羡林作品来浏览，才渐知季羡林先生大名鼎鼎，他是当代学界泰斗，东方语言文化研究的专家，翻译家、教育家、北京大学著名教授，曾经还做过北京大学副校长。以后更从各种电视节目中知道季羡林先生的崇高造诣，知道季羡林先生精通十二国文字，尤精梵文及世界少有人懂的巴利文、吐火罗文、西夏文等死文字，曾用二十年时间释读出新疆出土的吐火罗文《弥勒会见记剧本》，在吐火罗文的研究上达到了世界最高水平；翻译过印度两部著名史诗《罗摩衍那》和《沙恭达罗》，因此获得“翻译文化终身成就奖”；撰写过研究蔗糖的文化史与科技史的八十万字巨著《糖史》，生动展示了古代中国、印度、波斯、阿拉伯、埃及、东南亚这些地区文化交流的历史画卷；还积五十年之力将印度中世纪语言变化规律与印度佛教史的研究结合起来，开辟了印度佛教史研究的新途径；另主持编撰了集新中国成立后西域史研究之大成的《大唐西域记校注》，八百册的《东方文化集成》及近千册的《四库全书存目丛书》等重要大型文献；我还偶然在电视中看到，西北曾经出土了一块西夏文字碑，无人能识，专门请季羡林先生去辨认的节目。

更使我对季羡林先生肃然起敬的是，我的一位在北大历史系读书的儿时朋友来看我时，给我讲起的一则在北大广为流传的季羡林先生高尚人品的故事。说一年北大开学时，一位背着大包小包行李的新生到校报到，遇到一位穿着朴素、非常平实的老人坐在校园的路边，就以为老人是校工，让老人帮着照看行李，自己去登记注册。老人非常热情平和地答应了，新生一去就是两三个小时，老人就在路边为他守了两三个小时的行李。第二天全校开学典礼上，新生看到了坐在主席台上，给自己照看行李的朴素老人，听介绍才知这位老人原是名震中外的大学者，北京大学副校长季羡林先生。此外，朋友还告诉我季羡林先生家的灯在北大是亮得最早的，季羡林先生每天早晨都是四点钟起来写作，常年如是，因而季羡林先生也被称为“北大第一灯”。

知道季羡林先生这样的高尚品格与渊博学识后，我就更想了解季羡林先生，详细读了不少季羡林先生的散文作品，对季羡林先生的人生经历也就更加清晰。季羡林先生生于清宣统三年（一九一一年）（他自己说的），山东最穷的清平县，最穷的村，最穷的家。少小家徒四壁，吃高粱面饼子都难得。六岁到济南投奔叔父，在叔父的支持下念了小学、中学，在此阶段发生了写作散文的兴趣，并坚持写作到老年。高中学习德文时，发生了对外国文学的兴趣，因而考上清华大学西洋文学系。师从中国比较文学之父吴宓先生，大学期间旁听了如国学大师陈寅恪、美学家朱光潜、新文学家朱自清、俞平伯、郑振铎诸先生的课，终身受益。毕业后回济南教了一年国文，遂考取清华大学和德国互派留学生的名额，乘西伯利亚火车、经苏联、到德国哥根廷大学留学。预期两年，却因第二次世界大战爆发，待了十一年。其间跟随名扬全球的著名教授年过八旬的西克先生研习吐火罗文、梵文、印度古代语法等绝学，获得哥根廷大学的博士学位，并在印度古代语言研究领域崭露头角。二战结束，怀着迫切的心情回到祖国，经陈寅恪先生介绍，到北京大学执教。创建了东方语言文学系，开启了我国真正意义上的东方学研究。“文革”中，季先生因反对北京大学第一个写大字报的革委会头子聂元梓而遭受迫害，被抄家批斗，打得头破血流，蹲牛棚。改革开放后则以极大的热情投入到学术研究和散文创作中，几乎大部分重要学术成果都是在八十岁以后完成的，皆取得了世界瞩目的辉煌成就。

至于季羡林先生的性格，据他自己在文中写道，他从来觉得自己微不足道，胆小怕事，谨小慎微。但偶尔也有胆大的时候，不过平生也就几次而已。季羡林先生还说，只替自己着想，只考虑个人利益，就是坏；反之，能替别人着想，考虑别人利益就是好。拿这个尺度衡量，季羡林先生说他只能承认自己是个好人。

季羡林先生和其他我认识的大多数老先生不同，他著作很多部散文集，几乎将自己一生经历的点点滴滴，以及对人生、对师友、对文化、对学术的所思所想全写尽了，而且许多文章都写得很精彩，要么感情深炽，要么见地深邃，要么充满讽刺，要么饱具哲思。读了这些散文，季羡林先生这个人就有血有肉、非常饱满地展现在你的眼前。因而我这里就不需多费笔墨去详述季羡林先生的生平了，想深入了解季羡林先生，就去读他的散文。

因了几年中对季羡林先生的崇仰，特别是读到季羡林先生的散文《我的心是一面镜子》的最后一段文字：“二十一世纪将是中国文化复兴的世纪。现在世界上出现了许多影响人类生存前途的弊端，比如人口爆炸、大自然被污染、生态平衡被打乱、臭氧层被破坏、粮食生产有限、淡水资源匮乏等等，这只有中国文化能克服，这就是我的最后信念。”这更让从小爱国、深爱中华文化的我，下了一定要拜望季羡林先生的决心。

虽是为寻觅前途不得已而到京城，却也是难得的到了一心向往的季羡林先生居住的京城，拜望季羡林先生自然成为我无论如何也要付诸行动的事情。在京城转悠，一而再再而三，就是为拜谒季羡林先生。季羡林先生住在哪里，在当时我全然不知。但季羡林先生是北大的教授，到北大寻访一定不错。那时京城正是盛夏酷暑，烈日当空，走在路上随时是汗流浃背，头发湿透，时常是口渴难耐。然而工作无着，衣袋空空的我是连一杯水也舍不得买的，实在饥渴不已，就买半个便宜的西瓜，狼吞虎咽地吃了，聊作一天的口粮。

我就在这样的情形下，清晨六点过从故人的家出门，辗转五六次车，用三四个小时的时间寻到北大。虽是一路辛苦，但到了湖光山色、充满浓浓文化氛围的北大，心情却是异常的喜悦。在北大校园中，一边无比兴奋地瞻仰沿途冯友兰先生的《西南联大碑记》、蔡元培先生的塑像、未名湖的波光塔影，一边虔诚询问路中貌似教员的先生季羡林先生的所在。回答大多是不知道，一霎时的失望后，又决不气馁地继续问。问到十来个人后，竟有一位中年女教员似是而非地答了一句：“季羡林不是东语系的吗？你去东语系问。”当时真有绝望中的人见到一丝希望的欢喜，立马又往东语系寻去。在得到七八个不知道后，突然有位老人告诉我：“季羡林不是就住在朗润园吗？”知道季羡林先生就住在北大的朗润园里，兴奋加剧，步伐更快，未几即觅到北大深处未名湖后的朗润园。

朗润园是北大教员们的住宿地，与热闹繁华的教学游览区形成鲜明对比，静谧祥和。中间有一个大大的荷塘，三伏的时令，满塘荷花迎着骄阳正是别样的红艳。荷塘边则是一栋一栋的住宿楼。走进朗润园，喜悦心情中所见的一切更是分外优美，心旷神怡早将晒得满脸满身的炽热黝黑和口干舌燥忘记殆尽。缩小范围的询问，自然要容易多了，终于知道季羡林先生就住在朗润园十三栋的底楼。

找到十三栋底楼前，看到门上收电费的单子上写着季羡林的名字，真是欣喜若狂。再一看时间已经一点过，心想老先生中午都要休息，不能这时敲门，就在楼梯口的梯子上坐着等待，虽是等待，心情却无比激动。京城虽然炎热，遮阴处却是凉爽的，楼梯口尤然，时不时还有阵阵凉风吹来，很是惬意。其时一只白猫从底楼的窗里窜出，我一看便认出是季羡林先生很多书中都有的，和他合影的那只著名白猫。我正惊喜间，白猫已到我脚下贴着我的腿，从来就喜欢动物的我当然就温柔地抱起白猫，抚摸白猫，和白猫玩了好一阵。再看时间，已近三点，我想老先生休息也该起床了，就急迫而忐忑地敲起了季羡林先生的家门。开门的是一位书卷气而礼貌的老太太，老太太问明我的来意后，告诉我，她是季羡林先生的秘书，叫李玉洁。季老回山东老家祭祖去了，不在家，要过一段时间才回来。细问什么时候，李玉洁老师说尚不知道。

第一次的求访，虽然没有见到季羡林先生，我已心满意足，因为我已在偌大的京城觅到了学界泰斗季羡林先生的家，还见到了季羡林先生的秘书和季羡林先生最爱的白猫。再要见到季羡林先生已不是渺茫，并做好了过几日再来求见季羡林先生的准备。因此我在返回故人住家的几小时慢途中，脸上总抑制不住地流露出像热恋中人的傻傻笑容。

没想到当天晚上回去，就在故人家的电视上看到，中央三台正在播放季羡林先生在山东老家祭祖的情况。九十岁的季羡林先生跪在母亲的坟前虔诚磕头。我一下子想起季羡林先生那篇著名的回忆母亲的散文《赋得永久的悔》。写他童年在贫苦的家里实在过不下去，母亲无奈把六岁的他送到省城的叔父那里，从此再也没有见过母亲，对母亲的永恒愧疚。看到电视中动作迟缓的老人在母亲坟前的久久不舍，看到老人眼角挂着的泪水，自己也禁不住潸然泪下，被季羡林先生的真情深深打动。

接下来便是急切地盼望，也不知季羡林先生何时回京，自己该何时再去。大概四五天后，自己又按捺不住要去拜望。我想九十岁的老人都已到母亲坟前祭拜，也不可能在外边待很久，应该是回来了。自己这样假想着，就越发觉得季羡林先生肯定在家，并觉得有马上就能见到季羡林先生的紧张，更感到必须郑重其事。如何郑重其事呢？我一下想到孔夫子说的："自行束脩以上，吾未尝无诲焉"，心中喜不自禁，以为真是孔夫子显灵，在点化我。

然后即是寻找可以买到束脩的地方，束脩就是腊肉，京城不产。几经打听，终于觅到一家有卖四川腊肉的超市。当时十块腊肉对我来说也是昂贵的，所幸自己到京城十余日，除了坐车，买两三个西瓜充饥解渴，几乎没有花任何多余的钱，买十块腊肉的钱还是够的。买好腊肉便直奔北大朗润园十三栋季羡林先生家。

以为马上就将见到季羡林先生了，反而在门前徘徊，战战兢兢了好久，等自己擦干满头大汗，平心静气下来才鼓足勇气敲门。开门的仍是上次那位季羡林先生的秘书李玉洁老师。李玉洁老师见又是我，就说："季老还没回来。"霎时不知所措，李玉洁老师正要转身进门，我想起了手中沉甸甸的腊肉，忙叫住李玉洁老师，请她帮我把腊肉送给季老。李玉洁老师接过腊肉，又仿佛是看出了我的虔诚，就对我说："你干脆给季老留个条子，报上姓名，说明来意，我好将腊肉一起交给季老。"我连忙感激不尽地答应，待李玉洁老师进门后，就拿出包里的纸笔，在季羡林先生家门前，把一辆停着的自行车的坐垫当桌面，站着用古文给季老写了一封信。简述我对传统文化的热爱与自学经历，孔子自行束脩以上，未尝无诲的教训，以及我希望得到季老指教的迫切愿望。信末我写道："子曰：'朝闻道夕死可矣'。此次来京，若能得先生赐教，则吾为往圣继绝学之心愿则不为奢愿也。"并以"高山仰止，景行行止，虽不能至，心向往之"四句作结。

信写好以后，我又将早已准备好的自己的两篇文章，一篇是写外祖母的祖父、父亲、叔父的古文《小三苏传》，一篇是高等自学考试本科阶段古文作的论文《论琴南林纾氏之古文》，和信一起交给了李玉洁老师。临走时李玉洁老师又把季老家的电话号码告诉我，让我过几天打电话来问问，若季老回来了再过来，免得走空路。这第二次的求见，虽还是没见到季羡林先生，却给季羡林先生送上了自己微薄的心意，呈上了自己的习作，最高兴的是还得到了季羡林先生家的电话号码，并分明感到季羡林先生离我越来越近了。

几天后，我忐忑地拨通季羡林先生家的电话，李玉洁老师告诉我季老已回家，并答应见我，但旅途劳累，若我来见季老，最好只与季老谈五分钟。约好时间第三次去季老家，几个小时的车旅辗转好像都只有几分钟，烈日暴晒也像春风拂面，整个路途又紧张、又兴奋、又喜悦。最没想到的是当我奔到季老家门前时，九十岁的季老已微笑着站在家门口等我。

季老瘦瘦高高的，却并不单薄。几乎光秃的头顶上有一点短短稀疏的白发，脸长长的，额头上几根淡淡的皱纹，眉骨很高，目光祥和。因暑中家居，穿的是一身极普通的薄薄的淡蓝条纹白底棉布睡衣睡裤。季老见到我就热情地和我握手，请我进他的客厅。一进客厅就看到满壁的书柜，书柜里全是一摞一摞整齐的线装书。我见到满屋都是书的老先生不少，但满屋都是线装书的还是第一回看到。书柜前一排沙发，沙发对面一张方桌，两把藤椅。另外特别引人注目的则是墙上挂了很多给季老祝九十寿诞的字画和一尊雕塑季老的铜像。季老的家看上去朴素简单，和名满天下的大名形成了鲜明对比。

季老坐定后，我恭恭敬敬地给季老磕了三个头，季老真诚而谦虚地说不敢当，忙请我起来，让我和他一起坐在方桌两边的藤椅上。然后季老便与我交谈起来，说我不远千里而来看望他，还送十块腊肉，令他非常感动。他已戴着老花镜并拿着放大镜看了我写的信与文章，夸我很有功底，能以自学达到这种程度更是难得。听说我已通过自修完成专科、本科的学习，叫我不要羡慕硕士、博士的虚名，现在硕士、博士到处都是，有真学问的却没有多少。让我应该锲而不舍地在学问上钻研，自学同样能出人才，而且很多大人才都是自学出来的。他说，他的老师陈寅恪先生就是典型，什么学位都没有，却是中国最大的学者。他自己一生的学问得益于陈先生最多，他走上东方语言文化、走上佛学、走上印度学问、走上中印关系的研究道路都是源于陈寅恪先生。又说到王国维先生也是自学，而清华园的国学研究所很值得今人研究，这对当今培养国学人才很有借鉴意义。

季老还讲他在清华大学读书时，念的是西洋文学系。西洋文学系的老师多是外国人，但除了用外文上课，真是不学无术，放到本国，做个中学教员都不一定合格。所以他经常去旁听别的院系的课程，旁听的课却对他一生的治学有很大的影响，陈寅恪先生的课就是旁听的。旁听中最失败的是去听冰心女士的课，那时冰心女士很年轻，又文名正盛，很多年轻学生都挤着去听，冰心女士腼腆不好意思，经常脸羞得绯红，后来干脆凡是旁听一律谢绝，自己便在驱赶之列。不过老年时他却与冰心女士成了好友，见面还会打趣地说，若不是当年你不准我听课，我现在对你就应该以老师相称了。季老特别说，冰心女士八十岁时写了一篇《生命从八十岁开始》，这对“文革”后像他一样的老学者们以极大的鼓舞，可以在暮年将“文革”浪费的光阴追赶回来，继续学术的耕耘与攀登，他的很多学术工作都是晚年完成的，这都与冰心女士的鼓舞分不开。

季老操着一口山东话一句一句说着，声音浑厚而浓重，语速缓慢却思路清晰。季老听说我整理过重庆罗汉寺藏经楼，就如数家珍般与我谈起频伽藏经、碛砂藏经、中华大藏经、日本新修大正藏大藏经，并叮嘱我若要研究佛学必须学日文、英文、梵文、藏文，起码也得掌握英文、日文两门外语。而学外语要努力与天赋，最主要的是努力。季老问起我写的第一部书《竺霞法师传》与正准备写的第二部书《国学通观》的情况，并答应为我的《国学通观》作指点。还让我留下地址，需要什么资料告诉他，他会给我寄来。听着季老真诚朴实的话语，我心中充满了感激与感动。

这样一位学界泰斗却如此关怀我一个素不相识的年轻后学，没有高尚仁厚的人格是绝对做不到的。我说仁者寿，季老是仁者，一定可以活到百岁。季老笑着说，祝愿是好的，但一个人的离开和来到这个世界一样，不是自己可以决定的。他说他对生死很乐观，一切顺其自然，是道家思想。他又补充说陶渊明就是道家思想嘛。老人还对我说读书求学也不必一定要来京城，大文学家郭沫若、李劼人，还有他的好友大诗人何其芳都是四川人。季老说我在四川，可以去四川大学拜见他的老友《文心雕龙》专家九十二岁的杨明照老先生。季老风趣地说杨老人很好，是个大胡子。最后季老又叮嘱我，要我相信中华文化一定会复兴，一定会给人类指引光明，我们都要为之努力。

不知不觉间季老与我谈了两个多小时，远远超出了与李玉洁老师五分钟的约定，李玉洁老师竟也没打断我们。虽然我极不愿离开仁厚博学的季老，但考虑到季老的身体，我还是依依不舍地、恭敬地给季老磕了三个头告别。临行时，季老叫李玉洁老师为我们照了一张相，照相时季老因穿着睡衣，连连说“衣冠不整，衣冠不整”。季老又对我说他虽每天仍要写作，但毕竟是垂暮之年，希望继起更有后来人，所以他今天和我交谈是很愉快的。他嘱我一定要坚持不懈，脱颖而出。离开时，季老倚在门口频频向我挥手，这时我的眼泪止不住夺眶而出，充满了无限的崇敬与感激。

出了季老的家，我再看北大的一草一木倍觉可爱起来，又在经过了三四次的未名湖与北大校门前留了影。心中不停涌起人杰地灵的感慨。我想，像季老这样学识渊宏、胸襟豁达、人格崇高的学人，真正是我们中华民族的脊梁，是我们数千年优秀传统文化的结晶。能拜谒到这样的先生诚是三生有幸，我再一次在心中深深祝愿季老健康长寿，寿逾期颐。

见到季老以后，我从学堂被辞，在前途未卜中到京城谋职的忧伤落寞心境一下子豁然开朗起来。再不向往一定要考取研究生、博士生，对于能不能在京城应聘成功也无所谓，反而对自己的自学充满信心，并更坚定自己要在国学研究的道路上锲而不舍地钻研下去。因为季老不是旁人，而是中国当代学界的一代宗师，所以季老的指点与鼓励对那时正在坎坷逆境中的我所起的巨大作用是难以言说的。这作用就像一个久行沙漠、断粮断水、不知所措的人，突然遇到一个高人，告诉了他一个可以随时在沙漠中获得粮食和水的方法，使无可奈何的他一下信心百倍，大踏步向沙漠的尽头走去。没两天我就得到应聘失败的消息，然而心境已变的我一点儿也不失望，毅然背上行囊返回故乡。

回到故乡后，我就写了一篇《京师谒季老》的文章，记录求见季老的情形。然后迫不及待地给季老打电话，想表达自己的真诚感激。李玉洁老师接的电话，她告诉我季老吃了我送的腊肉，说非常好吃，很是喜欢，还说季老很称赞我这个青年，叫我要好好努力，不要辜负季老的厚爱。听到电话，我更受到莫大鼓舞，不再为考研或谋职而烦恼，一心想着要努力治学，且带着无限热情投入到我的第二部书《国学通观》的写作中。

事也凑巧，当我不刻意谋职时，却偶然遇到一位昔日热衷文学的故人，那时他已出家为僧，在故乡的一所叫做华严寺的古老寺院的佛学院里教唯识学。他就介绍我到那佛学院教《论语》。寺院的国学课不多，我就住在寺院角落一栋两层小楼的底楼一间宁静的小屋里，满心喜欢地边教书边写书。这段时光，我因着心中季老给的巨大动力，大量地阅读国学典籍，勤奋地著述，为日后的宣讲国学打下了坚实基础。其间我还专门去成都四川大学拜访了季老给我推荐的龙学泰斗，研究《文心雕龙》的大学者，比季老大两岁、满脸雪白大胡子、九十二岁的杨明照老先生，并在杨明照老先生那里获得许多教益。

以后每逢节日我都要给季老打电话问候，因为季老耳朵越来越不好，几乎皆是李玉洁老师接的电话。李玉洁老师每次都要问我治学上的进展，并告诉季老，说这是季老最关心的，还让我有机会再到北京去看望季老。

见到季老后的第三年，我已在四川师范大学教书，趁着学生军训的春假，我再一次到京城，去看望一直盼望见到的季老。但这期间季老家的电话一直没有人接，我只有径直到北大朗润园十三栋的季老家敲门。开门的不是李玉洁老师，而是一位自称看门的中年男子。他告诉我季老在北京解放军总医院住院疗养，我想去看望，他却说现在季老年龄越来越大，没有中央或北大的批示，任何人都见不了季老。

我怅然若失地在季老家客厅我曾经和季老坐过的位置上坐了许久，又把客厅里的字画、发黄的线装书细细流连了一番，再拍了几张照，无可奈何地离去。不过临走时又要到了李玉洁老师的手机号码。拨通号码，李玉洁老师告诉我季老身体无大碍，很感谢我专程去看他，不过现在温总理很关心季老，特别嘱咐让季老安静休息，一般探望都请谢绝。这次进京虽没见到季老，却欣喜地拜望到了北大的另外几位学界泰斗：九十四岁的哲学家张岱年先生，九十三岁的历史地理学家侯仁之先生，九十四岁的文学家、诗人林庚先生。

第二年，我将自己写好的《国学通观》前两卷给季老寄去，向季老汇报自己这几年治学的情况，请季老批评指正。没想到没过多久我就意外地收到一封北京大学的来信。打开信封我简直不敢相信自己的眼睛，信封中一张头顶上印有北京大学几个红字的信笺，信笺上用毛笔竖排赫然题了“天道酬勤赠李里小友。季羡林甲申冬”几行字，字下还有朱文、白文两方刻着季羡林名的印。得到季老的题字我是既惊且喜，如获至宝，当成自己人生与治学中最珍贵的纪念，一直珍藏。

这以后李玉洁老师给我打电话，说她在很多报刊杂志上都看到报道我自学成才、四处弘扬国学的文章，她都给季老看了，季老很高兴，也很欣慰，并说季老当年对我脱颖而出的鼓励真的实现了，让我继续努力，争取更大的进步。

一次我到京城讲学，还和母亲去解放军总医院看望了照顾季老的李玉洁老师。李玉洁老师见到我们，就亲切地说，很多材料上都说李里有一个非常理解和支持他的妈妈，今天见到了，她很高兴，还说母亲比她想象的年轻多了。又称赞我能够通过自学，坚持不懈，取得今天的成绩，很不容易。

她和季老都会时不时谈起我，季老对我寄予厚望。而且还有媒体找她求证，是否有我提着十块腊肉去拜见季老的事。我和母亲都感受到李玉洁老师的亲切慈爱，长辈般的关怀。

不久，拙著《论语讲义》出版，书中刊印了我和季老的珍贵合影，以及季老给我的宝贵题词。我在书的《后记》中写道：“谨以此书为作业，敬呈于里寄殷殷期望之季羡林先生。”但给季老寄去后，一直没有回音，好不容易拨通电话，才听说李玉洁老师中风了。我对李玉洁老师怀着感激的心情，从第一次敲开季老家的门，就是李玉洁老师接待我，对素不相识、名不见经传、落魄潦倒中的我引见、关怀，一直转达季老对我的勉励教诲。如果没有李玉洁老师，恐怕我既见不到季老，又不可能和季老长期保持联系。

因了这份感激，我和母亲又专门到京城看望李玉洁老师，她也在解放军总医院住院。这次见到年过八旬的李玉洁老师，她曾经的整洁书卷气已荡然无存，代之却是杂乱花白的头发在头上歪歪地盘了一个髻，脸因面瘫而有些斜，说话的声音有些含混不清，思路还是清晰的，但略有点缓慢。见到我们母子，竟激动地流起眼泪，紧紧拉着母亲的手，颇吃力地对我们讲她是因为过年时帮季老接待应酬各方面的人，累得生病了。现在她不能照顾季老，却时时担心季老的饮食起居和生活工作。边说边流眼泪。我和母亲都安慰她，让她好好休养身体，早些好起来才好去照顾季老。这次离开，我有一种说不出的隐隐担忧，既担心季老，又担心李玉洁老师。

再以后，我还好几次在电视上看到季老的情况：一直住在解放军总医院的季老比先前胖了许多，头脑是清醒的，情绪是饱满的；温总理五次到解放军总医院亲切看望季老；季老将自己积攒了多年的百万元稿费捐给北大设立“北京大学季羡林奖助学金”，奖励优秀学生和帮助贫困学生；季老在汶川地震中流着泪向四川灾区捐赠二十万元拯救灾民；季老在电视上被誉为国学大师、辞学界泰斗、辞国宝；“感动中国”的节目盛赞了季老的事迹，等等。

然而李玉洁老师的电话再也打不通了，从此再也没有李玉洁老师的音讯。又过了一段时间，我听到季老去世的消息。那时我刚从先外祖父老家涪江边上的一个乡间小庙青堤目连寺隐居写完又一部拙著《蒙书讲义》回城，到西藏讲学，下飞机就听说九十八岁的季老在北京解放军总医院与世长辞。我忍住心中的悲伤，立马从西藏到京城，赶在公祭那天到八宝山参加了季老的追悼会。

追悼会场庄严肃穆，悼念大厅上方悬挂着一幅黑底白字的横幅：“沉痛悼念季羡林先生”。大门两侧一副长长的挽联：“文望起齐鲁，通华梵，通中西，通古今，至道有道，心育英才光北大；德誉贻天地，辞大师，辞泰斗，辞国宝，大名无名，性存淡泊归未名。”

追悼会上人山人海，更放满了党和国家领导人送来的花圈，各界人士将会场挤得水泄不通，大家一个挨着一个缓缓前行，轮流给季老告别。轮到我时，我在季老灵前怀着悲痛的心情庄严地磕了三个头，算是对季老作最后的道别。

参加追悼会的人都得到一份北京大学刊印的四页纸的季老生平介绍。介绍的封面是一幅季老戴着灰色毛线帽子，穿着蓝色中山服，满脸和蔼笑容的半身照片。介绍中除了有季老的详细生平和成就外，更谈到季老的崇高人格，其中有几处让我终生难忘。一处是讲季老深沉的爱国情怀，并引季老的原话“我平生爱国，不甘人后，即使把我烧成灰，每一粒灰也是爱国的”；一处是讲季老在学术上作出伟大贡献的原因，是因为季老青年时代就立下了要用学术为中华民族争荣誉，要让外国学者跟着我们中国学者走的誓言；一处是讲季老的勤奋刻苦，季老每天忘我工作十几个小时，一直坚持到九十余岁。读到这些文字，再看着介绍封面季老诚朴的遗容，我感动得泪流满面、泣不成声。回到成都后，我又在自己编的《国学蒙正》报上办了一个纪念季老的专刊，并刊登了我给季老作的挽联：“立德立言先生不朽，弘文弘道国学重兴。”

季老去世了，却给中华民族留下了巨大的财富，这个财富于学界是高不可及的学术巅峰上的稀有明珠，于大众是平易近人的文学园地中的诱人芳草，于民族却是九州景仰的圣贤长廊里的高尚人格。季老的学术研究是冷门，是绝学，是世人难以了解的。如果只有这样的研究，季老就和许多在专业领域有极大贡献的大学者一样，影响仅在学界。然而季老在学术之余，还写了大量文笔朴实、情感深沉、哲思隽永的动人散文，正是这些散文走近了普通民众、走进了千家万户、感动并教育了无数中华儿女。正是这些散文和这些散文传达出来的高尚人格、智慧灵魂，使季老名满天下，影响广远。

到今天，季老已去世十一年，离我第一次去见季老已二十年了。这二十年间，季老对我的意义更是特别的。季老在我最落魄潦倒、前途迷茫的阶段，给了我最大的鼓励与支持，让我坚定了人生前进的方向，得到了读书治学的巨大动力，不受世俗虚名的牵引，义无反顾地走上了国学研究与弘扬的道路，并在国学的传播上做了一点点微不足道的贡献。一生教育培养了无数学子的季老也许并不知道，他的很平常的一次接见、一席教诲、一纸勉励、一片关怀，对我这样一个热爱传统文化，一直不受世人理解的逆境中的自学青年产生了怎样重大而深远的影响。在这里，我要深深表达对季老的无限感激和深沉怀念，同时还要欣喜地告诉季老，中华文化正在伟大的全面复兴，中华文化的和谐精神正在对全人类的前进发展起着举足轻重的重要作用。

最后，我还要虔诚地感谢我们中华文化的塑造者孔夫子，如果没有您“自行束脩以上，吾未尝无诲”的教诲，也就没有十块腊肉敲开季羡林先生家门这段世人眼里的文坛佳话。

二零二零年早春雨水时节

李里于什邡红豆村月老祠畔千年红豆树下

自行束脩未嘗無誨 里年少時嘗以十臘肉叩北京大學學界泰斗季羨林先生家門季老熱情接待勉勵諄諄時先生九十里二十有四繪以懷之

自行束脩未尝无诲。里年少时尝以十腊肉叩北京大学学界泰斗季羡林先生家门。季老热情接待，勉励谆谆。时先生九十，里二十有四，绘以怀之。

大师仁者

——怀念著名哲学家张岱年先生夫妇

引子

我在少年时代受我的六姨祖公、老教育家李仲耕老先生的启迪，对哲学发生了浓厚的兴趣。特别是读了著名哲学家冯友兰先生中年时著的一卷本《中国哲学简史》后，我对中国古代哲学有了一个全面的了解，由此奠定了我对以提高人的精神境界为核心的中国文化的根本认识。更对冯友兰先生无比崇敬，崇敬冯先生对中国哲学的通透、崇敬冯先生讲述哲学的深入浅出、通俗易懂。因此，我又不断寻找冯先生的相关著作，先后觅得了冯先生青年时著的两卷本《中国哲学史》,抗战中著的《贞元六书》，晚年著的《三松堂自序》。母亲看到我在冯先生那里所得到的巨大收获，当我第一次离开故乡重庆到成都南门外的大学堂教书时，母亲特意从千里以外的故乡给我买了一部我最想要的冯先生晚年著的七卷本《中国哲学史新编》，拿到成都送我，让我喜出望外。得到书后，我便如饥似渴地读起来，边读边用红笔勾画，还在书的眉间页旁写了大量的心得体会，而且成为我多年以来案头最常用的书。

这部大作中，冯先生最是发海潮音、作狮子吼，对中国古代哲学作了许许多多高屋建瓴、提要钩玄、深邃独到、发人未发的精妙诠释。我每每读得爱不释手，经常有欣然忘食之乐。冯先生这部积十年之功，从八十五岁写到九十五岁，一百六十余万字的皇皇巨著，让我打通了中国文化的许多关节，时有豁然开朗之感，常常忍不住拍案叫绝。

不久又读到冯先生的女儿、当代著名女作家宗璞女士回忆父亲的文章，文中所记冯先生怀着“阐旧邦以辅新命”的强烈文化使命感，垂暮之年带着病痛顽强写作《中国哲学史新编》，十年之间谢绝一切社会活动，从未间断地每天上午口述写作四个小时，为节约上厕所的时间不喝一口水，整下午枯坐屋中思考第二天的写作内容，吃再难吃的饮食都甘之如饴，一生病就赶紧积极治疗，只为书未写完，书一写完就再也不进医院，从容而死的崇高人格，多次将我感动得泪流满面。

所以一直以来我都把冯先生当作我未见过面，却最崇敬、对我治学影响最大的先生。冯先生的学问几乎完全融入到我的学术生命中，我讲学著书的基本思想大多是沿袭冯先生而略有发明而已。我向学生推荐得最多的书就是冯先生的“三史六书”。冯先生著的《西南联合大学碑记》我更是爱之深切，背得烂熟。古人把不曾相识，却对自己产生巨大影响的人当作老师称为“私淑诸人”。我对冯先生就是“私淑诸人”的。

因而我平生最大的遗憾是与冯先生同生于世，而没能见到冯先生。然而终究无可奈何，冯先生一九九零年以九十五岁高龄辞世时，我才十四岁。那时我还没有听闻过冯先生的大名，纵使听到，也不可能对冯先生产生深沉的崇敬，更不可能一个人万里迢迢到京城去拜访，只怪我生得晚，与冯先生同世的时间太短了！

到我的青年时代，可以远赴京城拜望瞻仰我心中的大师时，自然必定要去北京大学三松堂凭吊冯先生。三松堂是冯友兰先生在北京大学燕南园的家，我在二零零一年到京城拜望季羡林先生时，就寻到三松堂，但那时三松堂院门紧闭，我就在院外流连眺望了许久，心中不断诉说着对冯先生的景仰与感激。两年后我再一次进京，又到三松堂拜谒。这一次三松堂的院门竟是开着的，我欣喜若狂，循径而入，把三松堂内的每一个地方都细细瞻仰了一遍。三松堂的院子不大，院中有一栋两层青砖灰瓦的民国小洋楼，洋楼周围的院坝里有古老的松树，松树下便是些花木杂草。只是三松堂院中仅有两棵松树，我是颇感奇怪的。仔细观览之余，我发现洋楼入口的屋门是虚掩着的，我便忍不住上前敲门，开门的竟是冯友兰先生的女儿宗璞女士，让我惊喜无比。

宗璞女士长得很像冯先生，高高胖胖，朴朴素素，年龄在七十左右。我向宗璞女士表达我对冯先生的无比崇敬之情，希望到屋中看一看冯先生昔日生活过的地方，给冯先生磕三个头。宗璞女士礼貌地回答，很对不起，这是他们的私人住宅，谢绝参观。我虽然很有些失望，但也理解，如果崇敬冯先生的人都来打扰，宗璞女士她们也没有办法正常生活了。我对宗璞女士心中是充满感激的，冯先生晚年妻子任载坤女士去世以后，照顾冯先生饮食起居的所有工作都落到了女儿宗璞女士身上。冯先生写作《中国哲学史新编》的十年间，宗璞女士更是无微不至地守护在父亲身边。冯先生心痛女儿因为照顾他而耽误了自己的文学作品《双城记》的创作，在宗璞过生日的时候还专门给她作了一副对联以表歉疚："鲁殿灵光，赖家有守护神，岂独文采传三世；文坛秀气，知手持生花妙笔，莫教新编代双城。"

我向宗璞女士恭恭敬敬地拜了三拜，表达我对她照顾冯先生的一片至孝之心。随后我又向宗璞女士询问三松堂为什么只有两棵松树，宗璞女士告诉我，她父亲去世不久就死了一棵，让我不禁深深感叹，万物有灵，无感不应。我在院中的松树下磕了三个头，而后恋恋不舍地离去。以后我每次到京城讲学都会到三松堂门前去盘桓一番。几年前我再去，三松堂仿佛已没人住，院门朽坏，小楼空空，杂草丛生，一庭荒凉。当时正是黄昏，还飞起了细雨，真有无限凄凉之感。我心中落寞，不禁在暮雨中赋诗一首："三松堂外久徜徉，寂寞空庭杂草长。悲叹哲人身后事，忽来暮雨助凄凉。”

正由于对冯友兰先生的一往情深和没能见到冯友兰先生的无限遗憾，当然对和冯友兰先生有着毕生友谊的大哲学家张岱年先生就异常向往了。

张岱年先生与冯友兰先生都是中国现代哲学史上的伟大哲学家。张岱年先生二十六岁时著的《中国哲学大纲》与冯友兰先生三十六岁时著的《中国哲学史》两部巨著，被称为中国哲学史研究的“双璧”。张岱年先生和冯友兰先生都活到九十五岁，张先生比冯先生小十四岁，张先生也比冯先生晚去世十四年。这晚去世的光阴正是老天对我的厚爱，让我虽然未能见到冯友兰先生，却极其有幸地见到了张岱年先生。

张岱年先生十八岁读中学时受教哲学先生的启发而立志要以哲学救国。读了冯友兰先生刚出版的《中国哲学史》深受触动，写了一篇《关于老子年代之假定》的文章，发表在《大公报》副刊。冯先生读后以为作者一定是位饱学长者，知道是位青年学生后大为惊异，非常赏识，竟推荐刚刚大学毕业的张先生到清华大学哲学系和自己一起任教。

在交往的过程中，冯先生更发现张先生人品敦厚诚朴，甚是喜爱，竟将自己北京师范大学国文系毕业的堂妹冯让兰女士介绍给张先生，终令二人结为百年之好。以后冯先生还在《张岱年文集序》中写道：“及得见，其为忠厚朴实之青年，若不能言者。虽有过人之聪明，而绝不外露，乃叹其天资之美。旋即与余之堂妹订婚，以学术上切磋之友谊，申以婚姻，益亲密矣。”学贯古今、综罗百代的冯先生都称赞张先生有“过人之聪明而绝不外露”，足见张先生的超凡才智与敦厚人品。之后，张先生与冯先生两家一直比邻而居，直到抗战爆发，冯先生去了云南西南联大，张先生则在北平闭门著书。

抗战胜利清华北返，冯先生又马上请张先生重到清华哲学系教书。为教学方便，冯先生还让张先生一家暂住自己家里。其间，冯先生赴美国宾夕法尼亚大学讲学，冯先生在清华大学哲学系的全部课程就委托张先生替他讲授。《中国哲学简史》就是冯先生在宾夕法尼亚大学讲学时的讲稿。一九四九年后，全国大学院系调整，清华大学的文学院、理学院、法学院全部并入北京大学。张先生和冯先生也就一同调到北京大学哲学系共同讲授《中国哲学史》，冯先生讲先秦哲学，张先生讲明清哲学，直到退休。

张先生晚年《张岱年文集》出版时，九十三岁的冯先生亲自为其作序。序中写道：“张先生真正是一位如司马迁所说的‘好学深思’之士，对于哲学重大问题‘心知其意’。”“张先生之木讷气质，至老不变。其治学之道是‘修其辞立其诚’，立身之道是‘直道而行’。张先生可谓律己以严，高自要求也。”

冯先生去世后，张先生往医院吊唁。据宗璞女士讲，两位老人，一人躺着，一人站着，阴阳阻隔，相对无言，仿佛时间都凝固了。冯先生安葬时，大雪纷飞，张先生主持葬礼，在雪中墓前，张先生高度评价了冯先生的一生。

张先生讲道：“冯友兰先生一生为振兴中华而不断追求真理的伟大胸怀是永远值得我们敬佩的，他留下的宝贵学术遗产永远是我们的财富。”张岱年先生与冯友兰先生延续了近一个世纪的深厚友谊，他们既是同事，又是朋友，还是亲人，更是志同道合的仁人志士，都在同一学术领域终身辛勤耕耘，都在为中华民族的伟大复兴进行深沉的哲学思考，都在自己的研究中取得了举世瞩目的辉煌成绩，都是中华民族的脊梁。这样的先生怎能不“倾倒中华儿女”！不能得见冯友兰先生，只叹我生也晚，而已长成青年的我又怎会放过亲近张岱年先生这样大师仁者的机会呢?

拜见张岱年先生是在求见季羡林先生的两年以后，我又北上京城。这次的进京则专为看望季羡林先生与寻访张岱年先生二事。季羡林先生没有见到，但却无比喜悦地找到了张岱年先生的家，两次拜谒了九十四岁的张岱年先生夫妇。只是那时在拜访前我还不知道张岱年先生的夫人就是我最敬重的冯友兰先生的堂妹，在拜见中得知后着实让我欣喜无比。而拜会张岱年先生夫妇的巨大感动与诸多收获，我已在十年前的中秋写成了以下文字。

十年前的旧文

张岱年先生是当代著名的哲学家，也是当今学界与季羡林先生齐名的大学者。张先生在二十世纪三十年代写成的《中国哲学大纲》是第一部分类研究中国古代哲学问题的专著，在哲学领域有崇高的地位，至今仍是哲学专业学生的必读书。由于张岱年先生与季羡林先生在各自领域取得的卓越成就，且都大力提倡弘扬中华传统文化，因此皆被学界尊为国学大师。对我来说，两位老人都是我由衷景仰的前辈泰斗。

二零零一年夏天，我进京拜谒了九十高龄的季羡林先生，在人生与治学上受到莫大鼓舞。二零零三年春间，我已辗转执教重庆、西安，回到成都，教书于四川师范大学。趁学堂军训自己稍有得闲，又北上京城。季羡林先生因身体不适住进了解放军总医院，没有中央领导专门批示，旁人不得探视。只在季羡林先生北大朗润园的家中流连了一番，但却异常庆幸地拜访到了九十四岁的张岱年先生夫妇。

已九十余岁的张岱年先生身体怎么样，还能不能会客，会不会接见我这个素不相识的名不见经传的后生小子，住在什么地方，全然不知。但我知道张岱年先生是北京大学哲学系的教授，当然只有到北大哲学系去询问。在北大哲学系红墙绿瓦充满浓厚古典气息的京派院落里打听了许久，回答都是张岱年先生都退休多年了，没有住在北大校园里，究竟住在哪里不知道。我怀着总有人会知道张先生住家的信心，就坐在哲学系的院门口等，来一个人我就问一个。最后终于问到一位来哲学系取报纸的退休教员，老先生告诉我张岱年先生好像不久前才搬了家，仿佛新迁到蓝旗营的北大宿舍了，至于具体在哪里不清楚。得到这个大概方向的答复，我已心满意足，心想只要有大目标一定能找到。可惜在哲学系询问的时间太长，询问完退休教员时已是天色将暮，虽迫不及待，也只能决定明日再往。当天晚上得一位与我素昧平生在北京工作的朋友的美意，竟请我在北大朗润园的招待所里住了一宿，让我欣喜地体验了一回住在朗润园与季羡林先生比邻而居的浪漫感觉。这位朋友是内蒙古人，因曾在报上看到介绍我的事迹而多方打听联系上我，相约我到北京一定来会我的。因此我对这位朋友也颇怀感激。

第二天一早，我便兴奋地去往北大以外的蓝旗营，寻到一看，是一片新房小区，其中既有北大的宿舍，也有清华的宿舍。询问再三才找到北大的片区，然而一栋又一栋的小区房，还是茫然。问小区的物业管理和居委会都坚决不告诉我张先生住哪里，正在不知如何是好之际，灵机一动，询问小区清洁工，有没有看见过哪栋楼里有九十多岁的老人，回答确实见过一对九十多岁的老夫妇偶尔会出来散步，仿佛住在某栋。到了某栋再一问，最后果然在某栋的二楼找到张先生的家。

开门的是一位瘦瘦而朴素中又透着书卷气的老太太，料想必是张岱年先生的夫人。老夫人问明我是来拜访张先生的，就极客气礼貌地请我进屋坐。房间里装修很新，只有一两件旧家具还存留着过去的痕迹。老夫人告诉我，他们才搬来不久，房子是儿子帮他们装修的。后来在许多介绍张先生的文章中看到，张先生从前的家狭小拥挤，只有两间屋，一间卧房，一间书房，都只有七八个平方米。因为屋太小，书架都没办法摆，书就直接从地上摞起来，把两间屋都塞满，张先生要在其中找书非常艰难。书房里除了张先生坐，就只能再容一个人，几个人去会见张先生，都只能一个人进去出来了，第二个人再进去，人要在里面转身都很困难。张先生曾有句名言，“书房再大，再漂亮，写不出文章也没用”。张先生睡的床更是一张抗战时的没有漆的旧木床。我买的《世纪学人·百年影像》的书中有张岱年先生的照片，摄于张先生的旧宅。照片中张先生背后确实是密密麻麻、重重叠叠从地摞到天的各种书。

穿着灰布旧中山服，满头白发，眼睛微闭，颇显龙钟的张先生就坐在客厅靠墙的沙发上。沙发的背后有一幅放大的，也是满头白发但精神矍铄、提着包、拄着杖站在故宫中的张先生照相。沙发的旁边有一个显眼的氧气瓶。张先生因为耳朵不好，似乎并不知道屋里有人来。直到我上前恭敬地给张先生磕了三个头，张先生才连忙颤颤巍巍地站起来，随后合拳给并不相识的我弯腰回拜，并用带着浓重鼻音不太清晰的声音说："你给我行这么大的礼，不敢当，不敢当，谢谢，谢谢！"言语神情全是诚厚。听说我是从四川专程来看望他的，张先生又不断地说谢谢，谢谢。张先生请我坐在他的旁边，告诉我他今年九十四岁了，身体越来越弱，尤其是气管炎发起来喘得厉害，最怕受寒。去年以来就不能写文章了，只能读书和休息。谈话间，老夫人还专门进厨房烧了一壶水给我泡茶。我正感激老夫人这么年高依旧礼貌周到地待客时，又来了一位中国社会科学院哲学研究所的教授冯友兰先生的研究生蒙培元先生。蒙先生告诉我张先生的夫人即是冯友兰先生的堂妹，名叫冯让兰。这叫我异常欣喜。因为自己素来崇敬冯友兰先生，以为在学问上读冯友兰先生的书受益最大。虽是我生得晚，没有见过冯先生，今天却难得地见到了冯先生的堂妹，这自然让我在见到张先生的兴奋上增添了加倍的喜悦。

蒙培元先生是来给张先生送他新出版的著作《心灵超越与境界》的，蒙先生说冯友兰先生晚年的身体没有张岱年先生好，冯友兰先生是目失明，耳失聪。张岱年先生补充说，冯先生虽眼睛看不见，耳朵听不见，但思维却非常清晰，《中国哲学史新编》就是冯先生在这种情况下写出来的。蒙先生略坐了一阵，我就请他帮我和张岱年先生夫妇合了张影。

蒙先生走后，我又和张先生继续聊天。张先生虽体弱耳背，说话缓慢，但思维是清晰的，谈到学术仍是有条不紊，有问必答。

我请问研习中国哲学最重要的是什么？张先生答我，是比较中国哲学与西洋哲学的异同。张先生讲：不知其异，则不知中国哲学的特点，不知中国哲学对世界文化的贡献；不知其同，则不知人类文化的共性。询问研治国学最重要的是什么？先生答是读经。说经学是吾华一切学术之本。

问及他研究哲学史与冯友兰先生研究哲学史之不同。张先生讲冯先生重程朱之学，他则重张王之学。特别强调说他最佩服张载，并专门引了一句王夫之称赞张载的话“学问思辨之功，古今无两”。接着张先生又补充说，冯友兰先生晚年也非常重视张载的学说。张先生一生治学的核心就是努力发掘中国古代哲学的唯物主义传统，使之与现代的马克思主义哲学结合，创造适应当代中华民族需要的新哲学。张载、王夫之正是中国古代伟大的唯物主义哲学家。

谈到汉代哲学，张先生说董仲舒影响最大，但哲学思想并不深刻。汉代最有才华的思想家是贾谊，又不幸短命死矣。若贾谊活到八十岁，成就是无人能及的。就现实讲，司马迁的《史记》是汉代学术的最高成就，鲁迅先生称《史记》是“史家之绝唱，无韵之离骚”，“绝”就是再也没有的意思，因此《史记》

是中国正史二十六史之最。这一点张先生反复申说。张先生确实是喜欢司马迁的，《世纪学人·百年影像》中张先生照片旁的题词就是张先生毛笔手书的司马迁的“好学深思，心知其意。究天人之际，通古今之变”数语。

最后，张先生又谈到他青年时代在北师大读书时，章太炎先生的名声最显赫，凡章门弟子皆可为教授。章太炎先生到北师大演讲，身边则有钱玄同、黄侃、马裕藻、朱希祖四大弟子跟随，最有意思的是四大弟子都身材高大，只有章太炎先生个子瘦小，而且操着一口余杭口音，很不容易听懂。说到梁漱溟先生，张先生则讲梁漱溟先生晚年很落寞，生病住院竟没有什么人去看望他，自己专门到医院去看望过他几次，没想到最后一次看望的几天后，梁漱溟先生便去世了。张先生听说我是四川人，就称赞四川自古多出才子学人，谈到清末最后一位经学大师四川井研的廖季平先生时，张先生说廖季平先生的“经学六变”最后颇近于戏谈，一个学者治学岂能如此多变！

不经意间两个多小时就过去了。我真实地感受到季羡林先生在《记张岱年先生》一文中所讲的张先生“奖掖后学，爱护学生，绝不装腔作势，总是平等对人”的品质。怕张先生太累，我只能很不舍地告辞。临走时我又怀着无比感激的心情给张先生磕了三个头。张先生依然是连忙颤巍巍地站起来，两手合拳弯腰给我还礼，嘴里仍然是“你给我行这么大的礼，不敢当，不敢当，谢谢，谢谢！”我出门时张先生和夫人都执意迟缓地将我送出来，直送到楼梯口。当我下楼后转身，还看到夫人扶着张先生站在楼梯口目送我，我感动得泪眼模糊，心中不断涌现“厚德载物”四个字。一时觉得张岱年先生夫妇之风唯“厚德载物”四字足当之。

走出张先生住的那栋楼，我又向张先生住家的方向拜了三拜，心中有说不出的庆幸、感动和崇敬。庆幸苍天厚我，又让我见到了一位学界泰斗、国学大师。感动于两位老人的谦和平易，对一个素不相识的年轻人毫不怀疑，诚挚接待。九十多岁的老夫人还给我这个二十多岁的陌生青年烧茶。张先生更是仁厚朴直，一腔赤诚，不顾年高体弱，知无不言，答疑解惑，嘉惠后学。崇敬张先生作为一代哲学家的睿智深邃。张先生虽龙钟颤巍，但谈到每一个学术问题都是提要钩玄，简明通透，使人闻之豁然。我再一次深切地感受到大师的学问智慧与老一辈学人的仁者风范。感动之余，我马上给故乡的母亲打了个长途电话，述说心中的无尽喜悦。当天春阳暖照、阳光明媚，我无比喜悦地回到北大招待所，再看到未名湖时的心情，我在日记中写道：“心与山色同美，情并水光俱醉”。以后很长一段时间我都沉浸在两位老人带给我的温暖与感动中。

离开京城前我又去探望了两位老人。第一次去我因根本不知能不能找到张岱年先生，又非常急迫，所以没有给张岱年先生带任何礼物，心里很是歉疚。这次我专门给两位老人买了许多银耳、木耳、枸杞、红枣之类的东西。起初本来也想给两位老人买十块腊肉，但看到张先生有气管炎，不能吃腊肉，方才买了些可以滋补老人的食品。并将蒙培元先生上次给我和两位老人照的合影送去，一并辞行。

老夫人见到我已很是亲切，热情邀我入座。这回张先生在沙发上好像睡着了，我本不想打扰张先生，老夫人却说不要让他睡，不要让他睡，待会儿睡着了怕又感冒。言语之间可以感觉到老夫人对张先生的无尽关切。张先生见到我也很亲切，说他看见我很高兴，这句话让我心中又是一阵温暖。看到我送的礼物，张先生和老夫人都感激不尽，连连道谢，让我无比感动。

我将自己写的《国学通观》部分稿子给张先生看，张先生拿到手就一页一页认真看起来。张先生耳朵虽不太好，眼睛却还不错，不戴眼镜就能看小字。张先生看稿时，老夫人则坐下来和我闲聊。她说他们冯家的女子都要读书，她和张先生就是读北师大时的校友，但不熟悉，还是她的堂兄冯友兰先生为他们介绍的。她和张先生同年，今年都九十四岁了。抗战前，他们夫妇与冯友兰先生一家同住一个屋檐下。抗战爆发，冯友兰先生随清华大学迁到昆明组建西南联合大学。她和张先生因在兵荒马乱中和学堂失去联系，没能同往昆明，就留在北京闭门著书，从此两家遂断音讯。老夫人说到这里连连感叹我现在所处的时代好，不像他们处在国破家亡的动荡年月。

听到这里，我再一次被老一辈学人在家国多难的艰苦岁月中孜孜不倦治学、希望学术报国的崇高情怀深深感动，更被两位老人历经沧桑相依相携走到九十余岁仍相亲相爱而感佩。老夫人又说年轻时候她身体不好，家务事多是张先生做，买菜买了几十年。老了以后，她的身体反比年轻时候好多了，家务就多是她做了。后来在张先生的儿媳妇写的《我眼中的公公婆婆》一文中读到，“两个老人携手走过六十年岁月，风风雨雨，相濡以沫，感情至深”。文中讲老夫人临终前生病，张先生每天都坐在老夫人床边陪伴。每天晚上临睡前，张先生都要握握老夫人的手，对她说“明天见”。一次很晚了，张先生唯一一个清华大学物理系教物理的儿子劝张先生去睡觉，张先生坚持要去老夫人的房间，说：“我还没和你妈道别呢！”有几次，老夫人的病有变化，张先生便忧心忡忡，焦灼不安。每次见到儿子媳妇回去，第一句话就迫不及待地诉说：“你妈一天都没睁眼”或“你妈一天都在昏睡”，表情很无奈和无助。每次读到这些文字，内心都会被张先生和老夫人的深情感动得泣不成声。

张先生说自己祖籍为河北献县，父亲张濂是前清光绪二十九年的进士，授翰林院编修，民国后作众议员。父亲题的一副书房对联在他少年时代印象最深，联曰：“醴泉无源，芝草无根，人贵自立；户枢不蠹，流水不腐，民生在勤。”他从小就知道做人最重要的是自立和勤奋。

张先生弟兄三人，长兄崧年，二兄崇年，张先生是老三。崧年、崇年、岱年之名都是父亲所取，崧、崇、岱皆指大山，父亲希望他们有高山大岳的品格。崧年即现代哲学家张申府先生。张申府先生是中国共产党的创始人之一，早年执教北大时与李大钊、陈独秀共同筹建了第一个共产主义小组。中国共产党的名称就是他和李大钊、陈独秀三人讨论出来的。他在北京大学图书馆负责图书编目，是青年毛泽东的顶头上司。

张先生讲大哥张申府研究唯物主义哲学，提倡列宁、罗素、孔子三合一的思想，对自己一生研究哲学影响甚大。他于一九八六年以九十三岁辞世。

张先生又感叹大哥水平很高，可惜留下的著作太少，就因为著述不勤，由此张先生勉励我要勤奋著述。接着张先生谈到他的青少年时代有感民族危机深重，遂萌发了学术救国之心，他一生的治学都是希望为中华民族的复兴找到一套适合的哲学理论。民国十七年（一九二八年）考取清华大学，因不喜欢清华的军事化管理而转到北师大教育系，在北师大时因修的是学分制，所以大量时间他都用来阅读古今中外的哲学名著，读翻译的外国哲学著作觉得很难契合哲学家的深意，就找原著来读。他现在还保留了大学时读过的写满笔记的英文、法文、德文版的哲学名著。在不断阅读的同时，发表了几篇甚有水平的哲学论文，毕业后遂因冯友兰先生的推荐被清华大学哲学系聘为助教。抗战后回任清华大学哲学系教授，一九四九年后则一直在北大哲学系教书。

谈及这些经历时，张先生特别感叹，读大学只为拿一纸文凭，学问关键要靠自学。他大学学的是教育，可毕业后却终身从事哲学研究，全是自己在大学中自学来的，这一点对我这个自学者又是极大的鼓舞。

张先生翻过我的《国学通观》很是称赞，又听说我是自学，更加赞赏，遂欣然提笔为我的《国学通观》题词：“诠释国学要义，阐扬中华文明。二零零三年四月张岱年。”写毕，张先生又请老夫人进书房将中华书局新近出版他所著的《中国哲学史方法论发凡》取来，题上“李里同志惠存”送我。我心中的感激真是无法表达，唯有重重地给张先生磕了八个头，给老夫人磕了三个头。张先生仍是颤巍巍地站起来，两手合拳弯腰给我还礼。用带着浓浓鼻音不太清晰的声音直说：“不敢当，

不敢当，谢谢，谢谢！”老夫人身体比张先生硬朗，急忙拉住我说：“千万不能，千万不能！”

临别时我很是不舍，反复说下次来京一定又来看望。两位老人仍然执意而迟缓地将我送出房门，送到楼梯口。下楼回望，老夫人仍扶着张先生在楼梯口目送我，张先生还是双手合拳，频频点头，直到我远去。离开张先生家，我的心似乎被融化般柔软潮湿，眼泪也似乎随时都会涌上眼睑，张先生夫妇诚厚朴实的蔼蔼仁风让我觉得人间真是无比美好。我想要是我住在京城该有多好，我每天都可以来张先生家帮老夫人买菜、做饭、搞清洁卫生，空闲时陪两位老人说说话，那就是最幸福的事了。然而又是无可奈何，还是只有赶在学堂军训结束前无比不舍地离开京城。

回川以后，好几次做梦都梦到两位老人，脑中时时浮现张先生夫妇羸弱仁厚的身影。一边殷殷担忧两位老人的身体，一边想着一定要早些再去看望两位老人。我一直在筹划和找机会再次进京，没想到第二年春天，母亲突然从故乡给我打来电话，说报上刊登了张岱年先生逝世的消息，现在电视里《东方之子》栏目正在播放有关张先生的节目。

当时我住的四川师范大学东校区外的农家小院没有电视，看不到节目，只有到处搜集报刊杂志上的追悼纪念文章来看。得知是老夫人生病住院，张先生一人在家，不慎摔倒，也住进了医院。因在医院做各种检查时又受寒，引发气管炎、肺心病，诸病交织而去世。报道文章中讲两位老人没有住在同一个医院，因而彼此倍加思念，天天盼着见面，但最终两位老人也没能再见。张先生去世的消息，谁也没有告诉老夫人，老夫人却仿佛冥冥中有知，没几天就追随张先生而去了。

张岱年先生的追悼会在北京八宝山举行，悼念堂上的挽联是“综合创新，经世文章流千古；直道而行，探索真理垂后人”。学术界、教育界、文化界和张先生的几代学生数千人前往吊唁。所有纪念文章在评述了张岱年先生在中国哲学史、哲学理论、中国文化等方面的贡献后，一致称赞张先生是一位真正的仁者，是一位真正将儒家精神内化到自己生命中的大学者。

他对任何人都一视同仁，谦和厚道，做人则质朴木讷。读到这些，我的心中反而在悲伤中感到一种永恒的美丽。张岱年先生用自己九十五年的生命为人间塑造了一个智慧如海、仁德如山的崇高学者形象。冯让兰先生则用自己的生命陪伴、照顾张岱年先生直到生命的尽头。两位老人共同用近一个世纪的漫长岁月诠释了爱情的真谛，谱写了一曲平实而动人的爱情之歌。这也让我更坚信在红尘浊世之间永远有高尚纯洁的灵魂存在，因而对人生更充满理想与希望。

人的一生要遇见太多太多的人，经历太多太多的事。然而，有多少人见一两次面就可以深深地印在心底永不忘呢？张岱年先生夫妇在我心中就是这样的人，虽然只见了两面，但却永生难忘。只要想到他们，瘦瘦朴素而有书卷气的冯让兰老夫人扶着身穿灰布旧中山服、满头白发、一脸诚厚、双手合拳、微微弯腰、不断点头的张岱年先生站在楼梯口目送我的形象就会浮现脑海，经久不去。

后记

以上文字写好已十年，而张岱年先生夫妇去世却已十六年。十六年间，张岱年先生夫妇的神情、身影常常在我脑中浮现，他们大师仁者的风范更一直深深影响着我。在拜访张岱年先生后，我仔细拜读了张岱年先生的大著《中国哲学大纲》，也像读冯友兰先生的著作一样认真勾画批注。张先生迥异于冯先生按时间先后叙述中国古代哲学史的体例，按中国古代哲学家所共同讨论的重要哲学问题为纲来阐发中国古代哲学。张先生将中国古代哲学问题分为宇宙论、人生论、致知论三个部分，又在三个部分中分别论述了像天人、理气、义利、有无、太极、阴阳、大化、诚明等中国哲学中独有的概念。让人一读就非常清楚地了解到同一个哲学问题历史上不同的哲学家是如何认识的。

我在写《蒙书讲义》阐发“人之初，性本善”时，就完全参考了张先生《中国哲学大纲》“人生论”中“人性论”一节。张先生将中国历代哲学家关于人性的学说分为：性善与性恶、性无善恶与性超善恶、性有善有恶与性三品、性两元论与性一元论几种。学习之后，复杂的人性学说变得清晰简明、条分缕析。

在阅读张先生与冯先生的著作后，我对于“大师”这个概念有了比较明晰的认知。大师就是对他所讲述的问题总是带着深重的社会责任感和文化使命感，站在“为天地立心，为生民立命，为往圣继绝学，为万世开太平”的高度，深入透彻，化繁为简，用最简洁通俗的语言将最复杂高深的问题讲得清楚明白，让人容易理解、记忆深刻，并有豁然开朗、振聋发聩之感。而张先生与冯先生的大师风范，是我终身仰望并努力追求的，虽不能至，然心向往之。

在学习张先生的几部哲学大著的同时，我又读了不少回忆张岱年先生夫妇崇高人格的文章。几乎所有的文章中都谈到了张先生夫妇的仁者风范，张先生那么大的学者，没有一点大师的架子，对物质生活基本没有要求，穿着朴素，从来都是一身灰布中山服，一双布鞋，几十年甘之如饴地住在十几平米堆满了书、连转身都困难的狭小屋中。北大领导几次来找张先生夫妇换房，张先生夫妇都以北京房屋紧张、他们住得很好，把宽大的房屋留给那些最需要的同志为由而拒绝了。直到张先生夫妇去世前两年，由于身体越来越差，才不得已搬到蓝旗营北京大学新建的院士楼中，也就是我去拜见张岱年先生夫妇时所见到的张先生的家。张先生夫妇对任何人都谦和平易，不管认不认识的人来求见，来找张先生看稿、写序、签名，张先生都有求必应、从不拒绝，然后认真完成。

在众多回忆文章中，张先生儿媳妇写的《我眼中的公公婆婆》一文最为感人，文中写道：

“公公婆婆对生活太缺少要求了。我对两位老人佩服极了。他们清心寡欲、安贫乐道、宠辱不惊。凡来过我家的人，都为他们朴素甚至简陋的生活条件而震惊。

古圣先贤所谓的‘一箪食，一瓢饮，在陋巷，人不堪其忧，回也不改其乐’，也许就是他们的生活写照。多年来，张家的房子一直很小，家里满地满墙堆的都是书，走路要绕来让去，我公公找书极尽艰难；家里来客人稍多，就要有人站在门廊里。

一次，我所在的报社采访一批学者，包括我公公，来了位摄影记者给他拍照。因为空间太小，甚至找不到合适的调焦位置，记者只好站在家具和书报堆之中，上身使劲儿后仰在椅子背上。北大领导几次要为他们调整住房，两位老人都不动心。

从我结婚起，印象最深的就是我公公的大书桌上，许多年如一日，永不间断地堆满了相识的和素不相识的人送来和寄来的书稿、论文稿，压着一把沉甸甸的黄铜尺，上面镌刻着四个字：‘自强不息’。他早早起来，就伏在那上面，用工整的蝇头小楷批改文章，包括批改标点符号，改正错别字，并写出意见。曾经读过一篇学生后辈写的文章，说起我公公为他的论文作批点，赞道：‘那本身就是一部出色精到的学术论著！’公公家里从早到晚总是客人不断，有一段时间他很忙，身体又很差，医院和系里都嘱咐我们，‘要限制一下’，我们反复对我公公说，不能没完没了地接待客人，不要出去开会。他说：‘好，好，对，对。’等转过身接电话，人们找他做各种事，他还是‘好，好，对，对’。我很不高兴，去问他，他反问道：‘你能不让人家来吗？’我说：‘你身体不好，为什么不能不让他们来？’他不再说话，照样我行我素。远道而来的客人总希望见见他，而在他的耳朵和腿脚都已经比较差的情况下，只要听到门铃响，他还是以最快的速度去‘应门’，甚至从不问一下是谁。

就在最近，外地有陌生人寄来一本公公的书，附了信提出要求：让他在扉页签名后寄回。他说：‘签名可以，可我现在没有能力往回寄呀！’我说：‘那你就别签好了。’他就很着急：‘那不能退给人家呀，这可怎么办？’我说：‘我帮你处理吧！’他不放心地再三嘱咐：‘我签了字，你帮我寄给他吧，可别退回去啊。’”

读了这些文章，又回想我去拜访张岱年先生夫妇的情景，我更深刻地体会到什么才是真正的仁者。真正的仁者是对自己的淡泊和对他人的厚道，张先生夫妇对自己的淡泊在他人的文中已谈得很多了，而我却是受到张先生夫妇厚道对待的众多人之一，在这一点上我有深深的体会。

张先生夫妇最让我感动的，正是他们对于素不相识的我的热情接待，真诚相待，自己都颤颤巍巍、行动不便，还每次都坚持把我送到楼梯口，直到我远去。我一直想，为什么张先生夫妇这样的行为会让我无比温暖、内心潮湿、完全被融化、念念不忘。

后来我终于明白，这种巨大的感动来源于张先生夫妇的“相信”。“相信”不是针对某个人，而是对人性的相信，真诚一贯地相信人性是善良的，所以才能几十年如一日地对待所有认识或不认识的人，一律真诚接待，有求必应。这种相信一方面来源于旧时代人们的质朴善良，另一方面更多地来源于儒家学说高扬着理想主义光辉的人性善理论。

张岱年先生夫妇的相信既有旧时代的遗风，更主要的则是对人性善理论终身不移地固守与践行。仁者最根本的特质即是对人性善的相信与固守。相信人性善和人性是不是本善是两回事。相信人性善是善的范畴，人性是不是善是真实的范畴。相信人性善是理想主义，随时怀疑人性到底善不善是现实主义。真正的圣贤更是深知人性的复杂性，还坚定不移地选择相信人性是善的。深知人性的复杂性是智慧，坚定不移地选择相信人性是善的是仁德。

张先生是杰出的哲学家，他岂能不知道人性的复杂性，但他却终身不移地选择相信人性是善的，这就是张先生夫妇身上最动人的理想主义的仁者风范。相信所发挥的作用是不可限量的，任何人在被人相信的时候，内心是愉快的、喜悦的、感动的，这种愉快、喜悦与感动恰恰能激发人内心善的光辉。当人被怀疑的时候，内心马上会生起反感、敌对、憎恨的情绪，这些情绪生起时，人性恶则被激发。哪怕未必那么善良的人，当被人真诚无条件相信的时候，他也会感动，只要有一点点感动，善便生起。对于一个选择相信的人来讲，相信就成为一种人生态度，我永远是相信你的，至于你的善与不善与我何干。这就是圣贤的品格，这就是儒家的精神，这就是理想主义的伟大力量。

当我思考明白了我无比感动的原因时，张岱年先生已用他无声的生命语言给我上了最生动的一堂哲学课。这堂大师仁者的哲学课已远远超越了知识学问的范畴，成为我终身受益的生命教育。

对张岱年先生夫妇两次的拜见，让我深深领略了大师仁者的人格风范，让我实实在在看到了儒家精神在个体生命中所幻化出的绚烂光辉，让我更加坚定了理想主义的人生态度，让我永远相信圣贤不是遥不可及，而是可以努力学做的。没有见到冯友兰先生是我一生最大的遗憾，见到了张岱年先生却是我一生最大的幸事。我要用一生的时间去力求成为像张岱年先生夫妇那样的仁者。

二零二零年谷雨李里于千年红豆树下

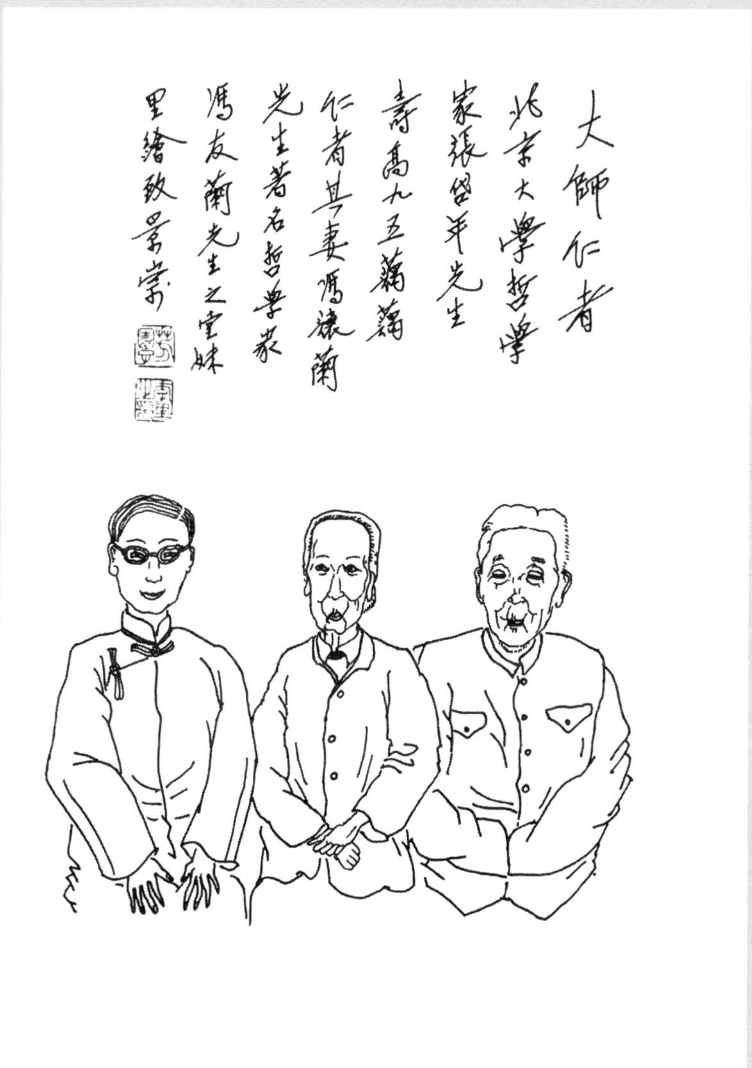

大师仁者。北京大学哲学家张岱年先生，寿高九五，蔼蔼仁者。其妻冯让兰女士，著名哲学家冯友兰先生之堂妹。里绘致景崇。

未名湖之魂
——怀念著名历史地理学家侯仁之先生夫妇

小引

未名湖是今天北京大学最著名的景观。未名湖一池空灵荡漾的湖水和湖水周围葱茏繁茂的佳木、草地及石舫、石鱼、砖塔等众多优美的古迹，陶醉了无数的学者、游人和莘莘学子。

未名湖曾是荒废的清皇家园林中的人工湖之一。如果它后来没有与近代的高等学府结缘，它也就只是京城无数没有名字真正的未名湖而已。

然而历史的明眸垂青了这一汪诗意的湖水，当新文化的号角在神州大地吹响的时候，著名的燕京大学便将这湖水纳入校园，许多饱学的先生都竞相给这优美的湖水命名，却怎么也不满意，最后还是国学大师钱穆先生仿照李商隐的“无题诗”般取了个没有名字的名字——未名湖。因为无题，内涵可以无尽；因为无名，遐想也才可以无尽。

燕京大学在未名湖边流连了三十余载，又被北京大学取代，到今天这两所在近现代中国名震四海的大学，足足和未名湖缠绵了一百年。这一百年又是中华民族最艰难、最传奇的一百年，为了中华民族的伟大复兴，无数的学者大师在未名湖边徘徊，在未名湖边沉思，在未名湖边苦苦求索。

未名湖的绿水波光清清地倒映着一个又一个的饱学身影、高尚灵魂。而这一个个的饱学身影、高尚灵魂又融入了未名湖的潋滟波光之中，化作了未名湖的精魂。古人云：人杰地灵。再美丽的风光景致，如果没有杰出的人文，也就像没有读过书的漂亮女子、没有匾额的亭台楼阁，总教人觉得黯然失色。未名湖山色水光、云痕塔影的绝佳景致和为她沉醉的诸多文人学士、国之栋梁相互映衬，足以不朽。众多国士学人中，与未名湖的厮守得最久、将她的前世今生考证得最清楚详实、特为她勒石题名、与她的灵魂相契得最深、最对她魂牵梦萦、堪称未名湖之魂的便是在未名湖边住了八十余载的一代宗师侯仁之先生。

二零零三年春，已在四川师范大学执教的我趁学校军训之际，再一次进京，专程拜访张岱年先生之余，竟在北大的未名湖边、燕南园里非常偶然又极其有幸地遇到了未名湖之魂的学界泰斗、中国历史地理学创始人、中国“申遗”第一人、为保护北京古城与中华文化作出了杰出贡献的九十二岁侯仁之先生，并得到侯仁之先生夫妇热情真诚的接待。侯仁之先生夫妇身上的崇高人格深深地感动了我，从此与两位老人的交往便成为我岁月深处又一段非常美好的记忆。

侯仁之先生夫妇住在北京大学的燕南园，而燕南园中曾经居住过许多中国一流的大师：像著名哲学家冯友兰先生、汤用彤先生，著名语言学家王力先生，著名经济学家陈岱孙先生，著名史学家洪业先生、翦伯赞先生，著名人口学家马寅初先生，著名美学家朱光潜先生，著名文学史家林庚先生，著名物理学家饶毓泰先生、周培源先生，著名法学家芮沐先生，等等。在众多大师中，侯仁之先生是在燕南园中住得最久，也是最后去世的一位。十年前，百岁的侯仁之先生还在世，我写了下面的文字以记录与侯仁之先生夫妇的交往，表达我对侯仁之先生夫妇深深的景仰，题目名为《北京大学最后一位世纪学人》。而今天，寿高一百零三岁的侯仁之先生已去世七年有余，我又将这篇文章重加增补，易名为《未名湖之魂》。

十年前旧文

北京大学未名湖畔，无数游人合影留念的未名湖异形石碑上疏朗清秀的“未名湖”三个字为北大教授侯仁之先生所题写。侯仁之先生今年刚好一百岁，是中国历史地理学的创始人，北京城研究的著名学者，北京大学唯一还健在的与季羡林、张岱年先生同辈的一代宗师，北大最后一位世纪学人。

我去过侯仁之先生家三次，见到过侯仁之先生夫妇两次，见到侯仁之先生晚年最关心照顾他的女儿侯馥馨女士一次。侯仁之先生给我最深的印象是爱国、敬师、激情洋溢，侯仁之先生夫妇给我最深的印象则是恩爱、默契、待人谦和而礼貌。

侯仁之先生的家在北大佳木葱郁、清幽僻静的燕南园内。燕南园曾是民国年间燕京大学建的一片教授住宅区，里边是一栋栋中西合璧式的青砖灰瓦两层小洋楼，洋楼之间一个个竹树丛生、花叶绕架的小花园。到今天已历经八十余个春秋的燕南园，到处的墙壁都爬满藤萝，或长着湿漉漉的青苔，屋舍的门窗更是漆色斑驳，走在其中颇有岁月尘封、恍若隔世之感。侯仁之先生可以说是燕南园里住得最久的先生。今日北大的校址是昔日燕京大学的故地。侯仁之先生先前既是燕京大学的学生，又是燕京大学的教授。一九五三年燕京大学合并入北京大学，北京大学迁入燕京大学校址，侯仁之先生又成为北京大学的教授。

据北大毕业、年在百岁、我的恩师杜道生先生讲，民国年间北京有五所著名大学——北京大学、清华大学、北京师范大学、辅仁大学、燕京大学。前三所是国立大学，后两所是教会大学。燕京大学于民国八年（一九一九年）成立，美国传教士司徒雷登先生当过校长，买地请耶鲁大学的设计师精心设计修建，形成了具有中国古典园林建筑风格的燕京大学校园，简称燕园。

民国二十一年（一九三二年），侯仁之先生考入燕京大学，其后于此读研究生、任教。除短暂的三年出国留学，其余时光侯仁之先生基本都在燕园度过。从二十岁进入燕京大学到百岁的今天，侯仁之先生差不多在燕园中住了近八十年。

而侯仁之先生的夫人张玮英女士也是侯仁之先生读燕京大学历史系时的同学，他俩的婚礼还是司徒雷登校长在未名湖畔临湖轩自己的寓所中亲自主持的。与燕园浓浓化不开的深情，使侯仁之先生写了大量考证和介绍燕园校史的饱含深情的文章。从这些文章中，我们知道了今天的北京大学、昔日的燕京大学风景如画的校园追根溯源已有三百多年的历史。其源头是宋代大书法家米芾的后人，明朝末年与董其昌齐名的大画家米万钟建的著名园林勺园。

勺园之名乃在“取海淀一勺之水”的意思，“海淀”本是北京西北众多天然湖泊的总称。勺园在明末战乱中被毁后，康熙年间著名大词人纳兰性德的父亲、大学士明珠又在勺园遗址上扩建了别墅自怡园，未名湖就是自怡园修建时挖凿的人工湖。雍正年间自怡园被查没，乾隆皇帝又增建自怡园，更名为淑春园，赏赐给宠臣和珅。咸丰年间淑春园随不远处的圆明园一同毁于英法联军的劫火中。

废弃的淑春园几易其主，最后卖到了民国年间陕西督军陈树藩手中。陈树藩原打算重盖别墅，结果被看中其地的司徒雷登校长游说买下，从此进入现代一流大学的历程。另外，在侯先生的考证中还讲，现在季羡林先生居住的朗润园，在前清时还是道光皇帝赏给咸丰皇帝的六弟、洋务运动领袖恭亲王奕䜣的府宅。

第一次见到侯仁之先生是很偶然的。我在燕南园中寻觅北大中文系最后一位老学者、九十三岁的林庚先生的住所，走到燕南园六十一号的时候，见到一位慈祥而颇有风度的老人拄着拐杖在浇花，我就走上前去，深深给老人鞠了一躬，然后询问林庚先生的所在。

老人极热情地说就在前边一个院落，并说林先生比他长一岁，身体却比他好，每天还要在燕南园里跑步。我顿时被老人的亲切仁爱打动，又见老人风度翩翩，料想必也是北大的某位老教授，我就恭敬地问老人贵姓，老人温和地说姓侯，我马上激动地追问是不是侯仁之先生，老人很谦虚地回答正是。我内心有不可言说的惊喜，没想到竟在问路时见到了大名鼎鼎的侯仁之先生。当时对侯先生虽不十分了解，但每次流连于未名湖边，早已对未名湖碑上的“侯仁之”三字熟悉并崇仰了。今天不期而遇地见到，且侯先生又是如此的仁厚、和蔼、热情，我自然喜出望外，连连给侯先生拜了三拜，并说待会儿一定要来拜访先生。侯仁之先生竟微笑着说：“欢迎，欢迎。”

从林庚先生家出来，我径直来到侯仁之先生家。侯先生家的住宅与燕南园其他的屋舍差不多，都是青砖灰瓦的旧式两层洋楼。进屋便是客厅，客厅不大，最醒目的就是挂在正墙上的一张乾隆年间的京师大地图，地图将整个墙壁占得满满的。

后来我从三联书店出版的《侯仁之传》中知道，对北京城历史的研究是侯仁之先生最主要的工作之一。他将毕生对祖国的热爱都投入到对首都的研究、保护和宣传中。早在燕大读书的青年时期，侯仁之先生就开始研究北京的历史，在外国留学期间的博士论文即《北平的历史地理》。从新中国成立初到退出讲坛，侯仁之先生每年都要给北大新生讲《历史上的北京》一课，给无数学子留下极其深刻甚至是终生难忘的印象。晚年侯先生写出了带有强烈历史使命感的《保护卢沟桥刻不容缓》《莲花池畔再造京门》《从莲花池到后门桥——保护古城发展起源，改善城市生态环境》等系列文章。卢沟桥、莲花池、后门桥都是北京重要的历史文化遗迹，对现代北京城市的规划发展仍有着举足轻重的意义。在侯仁之先生的大力倡导下，残损的卢沟桥、干涸的莲花池、毁败的后门桥得到了保护和修复。

原本将建在干涸的莲花池上的著名北京火车西站，也因为莲花池的保护而迁移了位置。修复以后，这几个地方现在都成了北京重要而优美的风景文化旅游区。而莲花池甚至对改善北京的气候都起了重要作用。侯仁之先生不仅热爱古都北京，还热爱有着几千年灿烂文明的伟大祖国。二十世纪八十年代初，当侯先生了解到国际上已于一九七六年成立了世界遗产委员会，并发布了《保护世界文化与自然遗产公约》后，即以全国政协委员的身份写出了建议中国尽早加入世界遗产委员会的提案。一九八五年侯先生的提案被通过。

同年，中国成为世界遗产公约缔约国，并开始申报世界遗产。至今为止，中国申请的文化自然遗产已五十五处，居全世界第一位。侯仁之先生也就成为中国“申遗”的第一人而永载史册。这些都是侯仁之先生为保护中华历史文化立下的不朽功勋。而侯先生家客厅中这张巨大的京师地图正是侯先生毕生研究的最好体现。地图对面的墙上有别人祝寿时送给侯先生的“大德必寿”字幅。侧墙上还有著名史学家顾颉刚先生的叔父、上海图书馆馆长、著名版本目录学家顾廷龙先生赠送给侯先生的篆书条幅。客厅里有几个书柜，一对太师椅及会客的座椅，电视桌上放有侯仁之先生与赵朴初先生、季羡林先生、雷洁琼先生的合影，整个客厅紧凑温馨而富有书卷气。

侯仁之先生脸长长方方的，戴一副金丝眼镜，头发全白了，但眉毛却又黑又浓又长，和白发形成了鲜明对照。胡子剃得干干净净，穿一身干净整齐的夹克，整个人显得清爽仁慈。其他照片中侯先生也都是西装领带，看得出是颇讲究的。侯先生看到我，又热情邀我入座，微笑而颇赞许地说：“你穿着长衫很好看，极有学者风度。”说完忙叫保姆上茶。问明我是四川师范大学的教员后，侯仁之先生的夫人让我在来访者的登记簿上签上姓名和地址。签字的时候，先生告诉我，他夫人叫张玮英，是中国科学院研究近代史的教授，比他小四岁，今年已八十六岁了。后来才知道张女士精通英文，翻译过许多学术著作，造诣也极高。张玮英女士头发花白，穿着老式小领蓝色西装，文雅谦和，也和侯先生一样满脸仁蔼。侯先生的声音有些浓重，张女士的声音则很斯文。收好签名册，张女士就一直陪坐在侯先生身边，静静听侯先生说话，偶尔补充一句半句侯先生的话。

两位老人对我的态度完全不像是素昧平生，更像是对好久不见的故人学生那样亲切，这令我十分感动并倍感温暖。

侯仁之先生一直兴致勃勃地与我讲话，直到要吃中饭我才起身告辞。

近两个小时的交谈中，侯仁之先生谈得最多的就是他的两位老师，著名历史学家顾颉刚先生和洪业先生。侯先生讲他之所以投考燕京大学，就是因为当时在《中学生》杂志上看到一篇顾颉刚先生满腔热情勉励青年不要空谈救国，要树起脊梁唤醒民众的文章后大受鼓舞，又得知顾颉刚先生是燕京大学的教授，遂决心投考燕大。而自己终生对北京城研究的兴趣也是在顾颉刚先生的影响和启发下产生的。说到这里，侯先生眼里已盈满泪水。

接着，侯先生又谈及洪业先生，说洪业先生的学术造诣不让顾颉刚先生，只是洪业先生在二十世纪四十年代去了美国哈佛大学任教，所以鲜为人知。我也是在侯仁之先生这里第一次听说洪业先生的。

侯先生怕我听了印象不深，又爬到二楼的书房去找洪业先生写的书给我看。九十二岁腿脚不便的侯先生为我这个从不认得的人爬上爬下，让我感动不已。侯先生下楼来怕我等久了，又抱歉地说："我因为长期在西北沙漠考察，损伤了筋骨，行动不便，让你久候了。"听到这里，我的眼泪情不自禁地流了下来。

侯先生又讲洪业先生对他影响巨大，让他终生难忘。他一九八三年到美国讲学，曾专程去看望洪业先生，没想到回来不久，八十一岁的洪业先生便去世了，没过几天，与洪业先生同年的顾颉刚先生也去世了。一年之中他痛失两位恩师，真是悲痛欲绝。说到这里，侯先生又激动得满眼泪水，嘴角一直发抖，良久不语。坐在旁边的八十八岁的张玮英女士轻轻拉了拉侯先生的手，又给他递上手绢。

过了一会儿，侯先生又说他能走上历史地理学的研究道路，与洪业先生有极大关系。后来我才从侯仁之先生写的《怀念我师洪业先生》一文中得知，侯仁之先生是洪业先生带的研究生，得到了洪业先生极严格的学术训练。洪业先生曾推荐他到其他院系用英文做过一次《历史上的北京城》的讲座。当时侯先生担心自己的英语水平难以公开演讲，洪业先生鼓励他将此当做自己练习的机会，并让他准备好后在自己的客厅中对自己先讲了一遍。经过洪业先生的精心训练，侯先生的讲座大获成功。

研究生毕业后，侯仁之先生想出国留学，洪业先生告诉他：择校不如择师，投师要投名师。美国哈佛大学虽好，但没有你想深造的专业；英国利物浦大学虽不如哈佛有名，但那里却有历史地理学的名师。就这样，侯仁之先生到了英国利物浦大学，跟随现代历史地理学的奠基人达比教授攻读历史地理学博士。从此，侯仁之先生走上了成为中国历史地理学的开山鼻祖之路。一九四九年后，在侯仁之先生的引领下，北大建立了中国第一个历史地理学专业。没有洪业先生的指引，这一切是不可能的。明白了这些，也就不难理解侯仁之先生对自己老师的深情厚谊了。

拜见侯仁之先生的时候，我以为历史地理学就是研究古代疆域政区的沿革，侯仁之先生告诉我那是顾颉刚先生研究的内容，历史地理学研究的范围远比这个广得多。其核心是研究历史中的地理，地理是研究的主体，但不是现在的地理，而是研究这个地理区域历史上的状态。

侯先生说到自己的专业很希望我能搞明白是怎么回事，又举例告诉我，比如我们现在看到的某些沙漠，未必历史上就是沙漠。那么历史地理学就是研究这沙漠最早是什么样，后来又有哪些变化，最后因什么原因变成了沙漠。弄清楚了它变化的过程和原因，才能对今天的沙漠治理寻找到最佳方案，并能预防以后的沙漠化现象。后来我才知道侯先生正是运用历史地理学的理论，多次深入沙漠考察研究，为祖国西北沙漠的整治做出了巨大贡献。侯先生又讲研究北京城古代的地理情况与建都的关系及历史，对于今天北京城的规划、发展和建设有着极其重要的借鉴意义。

侯先生深入浅出的讲解，使我这个初次接触历史地理学的门外汉也豁然明白了一门全新的学科，并对其产生了浓厚的兴趣。侯先生为了让我更深入地了解，他又请张玮英女士上楼取了一本他自己著的、收入院士文库的《历史地理学四论》送给我，说这其中有他对于历史地理学的详细论述。我请侯先生题两个字作纪念，侯先生笑说："我的手抖得很，写的字难看，夫人比我写得好，请她代我写吧。"张女士于是坐在书桌前工整地题写了"李里先生指正，侯仁之敬赠，二零零三年四月"几个字。我自然又是一阵欣喜与感动。

接着侯先生又告诉我，他在英国利物浦大学留学，刚拿到博士文凭就听说伟大祖国解放了，他万分喜悦，急于想回国。

但路途遥遥，那时又没有飞机，只有先乘海轮到香港，再由香港转海轮到天津，由天津乘火车到北京，足足走了一个多月，心中焦急万分。最终还是在开国大典前三天赶抵京城。侯先生更兴奋地说：“三天后我参加了开国大典，数十年盼望的祖国独立终于实现了……”

说到这里，侯先生话语哽咽，眼眶里又涌出激动的泪水，嘴颤抖得更厉害。我一直感动的情绪此时再也控制不住，竟与老人一起流起泪来。后来我才知道，侯先生的爱国情怀是一以贯之的。抗日战争初期，燕京大学作为美国办的教会学校，得以暂避日寇的侵扰，成为北平沦陷区青年学生的聚集地。这时，司徒雷登校长命侯仁之先生作学生委员会的副主任，负责把燕京大学的抗日学生秘密转移到国统区或解放区，侯仁之先生出色地完成了这项工作。

太平洋战争爆发后，燕京大学被日寇占领，侯仁之先生及燕大的一批教授被日寇逮捕。在监狱中，侯仁之先生大义凛然，一边坚决与日寇斗争，一边照顾监狱中的老教授。最终日寇找不到什么理由，只得将侯仁之先生释放。之后侯先生避寇于天津岳父家，埋头研究天津的历史地理，曾几次拒绝日寇的拉拢和利诱，直到抗战胜利。

我所亲近过的老先生不少，从不相识却接见我的也有，而像侯先生这样因碰见后就热情真诚地待我，并一说就是一两个小时，且在一两个小时内就激动地流了三四次眼泪，为自己的老师流泪，为自己的祖国流泪的九十多岁老人我还是第一次见到。一时间，我被老人的人格感动得不能自已，崇敬、喜爱、不舍、激动全涌上心头，简直无法用任何言语表达，只得还是给侯先生重重地磕了八个头。这时，我觉得磕头都不足以表达我心中的感激和崇仰。

张女士见我磕头连忙过来拉我，侯先生也颤抖着站起来，他也感受到了我的感动之情，因我的磕头而更加激动，连说：“我这时心里乱得很，乱得很。”我告辞，侯先生似乎同我一样的不舍，又嘱我一定要把与他们的合影寄去。张女士因了我的磕头也充满感激地谢我，一直将我送到门外，送到小院里。我还在给张女士鞠躬告别时，本说腿脚不便不出来送我的侯先生，竟又拄着拐杖走到门边来向我招手。我请他们进去，他们执意要我先走，我一步一回头，频频挥手示意请两位老人进屋去。但到我要消失在他们视线外时，我最后一次回头，两位老人还站在院中向我招手。

离开燕南园，我的脑中一直浮现着侯先生仁蔼而饱含激情，张女士文雅而温婉礼貌的形象，经久不去。和两位老人这一次偶然而充满感动的交往，从此成为我生命中最温馨美好的记忆之一。有些人天天见面，不过是人生的过客；有些人只见一面，便成为人生中的永恒，侯仁之先生夫妇于我就是这样的。回到四川以后，逢年过节我都要给两位老人打电话问候，不管是侯先生还是张女士接电话，也都会亲切地问候我。由于对侯仁之先生的关注，我又陆续买到《侯仁之讲北京》《侯仁之传》《洪业先生学术论文集》等书，对侯先生的生平、成就及历史地理学有了更多的了解。

侯仁之先生生于清宣统三年（一九一一年）的河北枣强县。

父亲毕业于协和大学，在枣强县的教会学堂任教。母亲受外公影响，颇有学问。侯先生幼年体弱多病，多次辍学，母亲为他订阅了不少画报作为特殊的启蒙教材，还常为他讲《圣经》中的小故事以启发他的学习兴趣。十五岁入山东德州博文中学读书，在此接触了大量新文学作家的作品，特别是读了冰心女士的小说《超人》，更是对新文学产生了极大的兴趣，以后他的学术论文都写得文笔优美如抒情散文，则是受这时期的影响所致。二十岁转入通州潞河中学，今天的潞河中学还专门将教学楼命名为“仁之楼”，以纪念杰出的校友侯仁之先生。二十一岁考入燕京大学历史系，燕大毕业留校，其间因保护抗日学生被日寇关押在集中营两年。抗战胜利后，三十五岁时留学英国利物浦大学，攻读历史地理学博士。新中国成立后，三十八岁回国任教于燕京大学，正式开设“中国历史地理学”课程，并受梁思成先生之邀兼任教于清华大学。北大迁入燕园，四十二岁任北大副教务长及地理系主任。从此开始系统研究北京城，又连年深入西北沙漠考察。

“文革”后期，侯先生就开始对邯郸、承德、淄博、芜湖等城市进行历史地理学考察，并取得丰硕成果。“文革”结束，年近古稀的侯先生更是以饱满的热情、昂扬的斗志，把全部精力积极投入到教学科研中，几乎每天工作十几个小时，发表了一百多篇论文，为北京城的研究保护与西北沙漠的考察整治作出了杰出贡献。他还十次出国参加国际学术会议和文化交流，向世界宣传中国的古今地理学成就，并担任北京市政府首都发展战略组顾问。因杰出的贡献，侯先生在国际国内获得了无数荣誉：如美国地理学会颁发的“乔治·戴维森勋章”，这个用以表彰全世界最优秀地理学家的奖项，至今全球只有六人获得。还有享誉全球的《国家地理》杂志的美国国家地理学会颁发的“研究与探索委员会主席奖”，获得这个奖项在国际地理学界是最高殊荣。颁奖词写道：“侯博士是中国学术成就最丰厚的地理学家，他坚持出版研究著作，跨越自然科学与社会科学领域，是当代地理学的世界级人物。”侯先生还获得专门授予长期致力于推进国家科学技术进步，并取得国际高水平成就者的中国香港“何梁何利基金科学与技术进步奖”。侯先生坚持工作到九十五岁，直到身体完全不能支持才非常不情愿地停下来。暮年的侯先生虽一直在病中，却一直心系祖国的发展、心系北京城的水源开发、心系历史地理学的传承、心系未名湖的山光水色……

越是知道侯仁之先生的生平与在学术上的卓越成就，越是感到侯先生对人的谦敬仁厚，没有丝毫自满的气息。很多文章也写到侯仁之先生夫妇待人的和善与真诚。当我买到三联书店出版的《侯仁之传》时，还喜悦地在扉页上题下了“五十四年孟春晋京，偶谒侯仁之先生夫妇。仁厚长者，满怀激情，爱国敬师，相敬恩爱，皎若明月，永生难忘，喜题数语以识”。

这本书中最动人的就是有很多张侯先生与张女士两位老人在花丛中、在大雪里、在屋门前、在燕园内相依相偎或相互搀扶，笑得灿烂祥和的照片。几乎我身边所有看到这些照片的人，没有谁不被照片中从生命岁月积淀里流露出的恩爱甜蜜和至善至美所感动。书里还专门说到一件事，就是作者无论哪次去采访侯先生，侯先生总是不知不觉地就会饱含深情地谈到顾颉刚、洪业两位恩师，而将采访的问题忘到九霄云外。

三年后，我因到东北讲学，特意绕道北京和母亲一起去看望时常想念的侯先生夫妇。九十五岁的侯先生远不如三年前思维敏捷，也没有那么健谈，身体已弱了许多，说几句话就很累了。九十一岁的张女士还是那么文雅温婉，默默深情地照顾侯先生，同时陪我们说话。说话间，她随时目光温和地看看侯先生，小声地问侯先生累不累，要不要喝水。这次探望不久，就看到中央电视台“大家”栏目采访侯先生，这时侯先生已不大能说话，只是对着镜头慈蔼地缓缓地招手。

去年季羡林先生逝世，我专程赶到北京八宝山公墓吊唁，然后又到北大燕南园看望两位老人。这次只有侯仁之先生的女儿侯馥馨女士在。侯馥馨女士曾代表侯仁之先生出席在美国纽约举行的美国地理学会为侯仁之先生颁发乔治·戴尔森勋章奖的仪式。侯先生的女儿亦如张先生那样文雅礼貌，告诉我父亲这两年一直住在北大校医院，母亲也年事日高，不大能见客了。我又详细询问两位老人的身体情况，之后坐在侯先生家的客厅许久不愿离去，心中一直默默祝愿两位老人健康长寿。

写这篇文章时，离见侯馥馨女士已过了两年，侯仁之先生再有两个月就整整百岁，张玮英女士也应该九十六岁了。我怀着忐忑的心情又拨通了侯馥馨女士的电话，询问两位老人的情况。侯馥馨女士告诉我，父亲还在医院，只是精力很弱，几乎不大说话。母亲还好。听到这些，我深深地松了一口气，长悬的心再一次放下。作为北京大学硕德博学的世纪学人，侯仁之先生的健在，就是一种精神象征，会激励着无数后学朝着学术的巅峰攀登，向着崇高的人生境界迈进。而侯仁之先生夫妇的健在，会激励无数男女追寻美满长久的婚姻爱情。我就是众多后学与世间男女中的一个，深深享受着侯仁之先生夫妇的生命阳光。愿这阳光长久照耀，永不消逝。

二零一零年冬葭月渝州
李里于西蜀天人轩

后记

这篇文章写完的三年以后，侯仁之先生以一百零二岁离开人间。从各种报道中看到，侯先生生前一直嘱咐丧事从简，因此没有举行告别仪式，只在北京大学百年纪念堂设了悼念堂，供社会各界及侯先生的众多学生们去吊唁。

灵堂上有一副长长的挽联：“治学必源流探究，求经世致用，创特色学术；做人以家国为本，尽赤子之心，成一代宗师。”

遵照侯先生不想大家悲哀，希望给大家留下健康快乐形象的遗愿，灵堂里没有低回的哀乐，取而代之的是侯先生最喜欢的《燕京大学校歌》和《田园交响曲》交替响起。灵堂中有来吊唁的侯先生早年的学生讲述侯先生给他们上第一堂课时讲的话：“不要做书斋里的学生，要学文艺复兴的大家。

为学如叩钟，大叩则大鸣，小叩则小鸣。做学问要有‘问渠那得清如许，为有源头活水来’的探究精神。”得知侯先生去世的消息，我本来很想赶到京城悼念，但侯先生去世的时候，我办的传薪书院正在给刚去世的我的另一位恩师杜道生先生举行追悼会。想起曾经侯仁之先生对我讲，他一年之内连失顾颉刚、洪业两位恩师无限悲痛的心情，我那时也深切地体会到了。我也一年之内连失侯仁之、杜道生两位恩师，真是痛彻心扉、难过不已。未能到京吊唁侯仁之先生，又成为我一个永久的遗憾。

侯仁之先生去世后，我一直挂念着年近百岁的张玮英女士，但因再也打不通侯先生家的电话，所以也不知张先生的情况。两年后我到京城讲学，又专门到北大燕南园侯先生家询问，侯先生的女儿侯馥馨女士告诉我她母亲还在世，但一直住在北大校医院，都已好几年了。侯馥馨女士讲北大一百一十周年校庆时，许多媒体和学校的各种团体及学生故人都来采访拜访已九十五六岁的母亲，从来都谦和礼貌、不会拒绝人的母亲一一应接，再加上对于北大校庆母亲也很激动，在接待中说了比平时多很多倍的话，结果劳累过度，突发脑溢血，经抢救虽保住了性命，但却只能长期卧床，头脑也不太清醒了。听了侯馥馨女士的述说，我心里非常难过，很是心痛张先生。辞别了侯馥馨女士，我立马赶到北大校医院探望张女士。

走到张女士病房的门口，我就感到一阵深深的心酸。病房里躺了三位老人，全都鼻中插着氧气管，手上输着液，昏睡在床上。张女士睡在靠窗的一张床上，已经瘦得只剩了一张皮，两颊深深凹陷下去，张着嘴大口大口出气。完全看不出昔日的温润优雅的容颜，如果不是挂在床头病员卡上的“张玮英”三个字，根本无法认出这是曾经那么美丽的张玮英女士。

望着张女士，我的泪水止不住夺眶而出，心中无限难过。平静了许久，我才向照顾张女士的保姆问询，保姆告诉我病室里的三位老人就数张女士年纪最长，已一百零一岁了，而且不少时候头脑还是清醒的，每顿喂她吃一小碗东西。其他两位，一位是北大图书馆的某教授才八十多岁，一位仿佛是化学系的某教授刚刚九十岁，但都已是植物人了，完全靠输液延续生命。保姆笑呵呵地讲，她已照顾张女士几年了，张女士是她照顾的众多病人中对人最好的，最替人着想的。张女士只要清醒的时候，就会微微张嘴示意让她休息，不要累着。有人来看她，她也会伸出手来握一握。听到这些话，我的心又稍稍得到安慰。然而这次看望，张女士一直在昏睡中，保姆几次说把她叫醒，我都不忍心，到离开时也没看到张女士醒来的样子。

走出病房后，我的脑中一直浮现枯瘦的张女士深陷的双颊和张着嘴大口大口出气的样子。以后的日子我随时都担心着张女士，好像心里总有一块悬着的石头。好在那两年晋京讲学的时候略多，每次晋京讲学再忙再累，我都会一个人悄悄去北大校医院看望病床上的张女士。其中有两次我还分别带了和我一同到京的父母及我的一位学生同往探望。

再后来因为一些别的原因，一直没有晋京讲学，电话本又掉了两次，没有了侯馥馨女士的电话，也就再也不知张玮英女士的近况，心里只有时时盼望下次晋京一定再到燕南园侯先生的家中去询问张女士的情况。因为不知道，心下也就一直为张女士祈祷，希望张女士的身体已经好起来，又回到和侯先生住了近九十年的燕南园，平静而安详地回忆着和侯先生在未名湖畔一个世纪的风雨沧桑与温情甜蜜。写到这里我更是想迫不及待地赶到京城，奔到燕南园，马上去看望已一百零六岁温婉美丽的张玮英女士，对她述说我对她和侯先生的无尽思念崇敬，还要特别欣喜地告诉她，去年国际小行星委员会已通过将中国科学院紫金山天文台新近发现的一颗小行星正式命名为“侯仁之星”……

认识侯仁之先生以后，我就不断阅读和侯先生相关的著作，特别是学习侯仁之先生赠我的《历史地理学四论》，我又比较清楚地认识了侯仁之先生毕生为之奋斗的历史地理学这门新学科，并明白了这门学科对于现代社会和人类未来的重要意义，更找到了它与国学的联系。

《历史地理学四论》分为正文、附录、资料三部分，共收录了侯先生半个多世纪研究历史地理学最具代表性的十篇论文。正文四篇是侯先生对历史地理学理论的探讨，附录四篇是侯先生运用历史地理学理论对西北沙漠化、北京城的历史地理等具体问题的研究。

历史地理学首先是地理学，它研究的问题主要是地理学的范畴，但又不同于一般地理学，它研究的是历史上的地理情况。它的研究方法是借助众多历史文献、考古发现和实地考察，去研究某一地区从古到今地理状况的变化。从古到今的“古”在历史地理学中是有明确界定的，这个古是指有人类活动以来的古，没有人类以前的地理的研究又是另一门学科，叫“古地理学”。

历史地理学的根本任务是要研究有人类活动以来对地理面貌的影响与改变。例如，某个地方历史上是森林，但由于人类的居住，不断砍伐森林来修筑房屋、城市或种植庄稼。随着人口的增多，森林面积的不断缩小，水土大量流失，雨水和河流的不断冲刷，泥土逐渐沙化，再加上气候变化、大风扬尘，最后森林变成了沙漠，森林旁边曾经的城市最终被风沙掩埋而彻底消失。

中国西北很多地区的地理就是沿着这个规律变化的。主要研究因人类活动而导致的土壤、河流、植被、动物等自然地理的变化，叫作“历史自然地理学”。侧重研究因人类活动而导致的城市的出现、城址的迁移、城市建设的变化等人文地理的变化，叫作“历史人文地理学”。

历史地理学的研究既能看到人类在改造地理和自然中的伟大力量，同时也能看到改造过程中因为盲目无知、急功近利、不顺应自然规律而给地理和自然造成的巨大破坏。研究历史地理的目的就是要总结人类活动对地理改变的规律，吸取其中的经验教训，指导人类当下与未来合理保护、改造、利用自然。

历史地理学是一门新兴学科，兴起于民国时期的西方，真正的奠基人就是侯仁之先生留学英国利物浦大学地理系时的导师达比教授。开创这门学科的奠基之作就是达比教授作的《英格兰历史地理》和美国明尼苏达大学地理系的布朗教授所作的《美国历史地理》。

侯仁之先生是中国历史地理学的创始人。侯先生在历史地理学上的主要贡献一是对历史地理学理论的建构，二是运用历史地理学理论对于祖国最重要的两个历史地理学问题进行研究。

这两个问题一是针对西北沙漠化现象严重的历史地理考察，一是北京城历史地理的研究。在实践问题的探讨上，侯先生旁征博引、详实考证，引用了大量中国古代经史典籍，非常生动有趣、深刻严肃地论述了诸如北京城与华盛顿城市主题思想设计的异同；河北承德市风景优美的皇家避暑山庄与因修建避暑山庄征用数万民工而形成的破烂街市风格迥异的城市特点；北京城古城保护与新中国首都改造的和谐探索；元明清三朝因修筑皇城、供给皇家大量取暖木炭而导致的华北平原众多森林砍伐破坏与湖泊干涸；明清以来西北备边的需要导致河西走廊一带人口剧增、灌溉农业发达，祁连山森林不断遭到严重破坏，不能涵养水源，导致祁连山冰川融化后的雪水不是造成水灾就是造成旱灾等众多问题。

读到这些内容，既让我大开眼界了解了许多未知的领域，又给我巨大的启迪并引起我深沉的思考。经过不断的思考，我得出了一些不成熟的认知：中国的国学包含经学、史学、子学、集学四个部分，在史学的十五个门类中包含了地理一类，虽然历史地理学是新兴学科，但它毕竟是地理学，那从国学的分类来讲，我们也可将它纳入史学的地理类范畴；中国文化讲：“三才者，天地人”，也就是说天、地、人是三种最伟大的力量，历史地理学也就是研究人和地这两种伟大力量的关系；中国文化追求人与天的和谐、人与人的和谐、人与身的和谐、人与心的和谐。人与天的和谐就是人与自然的和谐，人要与自然和谐就必须在尊重自然的前提下充分顺应自然规律，然后再合理地改造自然、利用自然。

历史地理学就是让我们更具体地去认知人在改造、利用自然的历史过程中的经验教训，使以后人类的发展能尽量少走弯路，能与自然更加和谐共生。而现代社会人类面临的第一大问题便是因人类残酷破坏自然而导致人与自然的极度不和谐，这种不和谐造成生态的严重失衡，最终必然让人类自食恶果。

懂得了这个道理，我们也就更能明白历史地理学的重要价值和意义。从这个意义上讲，历史地理学与我们中国文化的根本追求是完全一致的。由此可知，侯仁之先生是在用一门新兴的学科阐发中华文化中一个古老的命题。而我从侯仁之先生这里学来的一点点历史地理学知识，却成为我讲授国学时阐发人与自然和谐的问题上非常具有说服力的难得的宝贵资源。

未名湖这个令我青年时代无比心驰神往的浪漫所在，我曾多次在她的身边徜徉、流连、小坐，遥想着昔日一位位在湖畔沉吟的大师的身影。穿着枣红色长衫的年轻的我走在未名湖边，还引来了不少北大学子倾慕的眼光，他们中的一些热情者还上前惊叹地询问我，到底是民国北大的某位先生呢，还是今天北大的某位先生？然而两者皆不是的我只有报以善意一笑，继续自己的漫步与前行。没想到几次在题着“未名湖”舒朗字迹的异形石碑前留影的我，竟得上天的深厚眷顾，无意中认识了令后来无数北大学子梦寐以求也没能亲近的未名湖之魂的侯仁之先生和夫人张玮英先生，并瞻仰了他们崇高的人格风范与真挚的浪漫爱情，更一直享受着他们善良人性中所释放出的温暖光辉。我常常想未名湖之魂是什么，她为什么这么令人神往？当我真实地沐浴在侯仁之先生夫妇的人格光辉中时，我似乎豁然明白了未名湖之魂的真谛。

未名湖之魂就是以侯仁之先生为代表的被中国优秀传统文化所化的北大老先生学者们身上所共同表现出的崇高精神人格，这个精神人格是对国家民族的深沉炽爱，并用终身的学术研究去振兴祖国、报效祖国；这个精神人格是既对几千年中华传统文化的精熟、钟爱、弘扬，又通晓人类其他文明和世界前沿学术，真正做到了博通今古、学贯中西；这个精神人格是对父母、师长及对自己有帮助的一切人的深深感恩、愈老愈烈；这个精神人格是对自己研究的学问的严谨认真、一丝不苟、终身勤奋不懈，并都在各自的领域取得了举世瞩目的光辉成绩；这个精神人格是对理想、对道德、对气节终身不渝的固守；这个精神人格是因对人性善坚定不移地相信，而对所有认识和不认识的人都给予仁爱的关怀和真诚的温暖；这个精神人格是对青年后学不遗余力的奖掖、勉励、鼓舞，并真诚地希望他们都能走上以学术成己成人、奉献家国的道路；这个精神人格是对爱情几十年如一日地坚信与执守，并用终身的相濡以沫去诠释爱情的千古神话……

远在西蜀的我遥想着北国未名湖那一池烟波荡漾、倒映着山光塔影醉人的湖水，便仿佛看到从绿树浓荫的湖畔深处相依相携缓缓走来的承载着未名湖精魂的两位百岁老人侯仁之先生夫妇的身影。这样的画面一次又一次涌现在我的脑海里，到今天这画面更是定格在我的心中，成为我生命的永恒。

二零二零年立夏后风急之日
李里于红庐书楼

未名湖之魂。里与北大历史地理学创始人侯仁之先生及夫人张炜英女士。

当世颜回

——怀念百岁国学大师杜道生先生

小序

我少年时代还在故乡时，读了国学大师马一浮先生的传，对马先生的传奇人生、浩瀚学问、绝世古风无限景仰，简直有惊若天人之感。马先生五岁作诗，十三岁在家乡浙江绍兴应童子试高中第一名。马先生少年时代便已精通清代的考据学，青年时代想开眼看世界，到美国留学，有诗句“万里来寻独立碑”。

在美国期间，马先生先是将从古希腊以来的西方哲学研究了一遍，以为不足以解决人类当下的困惑。又研习佛法，广读佛教的三藏十二部，以为仍不足以解决人类当下的问题。

继学马列主义，还用古文翻译了《共产党宣言》。以为仍有未尽圆满之处。

最终归宗儒学，回国到杭州文澜阁通读《四库全书》，又成为近现代唯一将《四库全书》读完的人。清末浙江名臣汤寿潜先生器重其才华，妻之以女。未想结婚第二年，妻子便难产去世。马先生为给妻子守节，终身不娶。

民国初年，蔡元培先生任国民政府教育总长，邀其为秘书长。他见蔡先生废除读经，所倡以西洋为模式的新式教育与古圣贤之道大相径庭，深不以为然，力劝蔡先生不听，便告之曰“我只会读书，不会做官”，拂袖而去。从此隐居杭州陋巷，一心读书治学。

近代艺术大师李叔同先生常往请教佛法，遂动出家之念。抗战爆发，浙江大学校长竺可桢先生邀其讲学，马先生见国难当头，则随浙大西迁，在江西泰和、广西宜山为浙大学子开讲国学，阐述了他所认为的国学的真正内涵与精神。讲稿辑为《泰和宜山会语》。

其间，蒋介石希望延续中华文化，礼请马先生开书院。马先生选择四川乐山乌尤寺创办复性书院，向全国严招有志于圣贤之道的学生，讲授六艺之学。六艺就是《诗》《书》《礼》《乐》《易》《春秋》六经，马先生讲，此六书作为典籍则叫六经，作为六种教育则叫六艺。

马先生认为国学的核心就是孔子的六艺之学，并说六艺可以统摄古今中外一切学问，真善美皆在六艺之中。《诗》《书》是至善，《礼》《乐》是至美，《易》《春秋》是至真。一切社会科学可以统摄于《春秋》，一切自然科学可以统摄于《易经》。

自从读了马先生的书，马先生就成了我心中深深仰望的前辈圣哲和真正意义上的国学大师。如果说冯友兰先生是用现代的语言及方法在讲述中华古文化，那么马一浮先生则完全是用古代的语言和方法在讲述中华古文化。冯友兰先生终究是现代意义的哲学大师，马先生则是全然古风的国学大师。当我接触到马先生的学问时，才算真正开始了对国学的全面认知与深入研习。在我心里，我一直把马先生当成我在国学上最仰止的高山。虽然如此，马先生毕竟早已作古，让我总是有遥不可及的神圣感。

然而，当我仰止马先生数年以后，得老天眷顾，竟有确凿不敢想象的惊喜降临。我居然认识了马先生复性书院的弟子，还拜在他的门下，跟随侍奉他多年，并在国学上受到了最系统深远的教益。马先生的这位弟子不仅深受马先生器重，而且还真正传承了马先生的道统，也是一位以圣贤自期、箪食瓢饮、特立不群、固守传统、学问浩瀚、古风十足的隐者。

马先生的这位弟子就是四川师范大学文学系教授、活了百余岁的杜道生先生。二零零二年，我从西安执教回到成都，到四川师范大学教书，得我的六姨祖公、老教育家李仲耕先生引荐，我拜见了杜道生先生。

当我第一次见到杜老，就被杜老不同于我以往所见过的所有老先生的俭朴到极致的生活和绝不与现代文明相往来的古风深深震撼。当我又得知杜老是马一浮先生的弟子时，更欢呼雀跃得不知所止。以后便是不遗余力地亲近杜老，追随杜老，侍奉杜老。好几年之间，我几乎逢人便介绍杜老，宣扬杜老，向我的亲人，向我的故旧，向我的学生，向我的听众。而且一讲起杜老就滔滔不绝，津津有味，乐乎不已。从我认识杜老到杜老辞世，我亲近了杜老十一年。这十一年间我在杜老的指导下，国学取得了长足的进步。可以这样说，杜老是我在国学核心学问经学上最重要的老师。杜老百岁寿诞前，我写了下面这篇文章以贺杜老期颐。今天我又增补了小序和后叙，以怀念我最敬重的恩师杜道生先生。

引子

四川师范大学有一道独特的风景。从文学系废弃的一楼一底青砖灰瓦的旧楼到新式洋派的学生食堂之间，每天中午和黄昏都会看到一位身穿打着补丁的蓝布中山服，戴着黑边圆框眼镜，满脸皱纹，一把白胡子，一手拄着拐杖，一手提着竹篮，步履蹒跚地去打饭的老人。如果不说，一般人很难想象他会是一位满腹经纶、道继圣贤的大学者。而这位每每被人疑惑为捡破烂的老人，正是九十余岁高龄的国学大师、文字学家杜道生先生。

在我接触过的众多老先生中，杜道生先生是唯一将我严厉拒之门外，又亲近时间最长、请益受教最多的一位。

差不多十年前，我最初见到杜老的时候，我的内心是受到了巨大震撼并获得了无比惊喜的。记得我第一次从杜老家出来，简直狂喜得有些手舞足蹈，迫不及待地就用手机给远在故乡的母亲打了半个多小时平时必定舍不得打的长途电话，告诉母亲我见到了马一浮先生的弟子、当代的颜回。

杜老使我震撼的是他俭朴到难以想象的生活和渊博到无法想象的学问。使我欣喜的是在二十一世纪，现代化无所不在的今天，居然还有这样满身古风、固守传统、毫无半点新时代气息的老儒。而这位大儒还和近现代文化史上诸多大师有师承关系。

生活的俭朴

杜老就住在川师中文系那栋废弃办公室的二楼。这栋楼里除了杜老，其他住的都是些年轻单身教员。然而，年轻单身教员也因这楼太破旧、简陋，只在一楼才有一个公共厕所，许多人都搬出去另找房子住了，然而杜老却乐在其中地住了半个多世纪。遇到有人去探访，杜老总会很自豪地说：“我从学堂开办就住在这里，住了五十多年了。”其实学校曾经三次分教授楼给杜老，杜老都拒绝了，说新房还是让给那些急需住房的教员吧。

办公楼因为是二十世纪五十年代修建的，房间都很狭小。杜老的家原来是两间共十来平米的狭小办公室，办公室之间没有门，杜老就让人在两屋之间凿了一个窄窄的仅容一人擦身而过的洞。由于长时间进进出出的摩擦，门洞两边的墙壁都被磨得油光油光的。门洞里边就是杜老的睡房，睡房里只有一架二十世纪六十年代学生寝室用的上下铺窄木床和一个连漆也没有的简易木洗脸架，其余则全是一些横七竖八乱堆着的旧书报和各种资料。床上一年四季都是一床旧草席，衣服就堆在木床的上铺。门洞外边一间屋是杜老的客厅、书房、饭厅及杂物间。屋正中是一扇窗，窗下竖着放了一张用了四十多年的旧书桌，书桌上四周都堆着书本，几支毛笔插在一个破杯子里，旁边是墨瓶和几个大大小小的放大镜。最显眼的是几十年前的一个竹编小水瓶放在书桌的角上，竹水瓶下放着一个掉了瓷的搪瓷水盅。这些东西摆完后，能留给杜老写字的只有对着人的很小一块巴掌大的地方。这块地方杜老读书写字之余，就是切菜的菜板、吃饭时的饭桌。书桌前一把坐了几十年的藤椅，平时杜老就坐在这把藤椅上读书治学、写字吃饭、切菜会客。靠着书桌还有一把窄窄的老凉椅，凉椅上铺了些烂衣服，权当坐垫，中午和黄昏时分杜老就躺在其中静养。凉椅靠书桌的角落有一个小盘，小盘中放着些叶子烟，杜老躺在凉椅上就能抽两口。凉椅下边堆满了空酒瓶。

一桌两椅之外，屋子四周都是一个挨一个的大大小小的木书架。书架上大部分都是发黄的线装书，有些新书但不多，最整齐的是一套杜老亲自参加编写的精装八卷本《汉语大字典》。杜老屋中的书已是窃后所余。

杜老九十岁时的一个暑假，竟有人趁着假期学校人少，杜老又年高无力，将杜老反锁在睡房里，把杜老的一千多卷珍贵古书偷走。两个屋子之间的门洞就是在这次失窃后才凿开的。而那些杜老题词圈点过的线装古书现在还以极高的价格在市面上出售。据说这些书没偷走以前将杜老两间小屋的地上塞得满满的，除了杜老，其他人根本挤不进去。

我认识杜老的时候已是书被窃之后，屋子中间还腾出了一个小过道，可容一两个客人站坐。屋子靠门有一张窄窄的旧课桌，课桌上有一个小电炉，这个小电炉和一盏电灯，就是杜老家唯一的电器。杜老平时就在小电炉上煮点东西，烧点开水什么的。小电炉两旁就是些小锅、小碗、瓶瓶罐罐之类。

书架与书架之间架了些竹竿，上面挂满了烂得不行的旧毛巾。屋里如果说还有什么东西，就全是些用烂了舍不得扔的废品，像烂鞋子、烂纸盒、烂盆子、烂草帽之类。

几乎所有的人第一次去杜老屋里，都会觉得走进了捡破烂的家了，继而也是唏嘘感叹。这唏嘘感叹里或是不解，或是讥讽，或是同情，或是震惊，或是崇敬。

不真正了解杜老精神世界的人几乎都是前四种感受，不理解堂堂一个大教授为什么要这样生活？难道学国学就要过这样的生活？讥嘲杜老吝啬、愚傻、有钱舍不得用，分房子不晓得要。同情杜老这么大年龄还一个人过这样艰苦的生活。震惊于二十一世纪的今天还有这样的学者。其实并非第一次见杜老的人有这些疑惑，很多杜老身边的熟人也有同样的不解。就连文学系的老师同事对杜老也多是敬而远之，理解不了杜老为什么一件旧中山服要穿四十多年，一条破裤子要补上重疤地补很多次。更理解不了每次文学系聚会杜老总要提着个竹篮子，大家聚完餐后将所有的剩菜剩饭带回家去吃上几天。也理解不了杜老为什么九十多岁了既不和儿子住在一起，也不请个人照顾，还要坚持每天拄着拐杖去食堂打饭吃。还不理解杜老为什么一天到晚用毛笔小楷抄很多古书印出来送人，却不去发表文章、出版著作。

的确，杜老跟现在的一般学者教授太不同了。他是真正将圣贤之道化到自己的人格、用到自己生活中的典范。杜老的俭朴生活完全不是个人的吝啬，而是对资源的珍惜。美国“九·一一”事件后，八十九岁的杜老写了一篇名为《赞天存性》的寄寓深远的长诗。这首诗是杜老俭朴生活的最好诠释。

诗中写道：“器用几十年，敝帚犹自保。纵使成废物，也不轻抛掉。家有黄土炉，投入供燃烧。草木骨皮灰，可以作肥浇。土壤不枯瘠，庄稼长得好……”杜老认为一切物品都来自自然，是自然给人类的恩赐，对每样东西都要珍惜，不用到实在不能用，决不轻易抛掉。最后实在坏掉了，也要回归给自然作肥料。所以杜老一件中山服要穿四十多年，裤子补了又补，一张餐巾纸擦了又擦，绝不会擦一次就扔了。烂洗脸毛巾、烂鞋、烂盆都留着不扔，剩余饭菜都要带回家慢慢吃完。杜老最反对一次性用品，说一次性用品来自海盗文明。海盗在船上必须用完一样东西扔一样，不然船载不动。而一次性用品是对自然资源的极大浪费。

杜老的俭朴生活除了对自然的尊重，还有对安贫乐道人生境界的追求。当电视台采访杜老，问他怎么能过这样的生活时，杜老就讲孔子最称赞的弟子是颜回，而颜回的生活就是“箪食瓢饮居陋巷，人不堪其忧，回不改其乐”。杜老是真正体会到颜回快乐的人，所以他住在那样的地方仍是乐在其中。

按宋儒讲，这种人是将个体私欲革除尽后，体会到个体生命与天地万物融为一体的永恒快乐，这种快乐是任何外物也改变不了的。或许正是杜老具备了这种不为外物所动的人生境界，因而在面对许多常人很难面对的人生苦难时，能表现出超常的泰然平静。

杜老四十余岁时，原配夫人病逝了；五十余岁时，十六岁的小儿子病逝了；七十余岁时，续弦妻子又离开了。特别是九十五岁时，杜老在医院病中亲自看到唯一的最喜爱的大儿子被蒙上白布推进了太平间。而唯一一个孙子精神上又有些失常。杜老的续弦妻子原是杜老的表妹、北大时的同学。两人年轻时就相好，后来因为父母之命，表妹嫁给了一个国民党军官。一九四九年后，军官被监禁，原配夫人去世后，杜老与表妹再续前缘。当时表妹在陕西工作，杜老说他和表妹是寒来暑往，过年表妹就来四川，暑假杜老就去陕西，就这样生活了二十多年。改革开放后，军官被释放，杜老考虑到表妹的子女希望一家人团圆，就毅然将表妹送回丈夫身边，自己则一个人继续孤独地生活。这一个一个的打击与不幸，都没能阻止杜老顽强而快乐地活到今天九十九岁高龄，仍精神健朗。杜老常说自己最喜欢清朝学者王先谦先生注解《庄子》说的九个字：“喜怒哀乐不入于胸次。”

学问的渊博

对物质的淡泊和对人生的从容成就了杜老广博渊深、难以窥其巅谷的宏大学问。杜老一生治学的专长是文字学，对《说文解字》的九千三百五十三个汉字都能详细讲出造字原理、字形字义、演变源流，并能熟练写出其篆体。最是能讲出许多前人所未讲到的汉字中所蕴含的哲学内涵。一次我陪杜老到乐山重游郭沫若故居，在路上看到两只狗打架，杜老就说独字为什么从反爪旁？反爪就代表犬，因为狗是独居动物，不合群。而群字从羊旁，就因为羊是喜群居的动物。

杜老一生将清朝文字学大师段玉裁的《说文解字注》深入研读了五遍，几乎都能全文背出。语言学大师王力先生编的四卷本《古代汉语》还专门请杜老批评提意见。杜老看过后提出的几十条修改意见，王力先生都基本采纳了。杜老指出的《新华字典》的一百六十多处错误，后来《新华字典》修订时也全部做了更正。二十世纪八十年代，杜老作为新中国《汉语大字典》的编委之一，在武汉编了十年大字典。编写《汉语大字典》是周恩来总理临终前签署的最后一道文件，因而此书是集全国文字学权威的力量共同编成的。所收汉字五万余个，比《康熙字典》还多一万余字。八十余岁时，杜老才将自己毕生研究文字的心得写成《汉字——人类心灵的几何学》一文，发表在香港《大公报》上，引起极大反响。杜老称赞汉字伟大时常讲："我国家民族因汉字而有统一完整之标志，我历史文化因汉字而有悠久详实之流传。"这两句话是杜老对汉字的经典总结。

文字学以外，杜老终生研习又奉行不辍的就是儒家学说。儒家经典《诗经》《左传》，杜老都能全文背诵。而“四书”不仅是正文，就连朱熹的集注，杜老都能一字不差地背诵。杜老尤其注重“四书”，说“四书”是一切学问的基础，研究传统必须从“四书”入手。到九十八、九十九岁时，精力远不如昔，杜老手中随时拿的都是“四书”，口中随时咏诵的也是“四书”。八十四岁后，杜老断续用六年时间以毛笔小楷写成了一部《论语注译》，除了对原文的白话注释翻译以外，还辑录了许多宋人、清人对《论语》的旧注，甚有价值。对于儒学，杜老最膺服程朱理学，每每感叹自宋及今八百余载，注解“四书”者都没有超过朱夫子的。

除了儒学，杜老对《老子》《庄子》《淮南子》《文心雕龙》也有特别的兴趣与研习。杜老说自己平生好读《庄子》，明白了《庄子·养生主》上讲的“生顺死安，哀乐不能入也”，心情也就平和了，对待生死也就泰然了。杜老在美国“九·一一”事件后写的《赞天存性》长诗的最后两句就是“泱泱大中华，两个传家宝，唤起霸权者，虚心学人道”。两个传家宝，杜老指的是儒家和道家。

而在一次《文心雕龙》学术研讨会上，杜老竟一字不差地一口气背诵了《文心雕龙》的几十篇文章，将在场的许多专家学者都惊住了。杜老时常讲：“书只有读背得才是自己的，背不得永远是别人的。”

杜老凡是说自己读过的书，一定是能全文背诵的；背不下来的书，杜老只说自己翻过。而杜老能全文背诵的古书，至今也不知到底有多少。像《古文观止》《唐诗三百首》及众多的蒙书，杜老简直倒背如流。就是九十岁以后，你只要背这些书中的任何一句，杜老就能接着往下背。杜老一再告诫学生，书只有读背得了才有用。所以杜老收的研究生，第一件事就是通背《说文解字序》。我每次去请教问题，杜老总是将这个问题的最早出处指出来，然后将此问题所出的某书某段从头到尾背一遍，背完后就顺手从背后的书架准确地将此书取出，快速地翻到某页，叫我自己看，而杜老所背和原书竟一字不差。无论我请教什么问题都是如此。这也是我对杜老佩服得五体投地的原因之一。

杜老学问的广博还体现在对天文、地理、数学、外文、史学、音乐、中医、书法的研究上。杜老可以通过对天象的观测预报气候的变化，几乎都是准确的。他在八十岁时带研究生从重庆乘船到上海游学，一路上每天夜里都在甲板上教研究生辨识星宿，掌握天象。杜老能准确说出全世界各大城市的经度、纬度、气候和物产。杜老教过高中的数学，他将天文、地理、数学与《易经》的研究结合起来，创造性地提出了八卦、河图、洛书与四季、五行、二十四节气运用变化关系的周期表，写出了《试谈周易的先天八卦和洛书》《试拟四季五行周期表》等文章，发人所未发，卓有建树。易学的学者都赞叹这样的研究没有广博的学识、贯通的智慧是断不可能的。

一般专家对此只能望洋兴叹。外文上，杜老精通英文、法文、日文，他曾经将英国汉学家李约瑟先生中文版的《中国科学史》反翻译成了英文。至于诗词、对联、古文、辞赋更是杜老遣怀言志、唱酬赠答的茶余饭后娱乐。但凡遇到重要活动、友人生辰、喜庆丧葬，杜老都会写诗题对相赠。

北大百年校庆，杜老作为老校友，用北大两字开头集《论语》《礼记》中的话撰成了“北辰所居众星向共，大道之行天下为公”的对联庆贺。

四川师大五十年校庆，杜老撰写“东风鼓太和，感他乳翠胎红，巴蜀桃李齐灼灼；北面隆师道，成此国梁家栋，岷峨松柏自丸丸”长联悬于学堂主席台。

乐山一中是杜老曾经做过校长的地方，百年校庆时杜老又作了“明善诚身，常瞻别岛离堆，允作中流砥柱；博文约礼，正对凌云九顶，勿忘仰止高山”的对联相赠。

学长王力先生逝世，杜老为其题挽联“博学儒师雕虫龙，为教育六十余年，大力主编，风行古代汉语；民主人士无党派，有遗稿千多万字，精心著述，光照东方文明”。

昔日老师、著名美学家朱光潜先生八十寿诞，杜老作七律敬贺，诗云：“传经南宋考亭翁，天下文章其在桐。家学乡贤皆命世，景山乔木自凌空。州行沧海八千里，信给青年十二封。五四以来俱瞻仰，丹崖挺秀有苍松。”

恩师胡适先生百年诞辰时，杜老作七绝感怀，诗云：“莫怪青年惑歧路，泰山乔木半凌夷。过河卒子先生志，瞻望绩溪一展眉。”

杜老八十岁的时候作了八首诗以自勉，九十岁时又作了九首诗自励。杜老经纶满腹，写诗题对时，经史百家信手拈来，随意剪裁，十分妥帖。

我所在的美术学院曾经举办纪念毛主席寿辰的画展，邀杜老参加并发言。杜老当场就引用了毛主席的四句诗以致贺，诗云："风景这边独好，江山如此多娇。恰同学少年风华正茂，数风流人物还看今朝。"当九十二岁、一把白胡子、拄着拐杖的杜老讲完以后，在场的众多艺术家无不为之赞叹喝彩。杜老九十四岁时在我牵头主持召开的国学会上更是即兴赋诗，只用了两分钟就写成一首气象从容、道通圣贤的七绝："春归锦里水溶溶，来自岷山第一峰。识到心源天地炯，花开鸟语竟从容。"有道者读到这首诗，无不感受到诗中鱼跃鸢飞的天地境界。

杜老读中医，还辑录抄写成十余万字的《伤寒论》注解。杜老通中医，极懂得养生之道。杜老讲养生最重要的是贵在自得，自得就自乐，自乐就百病不生，如此则是宋儒讲的"心君泰然，百体从令"。所谓自得，就是对圣贤之道能够得之于心，用之于行。因此杜老很少吃药，即使生活异常清苦，到九十五岁以前几乎没生过什么病，还能每周一人转三次公共汽车，爬四层楼去看望住在四川大学已七十余岁的儿子。

儒家非常重视音乐的教化作用。孔子说："兴于诗，立于礼，成于乐""志于道，据于德，依于仁，游于艺。"认为人生的最高境界是在艺术，尤其是在音乐中完成。深受儒家思想陶养的杜老，对于音乐自然有特殊的喜好。年轻时杜老喜欢吹笛子，在北大校园里经常都有许多女同学围在杜老身边，听杜老吹出悠扬婉转的笛声。在北大求学期间，杜老还专门选修了昆曲。据杜老说，因为昆曲太难，最初选修的有几十人，最后学成的只有五人，他是其中之一。对昆曲的钟爱一直伴随到杜老的暮年。遇到各种活动，请杜老表演，杜老总会唱起昆曲。到今天九十九岁了，杜老仍爱用沙哑而苍老的声音唱起昆曲《牡丹亭》里的“游园惊梦”。北大学昆曲时用的线装书教材，杜老一直珍藏在身边，用一块蓝布包裹着，异常珍爱，即使书失窃时也未遗失。早年学昆曲时，杜老还一并学了钢琴，晚年若偶然遇到哪里有钢琴，杜老就会愉快地弹起过去的老曲子，边弹边感慨良多地说：“几十年了，大学毕业都七十多年了，这还是过去学的了。”

杜老对四川地方曲艺扬琴也极喜欢。他认为其唱词优雅动人，情节生动丰富，艺术性极强。但扬琴剧目都是民间艺人口耳相传，没有文字唱本，若失传了极为可惜，是传统艺术的极大损失。故八十岁以后，杜老用了几年时间，从民间艺人那里搜集并整理录出七十几个扬琴剧本，编印成书，至此四川扬琴才有了正式的唱本。九十五岁前，每周杜老都会自己乘公共汽车到成都春熙路的悦来茶楼听扬琴。

书法对于杜老来说就是写毛笔字。杜老从童年发蒙读书开始就写毛笔字，一直写到将近百岁。毛笔可以说承载了杜老一生对于传统文化的坚守。杜老几乎不用毛笔以外的书写工具。杜老的全部文章资料都是毛笔写成的，教书几十年的教学资料也全是毛笔小楷工整写录发给学生，就连交给学校的总结报告，杜老依然是用毛笔写的工整小楷。我第一次去见杜老，看到杜老什么都用毛笔，深深为之感染，回家后也试着用毛笔写日记、教案、笔记之类，几年下来，居然小楷也练得很熟，能勉强拿得出手，这都是杜老的影响所致。杜老的书法，年轻时写得工整清秀，颇有明代大书法家文征明之风，晚年爱用焦墨，每一笔重重地写过，就像是刀刻出来的，每一个字都透出杜老的固执、厚重与刚毅、苍劲古拙，自成一格。杜老曾将自己平生对书法理论的认识写成五首绝句，用以教授研究生。五首绝句是：

“唐诗晋字汉文章，书法钟张与二王。爱日临池水尽黑，古人功力不寻常。

波磔提顿刚劲柔，点横直撇捺挑钩。更兼内部平衡律，仔细安排莫浪浮。

学书运笔最为先，身正视端手腕悬。气养中和致平直，心期规矩应方圆。

字画文章样样全，古来惟有老坡仙。我书意造本无法，流水行云一任天。

芭蕉展绿柳飞棉，长日耕烟种砚田。驱使龙蛇奔腕下，此中生意自盎然。”

分别讲了书法的功力、结构、用笔、自然、趣致五个问题，所论皆切中肯綮，反映出杜老在书法理论上的极高造诣。杜老写字也如他的生活一样简单，没有笔筒、笔洗、砚台、宣纸之类的东西，就是两支一两元钱买来的极普通的毛笔，插在一个破杯子里，写字纸也是碰到什么写什么。杜老为天地惜物，不浪费任何一张纸，哪怕是一张废纸。所以银行取钱后的收据、买东西发票的背面，街上发的广告传单的背面，烟盒、台历的背面都成了杜老书写的用纸。

墨是一小瓶，一两元买的小学生用墨。写字时，杜老就从破杯子里取出毛笔，在墨瓶里蘸点墨就写。写完后也不洗笔，顺手就将笔插回杯子。下次写的时候，只用墨将笔尖浸开又继续写。

杜老一生很少写学术文章，他说孔子都述而不作，何况我辈。如果你的学问能够超过孔子，那就可以写。因此，杜老在他那间小屋里，最多的光阴就是坐在那张用了四十多年的旧书桌前，用毛笔小楷抄写古书。他说他的老师钱穆先生讲清朝人的学问就是在抄古书中抄出来的。杜老所抄的古书都是他读过以后认为特别有学术价值或有教育意义的。比如《四书》的格言，《文心雕龙》五十篇每一篇末的赞语，《尚书·皋陶谟》教人立身的九德，二程夫子论述非礼勿视听言动的四箴，马一浮先生复性书院的院规，钱穆先生论治学方法等，不可尽说。

几乎每次我去看杜老，杜老都是一个人孤独地坐在像废品站一样杂乱而狭小的屋中，在昏暗的光线下，戴着黑边圆框眼镜，用他那苍劲而工整的小楷聚精会神地抄着古书。而随手可及的废纸片后面，都有杜老抄的圣经贤传。人们不理解杜老那么俭朴的生活，节约下来的钱，就用来将他抄的那些纸片大量地复印出来，分送亲朋好友和学生。杜老说这就是弘扬传统，为往圣继绝学。

师承的影响

杜老的渊宏学识与抱道而行的生活态度与他的人生经历，

以及接触的诸多名师有着极大的关系。

民国元年（一九一二年）杜老出生于四川乐山的一个望族。杜老的姑婆是郭沫若的母亲，郭沫若即杜老的表叔。杜老的大哥、二哥皆与郭沫若同班同学。杜老印象最深的是他少年时代郭沫若写给他的一副对联：“刚日读经柔日读史，贫而勿谄富而无骄。”后来杜老回忆说自己的一生大抵不过如此。

杜老七岁入新式小学，正值五四运动时期，各地学生都外出游行，七岁的小杜老穿着长袍莫名其妙地跟在队伍中瞎跑，父亲觉得一个小孩子就学闹事，赶紧将其接回，送进杜家的私塾，由杜老的一个中过秀才的叔祖父教读，从此开始读圣贤之书。杜老回忆说：“八年私塾，受儒家陶养，程朱旧注先入为主。”这阶段杜老诵读背记了大量古书。乐山县立中学毕业后，杜老考入四川大学中文系，读了一年不满意，又考入北京辅仁大学中文系。读了一年仍不满意，再考入北京大学中文系。民国二十五年（一九三六年），北大毕业本被留校读研究生，结果抗战爆发，先到南京国民政府工作，不久日本轰炸南京，匆匆返回四川。抗战期间，他就在成都大邑县大地主刘文彩家做家庭教师。时值国学大师马一浮先生避寇来川，在乐山办复性书院，即拜在马先生门下受教。中华人民共和国成立之初，任乐山第一中学校长，一九五六年调入四川师范大学中文系，一直教到一九九二年，八十岁时才退休。

杜老在漫长的人生道路上遇到许多名师，对他学问人格的影响极其深远。中学阶段遇到新文学史上著名作家李劼人先生教授《文学概论》，读辅仁大学时期遇到著名史学家陈垣先生教授元史，著名文字学家沈兼士先生教授文字学。求学北大更遇到教新文学的胡适先生，教通史的钱穆先生，教哲学的冯友兰先生，教古史辨的顾颉刚先生，教诗史的闻一多先生，教写作的周作人先生，教美学的朱光潜先生，教清史的孟森先生，教训诂学的罗长培、魏建功、杨伯峻、罗庸、马裕藻诸先生。这些先生中对杜老影响最大的是沈兼士、马一浮两位先生。沈先生是杜老读辅仁大学时中文系的系主任，杜老立志终身研究文字学就是从沈先生开始。九十九岁的杜老还清晰地记得并时常学着当年沈先生的神情说："你们不要看到现在汉字改革，将来国家对汉字还要保护呢。汉字的改革是对大众讲的，汉字的保护才是我们这些读书人的责任。"

杜老边说边用手重重地指着，一时间苍老的眼睛熠熠发光。因为沈先生讲这话的时候，正是反传统的高潮时期，并且有很多学者还提出废除汉字，用拼音文字取代。所以沈先生说这段话的时候神色凝重，饱含深情与期许，希望他的学生能够好好研究汉字，保护汉字。杜老深深地体会了沈先生的意思，故而终身捍卫汉字。

一九四九年后，凡是关于汉字简化的各种学术会议，杜老一概不参加，写字教学都必定用繁体。杜老讲，只有繁体字才能深刻体现汉字形体与字义之间的关系，并展现汉字丰富而深刻的人文内涵。中国人对于宇宙、社会、人生的深刻认识都寄托在汉字的形体之中，简化以后这种汉字的美妙就体现不出来了。尽管很多同事笑杜老顽固、迂腐，杜老仍然坚持他的繁体书写与教学。沈兼士先生虽是辅仁大学中文系的主任，但兼任北大中文系的课程，教授文字学。杜老到北大仍跟着沈先生学文字学。这期间，杜老参加了“一二·九”抗日爱国学生运动，事后政府到处抓学生。沈先生得知后，就专门接杜老躲到自己家中，语重心长地对他说：“爱国固然好，但像我们这样手无缚鸡之力的读书人，真正能爱国的就是传承文化，学术报国。”听了沈先生的一席话，杜老从此将全部精力用到治学上，并用了自己的一生来固守和传承中华传统文化。

马一浮先生在近代文化名人中，以人品高古、力行圣贤之道著称，是一代淳儒。他学通中西，是近代唯一将《四库全书》读完的人。他常年隐居杭州陋巷，过着箪食瓢饮的生活，被国学大师梁漱溟先生称为千年国粹、一代儒宗。抗战中，为培养能真正传承中华圣贤精神的读书人，他在乐山创办了复性书院。杜老拜门受教，才开始深入体会儒门古圣先贤的思想情怀，感受宋代道学家的精神境界，对于心不为外物所动、鱼跃鸢飞的孔颜之乐有了亲身的证悟。自此，他看淡了世俗的名利和物质的享受，开始追求修身成己与圣人同体的淡泊人生。

杜老能几十年如一日甘之如饴地过那么俭朴艰苦的生活，正是马一浮先生的影响教化所致。马一浮先生留有一把长须，去世时八十六岁。为了纪念给自己影响最大的马先生，杜老就在八十六岁这年蓄须，也留了一把白胡子。以后，杜老又出资刻了一块“马一浮先生讲学处”的匾，挂在乐山乌尤寺旷怡亭，并作诗一首纪念：“保存师道建仪型，探索百家汇六经。千古薪传唯复性，春风长驻此山亭。”九十岁时，杜老又写了一首回忆马先生对自己深远影响的诗：“抗战期间避寇仇，湛师率院驻嘉州。侧闻复性知成己，鱼跃鸢飞竟自由。”湛师即马一浮先生，马先生号湛翁，嘉州即乐山。最难得的是，杜老将马先生作的对联“侧身天地更怀古，独立苍茫自吟诗”亲笔书赠给我，上题“先师马一浮先生撰，弟子九十八岁杜道生书，后学李里勉之。”并盖上杜老最喜欢的“复性书院学生”之印。我也视若珍宝，挂在自己办的传薪书院中。沈兼士、马一浮两位先生，一位开启了杜老研究文字、捍卫传统、学术报国的治学之路，一位塑造了杜老淡泊名利、安贫乐道、成己自得的圣贤人生。

其他先生有很多都很器重并欣赏杜老，有的还与杜老建立了亦师亦友的关系。胡适先生点名要杜老在北大留校读研究生。钱穆、朱光潜先生抗日避寇来川，经常和杜老雅聚论学，钱穆先生还在成都与杜老合办了《择善半月刊》杂志。闲来无事时，钱先生最喜欢和杜老下象棋。

至今杜老还珍藏了一幅已被老鼠咬残的钱穆先生送给他的书法作品。这幅字是用行书写的李太白的诗:“南湖秋水夜如烟，耐可乘流直上天。且就洞庭赊月色，将船买酒白云边。”旁题两行小字：“丙寅仲夏将别成都，道生老弟邮纸索书。钱穆。”晚年杜老很爱读钱穆先生在香港新亚书院的讲稿《新亚遗铎》。读时每说当年在北大讲课最受学生欢迎的两位先生就是胡适和钱穆，只要他们二位登台，教室外的走廊楼梯上都挤满了人。朱光潜先生更是和杜老诗文唱和，直到去世。朱光潜先生八十寿辰时，杜老作诗贺寿，朱先生又复诗谢答，诗写得风趣幽默：“人生二百年，八十寻常事。嘉章远致贺，盛情永铭记。忆昔嘉州逢元旦，亲提壶酒来庆贺。巴山夜雨总萦怀，何日相逢复一醉。”诗后附题“道生老友自成都来诗贺寿，八十刚过，眼花手颤，草草写顺口溜一首，以博一粲。朱光潜”。

杜老回忆众多先生中，马一浮先生最严肃。马先生气象庄严，神情静穆，不苟言笑，给人一种不怒而威的感觉。学生在他面前总是战战兢兢，如果答问稍不谨慎，马先生就会用不紧不慢的声音说：“你这都不知道啊？”或者：“你这都没读过啊？”就是这样严肃的马先生在抗战胜利离开乐山时，还将几乎所有复性书院刊刻的古书留给杜老保管，又特意送了一帧自己的照片给杜老，并在照片背后题上了“此亦非吾，吾亦非彼，太极之先，于穆而已”数字，足见马先生对杜老的喜爱。这种喜爱或许正是由于杜老真正传承了马先生的学问精神吧。

文化的坚守

杜老对传统文化的坚守，除了老师的影响，还来自性格的坚毅。杜老的头发虽白了，但一根根有力而刚毅地向上竖长着，直到九十九岁的今天仍是如此。杜老一生北上南下走了不少地方，又在成都住了几十年，但他仍然说着一口纯正的乐山话，没有丝毫夹杂一点异乡口音。杜老的生活更是异常严谨，有条不紊。基本没有什么事情能改变他固有而规律的生活。每天清晨六点杜老就准时起床，慢慢到一楼的厕所解便。然后从一楼提一壶冷水回楼上屋里烧开，又在小电炉上煮点面吃。整个上午就坐在小屋的书桌前读书、抄书。中午则拄着拐杖提着竹篮到食堂打饭吃。一般都是打一个带点荤的菜，杜老称其为肉菜。吃饭的时候，必定要喝一杯酒，杜老是很爱喝酒的，酒量也不错，所以屋里的凉椅下有很多空酒瓶子。饭后就躺在凉椅上闭目养神，到两点钟，准时拄杖到楼下校园散步。凡是走到自己为学堂题写的石刻匾额下就细看一番，把内容念一遍，然后颇满足地继续往前走。走完了就坐在花园的长廊上听其他退休教员聊天。杜老知道自己的思想与其他人很不相同，故而很少发言，多半都是听别人讲。坐一阵，杜老又慢慢走到学校离退休教师活动中心去看别人下象棋。杜老从来只坐在旁边默默看别人下。五点钟又准时回屋提着竹篮去打饭。晚饭只吃一个素菜，酒还是必定要喝的。晚饭后又坐到凉椅上，反省一天的言行，杜老讲这是遵循曾子“吾日三省吾身”的教诲。这期间是不会开灯的，节约用电。九点钟准时进屋里的小床上睡觉。杜老的儿子去世前也多次提出接父亲同住，但都被杜老断然拒绝了。杜老说：“老人只要别人一照顾，就动不得了，我只要动得，都要自己动。”杜老坚决不要一般家庭认为必不可少的电视、冰箱、洗衣机、电话之类的电器。问其故，杜老必定回答：“庄子讲机事一不出，机心自然消。”意思是说人的机巧之心都是来自这些机器，所以杜老的生活用品大多都是取之天然。水瓶用竹编的，下雨时坚持戴草帽。盆子用木头的。杜老说这才是人与自然的和谐。

杜老总结自己的人生时说：“本人个性比较内向，不多接触教学以外的工作。我的生活归纳起来就是两点——读书和教书。”杜老从七岁发蒙读书，读到今天九十九岁，已读了九十二年的古书。从二十五岁教书，教到八十岁正式退休，还不算退休后的讲学，他也教了五十五年的书，如加上退休后则七十余年了。在这一百多年里，其实杜老就是以读书、教书的方式在传承、延续着古老的中华文明。在他那间局促简陋甚至破烂的小屋里，以他特立独行的人生固守捍卫着古圣先贤的思想情怀。

我与杜老

正由于杜老几十年所形成的闭门谢客、清净规律的生活，所以要想走近杜老，真正亲近杜老也不是一件容易的事。因而，在我所接触过的众多老先生中，只有杜老在开始时是将我严厉拒之门外的。

介绍我认识杜老，是我的六姨祖公、老教育家李仲耕先生。二零零二年，仲耕先生知道我到川师教书，就叫我去拜见他的老朋友、川师文学系九十余岁的杜道生先生。说杜老是位饱学之士，我往请教必定受益。还亲自给杜老写了封信引荐我。第一次杜老看了仲耕先生的信，还是礼貌而热情地接待了我，临走时从屋里取出几个梨子叫我带给仲耕先生，并叮嘱我一定要转告仲耕先生“有来无往非礼也”。初见杜老的震撼、欣喜前面已讲过。有了这种震撼与欣喜，我必定是异常地想亲近杜老。第二次去见杜老，杜老还是勉强地接待了我，并将他手写翻印的《论语注译》题字送给我。看到杜老用毛笔小楷工整题写的“李里同事兄参订，杜道生敬赠”，我真是喜出望外，视若珍宝。临走时，我又告诉杜老我下次某天来看他。

而我下次去时，杜老的门上夹了一张纸条，正是杜老留给我的。纸条上是从右到左竖排的繁体小楷：“李里贤友：廿四日参加辅仁大学校友会，都是七八十岁老人，个人已晋九十二岁，双目流泪，身体虚弱，不能多接触外事，静养为主，企望原谅。谨引《孟子》两章互相勉励。孟子曰：人之患在好为人师（《离娄上》）。君子深造之以道，欲其自得之也。自得之则居之安，居之安则资之深，资之深则取之左右逢其源。故君子欲其自得之也（《离娄下》）。杜道生留言。零三年十月二十四日。”读完纸条，我是一则以喜，一则以惧。喜的是得了杜老亲笔手迹，惧的是杜老将不再见我。

当我第四次去见杜老时，杜老则异常严厉地说：“学问贵在自得，以后你不要再来了。”我说我太打搅杜老了，杜老说：“你就是太打搅了。”我说我太麻烦杜老了，杜老说：“你就是太麻烦了。”接着杜老又拍着椅子生气地说：“你可怜可怜我嘛，我就是活到一百岁也只有七年了。”说着说着，杜老竟哭起来。我吓得不知所措，连连给杜老鞠躬，说我以后有问题再来请教杜老，便退出屋去。

出来以后，虽被杜老严斥，还是不忍离去，就在门缝里偷看杜老。见杜老坐在书桌前沉思。过了好一阵，杜老才起身，拿起拐杖走出门来。我急忙躲开，又悄然尾随其后。待杜老坐在校园花园的石条凳上，我又稍隔了一些距离地坐下。

后来杜老看到我，好像什么也没发生过，说：“你来啦。”我说来啦。等杜老起身回去，我又去搀扶他。杜老并没有拒绝，待送回屋中，又感谢我扶他。以后我还是去看望请教杜老，只是随时都战战兢兢，很怕哪天杜老又将我拒之门外。不过想到古人拜师求教，有断臂立雪之事，又觉得自己已是很幸运了。也许杜老正是在考验我的诚心吧。自此，杜老没有再赶我，我有疑惑杜老都一一解答。再后来，我邀请杜老去给我们学院的学生讲课，杜老居然也答应了。不过杜老只要说不的事，我便不敢再说下文。

又过了两年，杜老竟同意给我和另外一位也是向他请教的王君讲课，每天下午在他的小屋里讲一个小时的《论语》。讲课之前，杜老总是端正地坐在他的旧书桌前等待我和王君。开讲时杜老郑重地取出用一块蓝布包着的他写的《论语注译》，然后打开布，拿出书宣讲。杜老的教授是将《论语》中孔子和不同弟子的言谈分类选出来讲。比如讲颜回，这几天就全讲和颜回有关的章节。这让我们既深刻地体会孔门弟子的鲜明个性，又充分地认识孔子因材施教的高明。虽讲的是《论语》，但杜老旁征博引，将天文、地理、掌故、经史、文章都穿插其间，令我们获益至深。印象最深的是杜老引证时还专门给我们全文讲解了韩愈的《原道》和《礼记》的《学记》，使我对儒家圣贤之道的真正内涵有了深刻的理解。那段时光，我与王君每天下午挤坐在杜老狭小破旧的小屋里，听老人广博而精深的学问，真是如沐春风，永久难忘。后来我专门画了一幅白描《杜子行教图》以为纪念。

这期间，我时而陪杜老去春熙路的悦来茶楼听扬琴；时而陪杜老回乐山老家重游郭沫若故居，到曾任校长的乐山一中讲学；时而陪杜老到广安邓小平故居赠送香港回归时他给邓小平撰书的对联，对联内容为“纬武经文，引致繁荣富强，鞠躬尽瘁谋宗国；高瞻远瞩，设施改革开放，伟绩丰功照史宬”；时而陪杜老到乐至庆贺硕儒诗家刘克生先生百岁华诞；时而陪同杜老到老友李仲耕先生家中参加李仲耕先生九旬寿辰祝寿会；时而陪杜老在王财贵先生到成都举办的读经讲座上发言；时而陪杜老会见到我执教的美术学院讲学的九旬楚辞学家文怀沙先生；时而极力邀请电视台来拍摄记录杜老异于常人的生活，因此保存下来几段非常珍贵的杜老的影像资料；时而我的学生还陪同杜老到乐至报国寺，拜会九旬净土宗高僧昌臻法师，共同讨论大学之道；好几次邀请杜老到我执教的美术学院作文字学、扬琴、《论语》等讲座；两次邀请杜老参加我在李劼人故居召开的国学研讨会，第一次会上杜老深刻地讲了他作的《赞天存性》那首长诗，第二次会上杜老风趣地讲了一到十的文字谜语；多次邀请杜老到德阳文庙、中江文庙、崇州文庙作主祭，我和杜老的另一位学生王君作陪祭祭祀孔圣人。

杜老渐渐感受到了新时代国学复兴的气息，也改变了昔日完全封闭的生活状态。他说祖国文化养育了他，他也应该为社会贡献一点。所以凡是我请杜老讲学，杜老不顾年高都欣然应允。杜老还特别作了一首“一年一度柳青青，大化迁流莫暂停。随遇达观勿自馁，伏生九十尚传经”以明其志。我写的《论语讲义》他给我题写书名，写的《蒙书讲义》他为我作序。最初我的《论语讲义》准备取名《论语大义》，杜老讲：“古人早就说了‘夫子殁而微言绝，七十子丧而大义乖’，怎么能够叫《论语大义》，还是叫《论语讲义》来得老实。”我著的《论语讲义》之名就是由此而来。这件事给我极大的触动，如果杜老不讲，我还自以为“大义”之名非常好；杜老讲了，我才大感惭愧，深刻认识到自己的不足，再一次深切感到以杜老为代表的老先生们学识的渊宏与治学的严谨。以后凡是我讲国学的书皆以“讲义”命名。

正在杜老喜悦地感受到越来越多的人开始关注国学、学习国学，愿将自己平生所学宣讲出来时，却遭受了两个沉重打击。二零零八年春天的一个下午，我去看望杜老，杜老竟横卧在自己小屋的地上，全身沾满了屎尿，神志还是清醒的，只是爬不起来。问他，才知杜老已经摔倒地上三天了，因没人知道，就一直躺在地上。我赶紧通知他的亲人，并和他们一道将杜老送到医院。当时我是又惧怕又悲伤，想到一位九十五岁的老人摔倒已经够严重了，还躺在地上三天没人管，真担心杜老过不了这一关。没想到经过了十几天输液治疗，杜老竟以他顽强的生命力，奇迹般地开始好转。

就在杜老慢慢康复时，更大的打击又来了。杜老七十五岁的儿子、昔日哈尔滨工业大学的研究生、四川大学物理系的退休教授杜厚忠先生因脑溢血压迫食道神经不能进食而住院。儿子和父亲的病房就在一层楼，门斜对着门。儿子因吃不进食物，瘦得只有一张皮包在棱角分明的骨头上，眼睛深深地陷下去，话也说不出来，整天打着点滴睡在床上。九十五岁、满脸皱纹、一把白胡子的杜老，每天黄昏输完液，就拄着拐杖慢慢走到儿子病房，坐在儿子旁边，在昏暗的没有开灯的病房里，静静地望着，守着，好像是要苦苦留住唯一的儿子。最终儿子还是走了，杜老眼睁睁看着护士用白布把儿子盖上，缓缓推往太平间。经过大病本已十分衰弱的百岁老人又遭老来丧子之痛，再也没有了昔日的刚毅，在病房里逢到看望他的人，就老泪纵横地说：“我唯一一个儿子也死了，我唯一一个儿子也死了。”

但是已将圣贤之道深深融入自己血液骨髓中的杜老，经过了几个月的悲伤，又乐观地开始了新的生活。杜老唯一的儿媳、七十五岁的张老师向学堂申请了一套两室一厅的旧房子和杜老住到了一起，照顾他的饮食起居。两位丧子丧夫的老人相依为命。有了儿媳的细心照顾，杜老的生活比以前温暖了许多，人也竟然长得白胖了。只是杜老的精力、记忆力都远不如前。生病前不管什么人去了，第二次再去，杜老都能清楚地叫出来人的名字，说出他的职业。而现在刚说完杜老就忘了，又要反复问来人的姓名。对于近期发生的事，杜老都记不清楚了。但对于过去的学问，杜老依然是记忆犹新，津津乐道。只要说到四书里的任何一句，杜老就会滔滔不绝地背下去，如果不打断他，他是不会停的。汶川地震时，杜老还专门题写了“多难兴邦”四个大字，我将其刊印在了我编的《国学蒙正》报上。

今天已经九十余岁的杜老听说我办了一所传薪书院，异常高兴，连连赞叹传薪这个名字取得好。他还以九十余岁的苍老笔墨给书院题写了许多匾额对联。每次见我，都反复叮嘱书院开讲要给他排课。杜老虽已远不能像病前那样渊博精辟地讲学了，但杜老还是很想将他的学问传承下来，将中国文化弘扬开去。每每接杜老到书院小住，杜老就像儿童似的兴奋，在每个地方都反复细细地看，又一遍一遍念墙上的匾额对联，边念还露出喜悦不尽的神色。黄昏时，我和书院的学生用轮椅推着杜老到书院外的湖边散步，杜老总是欢悦地一首接一首背《千家诗》里的诗给大家听。每背完一首，灿烂纯真的笑容就会浮现在他那满是皱纹的脸上。不讲课时，杜老坐在书院的院子里，那满脸的纯真，既是一位慈蔼可亲的老人，又像一个天真无邪的婴儿。遇到书院开课，杜老必定颤巍巍地走上讲台，或讲上一段《孝经》，或讲几个文字，或讲读书人的品格，或唱上一段昆曲，让在座的每一位学员无不被这位百岁老人与生命交融的文化情结所深深打动。

明年就是杜老的百岁寿辰、期颐庆典。愿杜老平安地活到一百岁、一百二十岁、一百五十岁，将他毕生固守、热爱的中华传统文化继续传授下去，弘扬开来，最终看到中华文化的伟大复兴，看到中华民族的伟大复兴，实现众多杜老同代学人都没实现的愿望。最后用我以道生二字开头做的百岁寿联以终此篇：道继孔颜寿追尧舜，生如松柏气似竹梅。

二零一零年秋菊月渝州芳园子

李里于蓉城梅香湖畔传薪楼中

后叙

杜老去世已七年了。从写上部分文章到杜老去世又过了三年多，这三年多和杜老去世后还发生了许多事情，是我久想补记的。杜老百岁华诞我在传薪书院为杜老举行了一个盛大的庆典。书院在门前的梅香湖对岸租了一个颇大的会场，会场的正中挂了一块红底白字的横幅，上书“国学泰斗杜道生先生期颐寿诞庆典”。横幅下的正中挂了慈禧太后手书的一幅红底白字的巨幅“寿”字拓片，“寿”字两边挂的是我撰书的红底黑字寿联。

庆典当天嘉宾云集，有当代著名学者、高僧，有杜老早年的门生弟子，有传薪书院的众多学生以及我的亲人朋友。会上，我将我故乡的另一位恩师贺嘉寅仙翁赠我的那件红色长袍给杜老穿上，杜老坐在主席台的中央，来宾们一一上台给杜老拜寿致词献贺礼。

中国佛教协会副会长、成都文殊院方丈宗性和尚写了“光寿无量”四个字，严寄石老先生写了百寿图一幅贺上。刘香鲁先生代表父亲、已故百岁诗人刘克生先生专门上台给杜老拜寿。我代表传薪书院全体师生给杜老送上杜老的坐像铜雕一尊。传薪书院全体学员还给杜老磕头八拜。杜老异常兴奋，在会上多次激动得泪流满面，不断说谢谢大家，说自己愧不敢当，是祖国文化养育了自己，自己所做的却微不足道。整个会场气氛真挚而热烈。为此我办的《国学蒙正》报还办了两个专刊：会前一个，刊载了杜老的生平事迹、诸多诗文书法作品、平生照片、众人贺寿的文章及我写的《当世颜回》一文；会后一个，刊载祝寿当天的情况。

杜老一百零一岁时，九十九岁的女国学家叶曼老人还特地从北京到成都传薪书院要拜会北大的老学长杜道生先生。我陪叶曼老人到川师杜老家中探望，然后陪两位老人到川师杜老题匾的柳堤餐厅午餐。两位饱学的世纪老人难得的暮年千里聚首，好不欢快。追忆昔日北大旧事，你一言我一语，但耳朵都有些背了，仿佛皆在自鸣天籁。我给两位老人拍下了好多张或同坐在轮椅上，或攀谈，或握手，或欢笑的珍贵合影。

杜老还曾在儿媳张老师的陪同下颤颤巍巍地参加了我的婚礼，并在婚礼上喜悦地致祝辞。这也成为我婚礼中最珍贵、最难忘的记忆。我的新著《大众子学》出版前，杜老又口述，我笔录，给我作了一篇短小而义理深邃的序言。岁末邀杜老团年，饭桌上杜老喝了一杯小酒，还兴奋地唱了昆曲《牡丹亭》的《闺训》一段，让在座的我的亲朋和学生惊叹不已。

后来，杜老的身体便每况愈下。一次我去看望他，他说有几样东西要交给我，叫我在他书架上取。一是他亲自参加编写的十卷本《汉语大词典》，二是钱穆先生和朱光潜先生写给他的两幅字，三是他读北大时毛笔小楷写的几册诗文作业，四是“文革”中他用毛笔小楷辑录的《伤寒论》注本。杜老说：“你拿回去做个纪念吧。”我知道这几样东西都是杜老异常珍视的，杜老竟交给我，让我一时百感交集。既无限感激杜老对我的深厚情谊，又感到有些不祥之兆。我说：“杜老，这是您最看重的东西，您好好留着吧。”杜老的儿媳张老师说：“老师叫你拿去，你就听他的话拿去吧。”我看两位老人都这样讲，也就只好流着泪将其收下。而这几样东西也成了我一生中最珍贵的藏品，只要看到这些东西，杜老一世的学问，我和杜老十余年交往的浓浓情义便涌上心间，泪湿眼帘，唏嘘感叹不已。

以后杜老便经常住院，最后的时光我几乎都是在医院与杜老相见。杜老躺在病床上，看到我去就非常高兴，露出像孩子般的笑容，口里念道："李里来了，李里来了。"我和杜老说话，杜老的声音已有些含混，但却说："我还能背'四书'，不信你抽我嘛。"我还没抽，杜老就用苍老而含混的声音背起朱熹的《大学章句序》。看着杜老兴奋而吃力地背着，我又高兴又担心，怕杜老消耗心力，每次都会不得已将杜老打断，让杜老好好休息。

这年的九月，杜老走完了他的人生长路。我伤心不已，给杜老撰书了一副挽联："说文解字，百龄传经赛伏段；瓢饮箪食，千载衍绪继颜朱。""伏段"是指汉朝九十尚传经的大儒伏生和清朝注解《说文解字》的大家段玉裁，"颜朱"是指孔子最爱的弟子颜回和宋朝大儒朱熹。我将对联挂在杜老家门外的灵堂上，然后重重地在杜老的灵前磕了八个响头。

我在传薪书院的传心堂上也设起灵堂，灵堂的正中用黄纸写了一个大大的"奠"字，"奠"字下是杜老的遗像，两旁挂了我及传薪书院众多师生写的挽联。如书院教员涂继成先生作的："一代儒宗，旷古圣才范斯世；当今颜子，平生乐处最可求"；传薪学子国学讲习班一期状元樊君作的："百岁尚传经，我今来学永恨晚；千秋同洒泪，谁后继绝为生灵"；传薪学子张君作的："道继孔颜，一箪食，一瓢饮，其志未更，德者当如斯也；生传仁义，三万日，两袖风，诲人不倦，圣贤亦乐此哉"。

灵堂的桌上燃起香烛，下面是两束清雅的黄菊花。传薪书院全体师生都在灵堂前给杜老磕头致哀，然后我九旬的外祖母、我的母亲、我的中医师父温茹秀女士、杜老生前的学生王君和我都给传薪学子们讲述杜老的生平事迹和高尚德行。在出访台湾途中的文殊院方丈宗性法师还专门发来了唁电：“道生因本立，逾百龄而乘化。访台途中，惊悉杜公道生先生辞世，遥望蜀川，不胜怅然！杜老一生，安贫乐道，箪食瓢饮，堪称再世孔颜。杜老一生，勤于学问，春播秋耕，实为儒门君子。俄而驾鹤，汉字几何谁能继？遂归道山，文脉幽幽还期再来！望杜老门生并诸同道，秉杜老精神，为中华文化复兴勇力承当。”

很多学子都被杜老的事迹感动得泪流满面，刚进书院的学员们皆因晚来一步没见到杜老而深感遗憾。四川师范大学在东郊殡仪馆举行的公祭，我也前往参加。灵堂上有成都著名大学者谭继和先生撰写的巨幅挽联：“穷居其室，立人复性，虑道忧统，乃知卓行，保护汉字有操守；大隐于学，述古言心，存亡继绝，不作伪语，儒化中国留楷模。”我给杜老磕头后，绕棺而行时，隔着玻璃棺盖，望着杜老的遗容，我刹那之间心痛不已，竟悲哭起来，泣不成声。杜老的丧事办完以后，我在《国学蒙正》报上又给杜老办了一个悼念专刊，专刊中刊登了众多师友学员写的悼词、挽联。

杜老去世以后，杜老的儿媳张老师把杜老生前遗留下来的许多毛笔小楷写的各种资料全部交给了我，让我替杜老保存散发。又将杜老生前一直用的简易老木书架送给我留作纪念。这个书架我非常珍视，一直放在传薪书院里，供学员们瞻仰。杜老的儿媳张老师是一位小学教员，一身书卷气，朴素温和，老实善良。早些年照顾杜老生病的儿子，杜老的儿子去世以后又一心一意照顾了杜老八年。杜老去世后，八十三岁的张老师本可以好好地安度晚年了，没想到还不到两年她就得了癌症，悄然去世。对张老师的伤惋之余，也有一样事情值得欣慰，就是中华书局正式出版了杜老的《论语注译》，这也是杜老唯一的一本公开出版的学术专著。不过杜老并不看重这些。

在对杜老的怀念中，我和对杜老感情很深的杜老的另一位学生王君作了一次长谈。这次长谈中，我对杜老作了深深的反思与解读。我无限感叹地和王君谈到，杜老活了一百多岁，在他同辈的老学者中都算是走得最晚的了。杜老的去世，他们那个时代的老先生几乎要走完了。但杜老就是在他同辈的老学者中也是另类的。这另类并不在杜老的学问，不在杜老的经历，也不在杜老的德行。老先生中，学问如杜老渊博者并不在少数，经历比杜老传奇、坎坷的多的是，德行高尚也几乎是那个时代老先生们的共性。杜老真正的另类是他的生活方式，他那如乞丐般的生活真不是其他众多老先生、老学者所能做到的。这如乞丐般的生活并不只是个人习惯，而是杜老对人类文明深刻认识后的人生选择。

杜老一直不要学校分的楼房，住在废弃的办公室中，唯一的电器只有一盏灯，也常年不用，天一黑就静养休息。很多年，杜老屋门口都放着一个小柴灶，所有用过的废纸杜老就用来烧火煮饭。我听曾在文学系工作过的老师讲，每天中午杜老烧着废纸煮饭，整个文学系的旧办公楼中就浓烟滚滚，很多教员也因此讨厌杜老。每次文学院聚餐，杜老都是提两个竹篮子去，吃完以后就把饭桌上剩的所有饭菜用竹篮中的杯杯碗碗装回去，这些都是常常遭其他教授嘲笑的。买菜买水果要买小的、长虫的，杜老说小的、虫都吃得的才是自然的、好的，大个的、不长虫的都是化肥、农药催出来的。苍蝇杜老从来不打，杜老说苍蝇分解腐烂的物质，在宇宙间是有巨大作用的。其实杜老作的那首《赞天存性》的长诗就对他不被常人理解的生活作了最好的诠释。诗云："人为万物灵，灵在能创造。羲皇立卦象，天地人三爻。人与天地参，化工尽微妙。顺应大自然，及时得所好。创制资吾用，生活益提高。物材何处取，地上出原料。取之自植物，竹木藤棕草，取之自动物，皮筋骨角毛。山岩加开伐，金玉铜铁窖。翦辟自他山，磐甚固屋牢。鱼盐蜃贝蛤，江海可打捞。年年自繁衍，岁岁育新苗。各随其所宜，采集供需要。人工施技艺，编织纯缘缭。晾曝蒸煮炼，切磋琢磨雕。加工随物性，敦朴易平调。利用以厚生，正德居首要。美观由本真，不多加揉矫。利器以善事，并不重机巧。器用几十年，敝扫犹自保。纵使成废物，亦不轻抛掉。家有黄土炉，投入供燃烧。草木骨皮灰，可以作肥浇。土壤不枯瘠，庄稼长得好。欢呼大有年，人人得温饱。机事一不出，机心自然消。孝悌立家风，忠恕建社交。民俗保淳厚，江山存古貌。鹰击出长空，鱼游乐在藻。春风扬柳绿，细雨润桃红。碧空鸿雁北，屋栋紫燕巢。鲲鹏任其徒，蜩鸠听其笑。各乐其性天，斯谓得逍遥。中华有孔孟，万世之师表。相传大人学，纲三目八条。无为无不为，清虚以为教。教旨法自然，学宗庄列老。泱泱大中华，两个传家宝。唤起霸权者，虚心学人道。"

这首诗中，杜老对中华传统天人合一、和谐美好的生命形态作了最精妙的总结。总结的核心就是人类生活的一切材料都来自大自然，最后都能回归大自然。人类的生活与大自然十分和谐，这种和谐中人类充分珍惜大自然的赐予，生活节俭朴素，心态平和安宁，民风淳朴敦厚，随时都能享受大自然的美好。

杜老戴草帽、睡木床、卧草席、坐藤椅、用竹编水瓶、拄藤杖，就是“取之自植物，竹木藤棕草”；杜老一件衣服穿几十年，疤上补疤，所有物品反复使用，用坏了也不扔，就是“器用几十年，敝帚犹自保。纵使成废物，亦不轻抛掉”；杜老用过的废纸用来煮饭，就是“家有黄土炉，投入供燃烧”；杜老不用任何电器，就是“机事一不出，机心自然消”；杜老的字朴实古拙，就是“美观由本真，不多加揉矫”。杜老所赞美的理想生活就是民风古朴、人与自然亲爱共生的“孝悌立家风，忠恕建社交。民俗保淳厚，江山存古貌。鹰击出长空，鱼游乐在藻。春风扬柳绿，细雨润桃红。碧空鸿雁北，屋栋紫燕巢。鲲鹏任其徒，蜩鸠听其笑。各乐其性天，斯谓得逍遥”的状态。而这样的生命形态正是建立在儒家、道家所倡导的价值追求中。儒家、道家共同追求的人与自然和谐，人与人和谐，人与身和谐，人与心和谐的生存状态才是真正先进的人类文明！

杜老的这首诗真是太精妙了，太深刻了，太高明了！这首诗是杜老一生学问、思想、见地、境界最集中、最全面的展示。杜老是站在最适合人类生存的人类文明高度来看待一切的，他用自己大半生对中华传统生存方式的固守，来最完美地演绎了中华古圣贤与中华古文明的长远深邃的伟大智慧。这才是杜老的根本与众不同之处，也是杜老最光辉耀眼之处。至于杜老箪食瓢饮，在陋巷，人不堪其忧，回也不改其乐，如颜子般的生命状态也只是杜老对文明道路深刻照见后的选择与外化而已。

除此以外，我在国学上如果还能算是升堂入室了，那全是杜老的引领。在认识杜老以前，我已经拜谒过近二十位博学鸿词的长者、硕学、高僧大德。但这些老先生的学问大多长在文史或佛道，用国学的范畴来讲，就是史学、子学、集学，国学的最核心部分经学却少有涉猎。

杜老平生研究的学问才是真正经学的内容，杜老的专长是文字学，文字学就属于经学中的小学部分。亲近杜老之前，我虽也零星断续研究了不少单个的文字，但作为文字学这门专门的学问我却是茫然的。跟随杜老后，我才系统地接触了文字学，掌握了文字学研究的方法。杜老给我的两卷本线装书《说文部首》，我用毛笔小楷将其全文抄录了一遍，对《说文解字》中的五百四十个部首，有了清楚的了解。经学核心中核心的“四书”，我更是在杜老的教导下方真正深入其中义理，并体会朱夫子注解“四书”的精妙。对儒家道统的透彻契会，则很得益于杜老的启迪。

我在四处讲授《易经》，听众都说我讲的伏羲怎样画八卦，简明扼要，很好理解，而这套学问我是跟杜老学的。德国哲学家卡希尔的大著《人论》认为，人类通过符号创造了文化。杜老遵循这一思路分析，伏羲画的八卦也不过是八种符号而已，这样解释，八卦的神秘高深一下就被打破，变得人人可以懂得。至于“君子之道，造端乎夫妇，及其至也，察于天地”是夫妇之道的总纲；“允执厥中”乃中华文化之所以为中华文化的特性；《礼记》的《月令》篇是中国古代科学巨大成就的体现。这些都是杜老的卓见。我善用《诗经》中的众多典故；“四书”中的大量成语；在日常生活中进行毛笔书写等，无不受益于杜老的教诲。今天，杜老给我国学上的诸多滋养，早已融进我的学问中，且成为我多年讲学著书的源头活水。杜老是我国学上最大的恩师。

在我收藏的各位老先生的纪念品中，杜老的是最多的。我的整整一个四层书架的相册中，几乎绝大多数相册中都有杜老的照片，或杜老的独照，或我与杜老的合照，或我与杜老在无数活动中的照片。不仅有杜老晚年的照片，还有杜老青年时代在北大的帅气留影，还有杜老中年笃实的留影。照片以外，杜老送给我的题字书籍资料，给我写的对联、条幅、斗方、信笺，杜老赠送给我的他的先生给他的墨宝及他自己写的笔记，还有张老师送给我的杜老用过的书架与杜老毛笔手写准备送人还没送完的大量册页。这些东西点缀在我的家和传薪书院的诸多地方，几乎随时不经意间都会看到杜老的遗迹。孔子弟子颜回赞美孔夫子：“仰之弥高，钻之弥坚，瞻之在前，忽焉在后。”我也用这句话来称赞恩师杜老。杜老的境界是仰之弥高的，杜老的学问是钻之弥坚的，杜老留给我的学问与遗物，更是让我瞻之在前，忽焉在后啊！前部分文章写完七年后，我又续写这部分文字，用这篇长达两万多字的文章，来怀念国学大师马一浮先生的弟子、我的国学恩师、当世颜回杜道生先生。

二零二零年孟夏蒲月阳历七月七日
李里发烧发麻盖着棉被奄奄口述
不能感知红豆村极度闷热潮湿之际

不改其乐。四川师范大学有国学大师杜道生先生，每日提一竹篮于食堂打饭，着四十余年数补之中山服，宿中文系废弃之办公室。日以毛笔古书为伴，人不堪其忧，彼不改其乐，真今世之颜子也。李里画并记于川师东园。

仰止高山

——怀念百岁诗翁刘克生先生

引子

刘老是隐没在群山深处、烟笼雾罩里的高山中的高山。

这高山中的高山很远很远，远到与烟云相共，远到与天地无别，远到无形无相，远到无声无臭。

世间有几人愿历经千山万水去到群山深处，寻找那杳无人迹的高山？世间又有几人能甘受寂寞，在无路可走的山脉中，劈开荆棘，寻找无迹可寻的高山？

究竟没有人，终于没有人。高山早已习惯了清寂中的孤傲，只固执地与那亘古的残阳、冷月、寒雨、清霜相往来。长成参天的古木，开出娇艳的鲜花，徜徉悠闲的鹿鹤，翱翔雄俊的鹰鹗。

无人知晓的世界就像山中的野花自开自谢，无人欣赏的奇花依然有她的芬芳无尽。唐诗流行的时代，再宏大的赋家也不在人们的眼中；古文昌盛的时代，再工巧的骈文也不被人们赏识；新文学横行的时代，再隽永的古诗词人们也无力鉴赏。可与唐诗、宋词、六朝骈文媲美的成就，也无法在只能读懂白话文的时空绽放出原本应有的绚丽与光芒。

刘老就是新文学时代鲜有人知的隐没在群山中烟雾缭绕的旧文学高山。刘老在旧文学中的造诣就像那长着参天古木、开着娇艳鲜花、徜徉着悠闲鹿鹤、翱翔着雄俊鹰鹗的孤傲高山。这高山是那样的高峻，是那样的精彩，是那样的丰富。然而又是那样的无形无象、无声无臭。刘老从浩瀚古书中吸收的养料就像那亘古的残阳、冷月、寒雨、清霜。

刘老的态度永远是平和的，刘老的神态永远是高古的，刘老的目光永远是深邃的。从刘老的容颜中永远看不到波澜。这平静的背后是饱经忧患、阅尽沧桑的恬淡从容。然而翻开刘老的诗文，看到那超逾万首的律绝骈古、词联乐府，以及那踵武李杜、苏柳的才情学识，一位只有在古书中才能看到的真正诗人便从云山雾罩中清晰走来。诗人的心境是荒凉的、落寞的、孤寂的，这样的情绪幻化成“残梦、幽窗、寒灯、冷雨、斜阳、凄清、飘零、凋谢、沧桑、孤吟”的字样，弥漫在无尽的词句中。

“残梦警蕉声，凉风吹暗牖。耆旧感无多，沧桑变已久。”

“王谢繁华残梦了，江山兴废一胸罗。衰年虽是忘穷达，奈此流光似水何。”

“孤吟露砌虫惊梦，一唳霜天雁失群。”

“叹浮沉身世，曾经沧海，感飘零，和鸥语。”

“旧日盟寒，凄清最是，斜阳红暮。”

“落拓青衫，飘零红粉，宁为玉碎。”

“于今耆旧都凋谢，更有何人话海桑。”

“夜半西风吹冷雨。满山落叶，一溪芦絮。总是销魂处。”

“落拓晓风残月，孤吟夜雨寒灯。”

“更无端，四壁虫声诉雨，搅幽窗睡。”

有些不习惯文言、诗词阅读的人，又如何能欣赏这文字的高妙，品鉴这艺术的绚丽，更何以勘破这文字意象背后的幽怀。这幽怀是江山易代，故人凋谢，旧学落寞，身世飘零，炎凉尝尽，知音无觅，岁月催老……如此种种，纵有解人，已是寥寥，不如深藏诗箧。呈给世人的只有“人不知而不愠”“宠辱不惊”的崇高君子风范。

小序

古联有云：“行经千折水，来看六朝山。”刘老之于我，便是这样的心境。在我心中，刘老永远是高山中的高山。这高是境界的高，是学问的高，是才情的高，是人品的高。

旧时代的读书人自发蒙读书便要学作诗，是因为读书人大抵没有不会作诗的。然而，会作诗并不等于诗人。很多人不过是用诗的形式在说话，说出的话中毫无诗意。更有人不仅话中毫无诗意，连诗的形式也是蹩脚的。真正的诗人，诗的形式纯熟，诗的语言典雅，诗的内容充满意象，诗的意象优美，优美的意象中饱含深情。不仅如此，诗的各种体裁都可以自由创作，而创作的众多诗歌又有一以贯之的精神气韵。我拜见过的诸多老先生，大多都能作诗，但称得上诗人的只有两位：一位是空门诗僧洪禅法师，一位便是此文所记的刘老。然而达到极高造诣，能称一代诗家的仅刘老一人而已。吝于褒赞的洪禅法师也称刘老的诗才是真正上品的诗。

刘老的诗不仅源于过人的才情，更有深厚学问的滋养。如果抛开诗文不论，刘老已然是一位渊博的大学者，在经、史、子、集的各领域都有深入的研究，更达到了相当的造诣。今天就是许多专门研究某一领域的学者都未必能与刘老比肩。刘老的学问放在大学堂里，无论在文学系、历史系、哲学系都是大师。只是刘老志不在此，他并未想过要成为学问家，所有的学问只是他旧文学创作的基础。然而这仅是作为基础的学问，刘老俨然是难以望其项背的高山。可想而知，以这高山为基石的文学创作又将是怎样的高峻。不过，刘老作诗文绝不是简单地以学问为诗文，在诗文中显摆学问，而是将学问完全分解为诗歌需要的养料，学问在诗文中无处不在，但诗文中又根本看不到学问的样子。这才是旧文学上真正的大师。

刘老是一代诗家，自然古诗、律诗、绝句皆为上乘，许多更是直追李杜。然而，这个诗家又是广义的，其中包含了词、赋、对联、骈文、古文。对于这些文体，刘老都有相当数量的创作，且水平精湛。尤其是骈文与词，置诸六朝、宋代也毫不逊色，在近人中更是一流。然而，刘老究竟是落寞的，当刘老穷其毕生的功夫在旧文学上努力攀登的时候，新文学正在如火如荼地发展，众多新文学作家崭露头角。旧文学的创作已被历史的潮流抛到了莫可若何之乡，鲜有问津。既少问津，再高明的造诣只能得到极少数人的认同。故而，刘老虽有众多极高质量的诗文，也知者寥寥。

不过，刘老在旧文学上的造诣，若是在北京，或是在某个大学中，也一定是著名的大学者。然而，为了旧文学的创作，刘老在壮年时代便放弃了在大城市的生活，回到了偏远的家乡。且回乡不久，便遇到时代的大更迭，经历了几十年的蹉跎岁月。虽然在逆境中，刘老仍坚持学习，并经受巨大的人生磨炼，旧文学达到炉火纯青的境界。可惜，灾难的岁月结束时，刘老已过古稀之年，不可能再离开家乡进高等学府。这就注定了刘老一生的寂寞。

四川方言说“背时”，即与时运相悖。刘老的一生就是与时运相悖的一生。刘老的少年时代，新文化已经兴起，西式的小学、中学、大学亦如雨后春笋般在全国开办，许多与刘老同时代的如季羡林、张岱年、侯仁之诸先生已与时代合拍，走上了西式学堂求学之路，最终学有大成，名满天下。而刘老却一直读古书，受传统师徒教育，未进任何新式学堂。青年时代，新文学如火如荼之际，刘老仍醉心于旧文学，所交往者绝无新派文人，未受丝毫新文学影响。往来唱和皆是旧式文人。其用骈文所作的《抗日檄文》虽受北洋水师将领萨镇冰将军称赏，但也并不能流行。在那个时代，刘老已被视为落后。中年时代，本可留在现代文明眷顾的大城市，刘老为了闭门读书，诗文上追盛唐，却选择了回到打着深深旧时代烙印的偏远乡县。二十世纪六七十年代，十年刘老又遭受了所有知识分子都共同遭受的“背时”。然而灾难过去，许多在大城市、大学堂的老知识分子又重新回到了文学创作、学术研究的道路，因其所在的大城市、大学堂而受到应有的重视。已达到极高造诣的刘老却因地处偏僻，再加上旧文学的局限，终究被埋没。

一生的“背时”，心境自然是荒凉的，格格不入的。特别是在晚年，时代的变迁，旧文化的消亡，旧文学的沉寂。与他相投、真正懂他的旧人的凋零，刘老的情绪更是落寞，这荒凉与落寞全部写进了刘老的诗文中。因此，一翻开刘老的诗文，就立马能感到寒彻肌骨的忧伤，隐藏深邃的孤独。

如果诗文中的忧伤、孤独、落寞都流淌在生活中，那刘老就只是旧时代怀才不遇、郁郁寡欢、自怨自艾的传统文人而已。可是，刘老所有伤痛的情绪仅在诗文中。生活中的刘老几十年住在租来的狭小房间中，始终是平和、从容、达观的，对自己的苦难毫无怨言，对他人更是礼敬、热情、周到。并在这样的环境与心境中，坦然地活了一百零三岁。这才是刘老最可贵的崇高精神境界。圣人之所以为圣，就是精神的祥和，从来不受外界境遇的影响。孔颜之乐的根本则是孔颜不因人生的失意、困苦而快乐如常。

常人的心境永远是与外在的境遇同步，外在境遇顺利，则愉快；外在境遇坎坷，则烦恼。所以孔夫子在陈绝粮时，弟子子路生气地来诘问他，君子也有穷愁潦倒的时候吗？孔子明确地回答他：“君子固穷，小人穷斯滥矣。”只有真正的君子，才能固守困穷的人生。只有真正的君子，才能“人不知而不愠”。刘老是真正的君子，是有圣贤境界的君子，才能在百年的沧桑中坚守自己的初衷，不改自己的信念，安于自己的窘困，从容面对时空的寂寥，这才是刘老身上最可宝贵的精神人格，也是我最崇敬刘老的原因。因此，我对刘老的情感也是最强烈的。

刘老最后的时光，我几乎是天天悬着心，深恐刘老离去。刘老终于驾鹤西去之时，我又怀着巨大的悲伤，并且在刘老去世的几天后，就写出了怀念刘老的长文，而且写作之时，胸中的话像源泉滚滚般往外涌，很快就写完。这是在其他老先生中绝无仅有的，其他老先生的怀念文章多是在老先生去世数年以后完成。

刘老去世已十三年了，我对刘老的怀念从未因时间的增长而消减，刘老的诗文在这十三年中我随时带在身边，不断吟咏契会；刘老的音容笑貌经常在我的脑中盘旋；刘老的崇高人格一直是我人生的楷模；刘老的学问更是我取之不尽，用之不竭的珍贵财富。今天写上这段文字，放在十三年前的旧文之前，将我十三年前未说尽的话说完。

第一次拜见刘老的时候，刘老已九十八岁了，到今年刘老以一百零三岁辞世，我和刘老整整相交了五年。五年在人生的长河中实在太短，但这短短的五年却给了我许多，使我对人生、道德、学问有了最崇高的体认，教我深深明白了什么是《诗经》中说的“高山仰止”。

闻知刘老是在首次拜谒刘老的三年前。我又到外祖母的故乡安岳县探望外祖父母的好友、我的第一位旧学老师、年近八旬的周汝森先生。周先生照例给我慷慨激昂地讲了一些古诗文之后，极郑重地对我说，他最近在四川省诗词学会的年会上认识了乐至县一位九十五岁的老先生，叫刘克生。刘老的诗词骈文做得一流，人品学问更是令他崇拜得五体投地。我特别注意到饱学的周先生用了一个“五体投地”的词。言罢，周先生又将刘老的信给我看，一边说：“九十五岁的老人，写得这么谦虚工整，一笔一画都一丝不苟。”周先生还告诉我刘老由他的儿子刘香鲁照顾，住在乐至县商业街二十五号。从此我便记住了乐至县商业街有一位九十五岁的老人——德高望重的刘克生先生，并想着有机会一定要去拜见他。

等到真正见到刘老已是二零零四年的春天。其间我漂泊浪迹，周先生也因病离开了人世，但拜见刘老的心愿却一直盘桓在心底。定居蓉城后，得一友人的因缘，驱车前往阆中，路经乐至，友人带领我们先到报国寺拜望昌臻法师。在昌臻法师那里询知刘老还健在，仍住乐至县城商业街。仙风道骨的昌臻法师对刘老也赞不绝口，称刘老是文史大家、书法大家，说报国寺的对联大都是刘老撰写的。还说我是学国学的，就应该向刘克生先生好好请教，并请一位居士与我们同车到乐至县城给我们带路。我真是喜出望外，特意请友人在乐至停留，以期拜望刘老。乐至县城不大，没走一会儿，便找到商业街。在商业街背街的一栋旧式楼房的底楼终于找到刘老的家。

刘老家的屋门是敞开着的，其实这个屋门是将阳台封成屋后新开出的门。门中昏暗的光线里见到一位脸圆圆而稍胖的老人正在理菜，本以为定是刘老，请教方知是刘老的儿子，八十岁的刘香鲁先生。香鲁先生请我们到里面坐下，拉开灯后再到里屋去请父亲出来。等候刘老之际，我略略看了一下刘老的家，俭朴得有些局促。一张大铁床，一张旧书桌，一个衣柜摆完后，屋中最多还能挤着坐下三四个人。屋虽然狭小拥挤，墙上仍挂了两幅字画，细看是刘老九十五岁时，四川大学的老先生给他贺寿所作。如果没有这两幅字画，根本看不出任何一点读书人家的味道。后来才知刘老祖上在乐至是望族，书香一脉，祖父开有钱庄，灾荒年还自己发粮赈灾。父亲是光绪年间秀才，修过史志，建过乐至县图书馆，并任馆长。民国时大学者谢无量先生还是刘老的舅父。

刘老租住的这个商业街底楼的房子有三间，两间正屋都不到十个平方，进门一间阳台改造的屋才三四个平方。但这狭小的屋里却住了四代人，刘老父子共住一间，刘老年过六旬的二孙女、孙女婿住一间，念高中的重孙子住阳台小屋。所以三间屋里都摆着大大小小的床，本来狭小的屋子自然更显得狭窄拥挤。我们第一次去拜见刘老时坐的那间屋，既是会客的客厅，又是吃饭的饭厅，还是刘老平时写作的办公室，更是刘老二孙女、孙女婿的卧室。刘老父子住的是最里间的屋，屋里摆了两张床，剩下就是衣柜和方桌，刘老的书都是层层叠叠垒起来堆在床上的。

几年后我在刘老的诗集中读到一首诗，是写他住在这屋中心境的。诗云："茅屋避风雨，数椽（间）年年僦（租）。居深尚觉安，巷僻权因陋。开卷对古人，恍若逢亲旧。上下五千年，穷通并夭寿。我心淡若水，静看云归岫。老梅伴孤吟，花与人同瘦。"刘老正是在这租来的简陋的屋舍中从容淡然地生活，安闲静远地读书，丝毫没有怨言与不安，一直住到一百岁。百岁后，乐至县政府给刘老安排了三间三楼上的旧水泥房。

不一会儿，刘老便从里屋出来。刘老个子不高，穿一件灰色中山服，深蓝色裤子，一双小圆口白底黑布鞋。清癯的脸上戴了一副金丝眼镜，眉毛浓黑而长。后来听照顾刘老的年过七旬的大孙女说，刘老的眉毛是九十多岁后由白转青的。胡子刮得很干净，目光安详而深远，看上去显得高古清朗。与儿子在一起，很难看出是父子，而将疑为兄弟。刘老动作灵活，坐下后热情地招呼我们，又催促香鲁先生赶快倒茶。刘老问明素不相识的我是来拜访求学的，就跟我认真谈起学问，丝毫没有一点学者的架子与老人的迟缓。

当时因为时间匆忙，没能够好好请教刘老，但从半个小时的言谈中，我分明感到刘老的诚挚谦虚与学问的渊博，而且说话声音洪亮有力。最使我兴奋难忘的是在我请教刘老学国学的经历时，我知道了刘老早年在成都国学院读书时，师从过清末最后一位经学大师乐山井研廖季平先生，而且整部《四书》都是在廖季平先生的指导下研习完的。廖季平先生是我素来景仰的儒家今文经学的大学者，其"经学六变"的奇诡学说，真是伟大而浪漫的思想创造。康有为的学说大多都是沿袭廖季平先生而来。没有廖先生的学说，就没有康有为的两部大著《经学伪经考》《孔子改制考》，更没有戊戌变法。没想到刘老竟是廖先生的弟子，这更使我欢喜异常，益发在对刘老的崇敬上生出许多久违的亲切。往后我读到刘老诸多骈古文中，对于经学宏文及义理随意剪裁化用，运用自如，如果不是对儒经烂熟于心，经义彻悟之透，是绝不能做到的。而这深厚的经学根底正是一代经学大师廖季平先生给刘老打下的。

这第一次的拜见，刘老听说我们时间紧，还要赶路，就特意亲笔题字送了我一部他编定的厚厚的《乐至县志》。我无法表达心中的感激，准备给刘老磕三个头，当我跪下身去时，刘老一下站起来，用手拉住我，坚决不要我磕下去。我这时一下感到老人双手的力量，使我确实无法磕下去。这是我给其他老人磕头时都没有遇到过的情况。我终于犟不过老人，没能如愿表达我的感激。以后我去拜见刘老的很多次，都上演过上面说的那一幕，然而我都以失败告终。偶有两次磕头成功的，都是趁刘老不注意的时候，一次是刘老坐在黄包车上，一次是刘老临终前躺在床上。临别的时候，刘老执意把我送出大门，又送到街口。这便是一个从不相识的普通教员第一次去拜见刘老的情景，这时刘老九十八岁，我二十八岁。

这次的匆匆拜见让我豁然明白了周汝森先生说的五体投地与昌臻法师的赞不绝口。离开乐至后的第三天，我又专程赶车到乐至拜望刘老，一是因为心中迫不及待的崇仰，一是因为刘老送我的《乐至县志》中夹了两百元钱，想是老人曾经偶然放在其中，久而忘却了，我要给老人送回去。刘老听说我来还钱，也笑说不知是什么时候随手夹在书中的。不过老人对我的行为似乎很是赞许，以后很多次老人给别人介绍我时，都谈到这件事。今天想起，才恍然明白，深悉世态炎凉的刘老很看重后学人品，刘老对我的好感或许正是因为我当时觉得十分平常的还钱举动。

这一次我拿了自己撰写的《国学通观》部分书稿及一些单篇文章请刘老指正。回成都不几天就十分意外而惊喜地收到了九十八岁刘老的来信，更万万没想到文坛泰斗的刘老竟读完了我稚嫩的拙著，还以近百岁的高龄写了一篇《读〈国学通观〉书后》的文章，其谦敬仁厚、嘉惠后学的高尚品质让我感动不已。刘老的文章写得言简意深、彬彬文质，我爱不释手，熟读成诵。文曰："近读李君里《国学通观》全卷，乃为弘宣国学之讲义。先以缘起，释名，释体为纲，后以经史子集为条目。其间上起先秦，下讫近代，举凡学术源流，皆择其精要者，分别辨章考镜，既取贯通，亦求旁通，因之西方文学之合于中国文学者，亦能慎重采用，随文附见，相得益彰。至于行文也，力求平实通畅，不尚高深古奥，故其提要钩元，探赜索引，胥能深入浅出，言近旨远。使人易读、易记、易晓，以之传道、授业、解惑，诚沾溉后学之津梁也。君今妙年英挺，已有如此造诣，但《论语》云：'士不可以不弘毅'，果能弘其志，毅其力，锲而不舍，与时俱进，则异日之大成，岂可以道里计耶？于是乎书。甲申仲夏刘克生甫识。"刘老对我的褒赞，我实不敢当，但刘老对我的鞭策，我却牢记于心。刘老在信中还特别称赞我著的《论琴南林纾氏之古文》一篇。

最让我感激涕零，对刘老霎时生起仰止高山之情的，是刘老的信后附了四页用作业本纸写得工工整整的《国学通观》及我的单篇文章的勘误表。每张勘误表上九十八岁的老人用尺子认真地划成五行表格，分为页次、行次、误、正、备注几类。按类将我文稿中的错别字、笔误及用得不恰当的典故一一写出。我给刘老过目的单篇文章，有一贺友人结婚的骈文，之前旁人皆夸赞不已。文中我用了卓文君、司马相如，唐明皇、杨贵妃，西施、范蠡，崔莺莺、张生等典故。刘老在勘误表的最后还附了一段补充材料，材料里讲卓文君与司马相如是私奔；杨贵妃原本是唐明皇的儿媳妇；范蠡、西施纯属传说；崔莺莺与张生又是苟合。这几个典故所讲皆不是正道美满的婚姻，用在贺人新婚的文中恐非妥当。又列出古代夫妇韵事佳话，如梁鸿孟光、鲍宣桓少、徐淑秦嘉、刘阮天台、裴航蓝桥、葛氏句漏等，建议我选择改用。读了刘老亲笔写的勘误表和表后的附文，我深切地感受到了刘老学问的渊博与治学的严谨，这无声的教育让我受到巨大的震撼。这震撼来自刘老学养、人品所形成的巨大人格魅力。我曾多次对母亲感叹，以后像刘老这样敬重后学，对后学的习作如此认真对待，亲笔工整书写勘误表，并能指出文中某某典故不妥的老先生恐怕是再无来者了。

和刘老交往渐多我才知道，凡是找老人看文稿写序跋的，老人都会一一读过，并写出工整的勘误表。去年我的《论语讲义》写毕，刘老已一百零二岁，老人不辞年高，拿着放大镜用了四天时间将我四十余万字的书稿通篇读完，然后仍工工整整写了三页勘误表，又为之作序。刘老的这篇序写得骈古夹杂，引经据典，文采斐然，道现乎辞。《论语讲义》刊印以后，列在卷首的刘老序文，读者无不赞叹称绝，很多人都惊叹说不知蜀中还有这么一位一百零二岁的国学泰斗。我对刘老这篇序更是视若珍宝，不知读了多少遍，以为整部《论语讲义》就是这篇序最好。我啰嗦的四十万言的讲义就是一大堆砖，刘老的序就是这一大堆砖引出的玉，我的破砖能引出刘老的美玉，也算是平生最大的乐事了。

从刘老给我写的两篇序和两份厚厚的勘误表，就可以想见刘老对所有后学不遗余力的勉励与教诲。刘老百岁寿诞时，广西一位诗人在祝寿的长诗中特别写到老人为人校书阅稿的情形：“每一刊寄去，必劳亲勘校。从头到末章，一字不遗漏。俨然老塾师，审批作业稿。字词有差讹，表列摘其缪……”

和刘老相交的几年中，我时常去探望请教老人。而且经常会带一些学生、熟人去瞻仰刘老的风采。无论什么人去，刘老都热情接待，有问必答，知无不言，言无不尽，且必款待饭食，临去还要馈赠乐至特产藕粉、挂面等，每人一份，学生也不例外。若是我单独去，刘老还会邀我去茶馆闲谈。老人走路很硬朗，既不拄拐杖，也不要人扶。我若去扶他，他会坚定地将我推开，说自己走。到去年老人一百零二岁时，请我去餐厅吃饭，仍不要人扶，自己走下三楼，走到几条街外的餐厅。刘老百岁华诞，海内外百余诗人、文人、书画家云集乐至为老人祝寿。寿筵上老人竟一一给来宾敬酒，我们都非常担心老人受不了，老人却安然无恙。赠送来宾的刘老诗文集《石缘阁杂吟》，老人花了五六天时间，用毛笔小楷一一工整题字。不管受者年龄长幼，老人都在落款处题写上刘克生敬赠。我也得到刘老的赠书，老人在扉页上工整地题写着："李里同道存正，刘克生敬赠。丁亥中秋"三行字。落款下两方印：一方阳刻"百岁叟"，一方阴刻"刘克生印"。这本书我异常珍爱，一直带在身边，随时取阅，吟诵其中骈古诗词，经常读得欣然忘食。

刘老的学问更是如崇山大川，不可窥其渊奥。经、史、子、集无所不通。刘老早年求学于成都国学院，受教于经学大师廖季平先生，打下了深厚的经学功底，故而在刘老的诗文和一般文人的诗文最不同之处就是大量引用儒家经典，或依经立论，或化裁经义，或截引经文，或述经明理，皆是信手拈来，并能恰到好处。如："窃以综三百篇之大旨，敦厚温柔；考十五国之遗风，兴观群怨。盖政刑得失，每见于闾里之讴吟；而教化盛衰，常关乎文人之聚散。""《易》主断金之卦，契有同心；《诗》吟攻玉之篇，石须借助。""本汉光武投戈讲艺之意，协和万邦；追宋太祖右文崇儒之风，宏敷五教。""一门绩学，润化雨于箐莪；三代明经，暖春风于桃李。""瓜绵椒衍共生存，数典休忘祖国尊。虞芮争疆惭父老，炎黄示范勉儿孙。""又值乾坤板荡秋，无端蛮触斗蜗牛。穷兵竟敢忘殷鉴，决胜何须抱杞忧。""《论语》尝摧薪，太玄终覆瓿。区区呕心吟，何须珍敝帚。"等等不可胜举。

对于史学，刘老更是无比精通，任何一个历史事件，刘老都能详细说出它的原委；任何一个历史人物，刘老都能说出他的家乡、字号、出身，是哪一科的进士、举人，做过些什么官，到过什么地方，著了哪些书，一生的成就是什么，后人的评价怎样。

如讲完中唐二十四岁中进士的大诗人元稹的身世经历后，刘老还特别引现代国学大师陈寅恪先生《元白诗笺证稿》中对元稹的评价："有文无行"。讲完司马光历十九年修《资治通鉴》的始末后，刘老又引苏辙对司马光文章的评价："疏宕有奇气"。

对于各种典章制度、文物故实，更是如数家珍。讲到慈禧太后的东陵被盗，刘老则会从盗墓时的民国总统曹锟谈起，谈到曹锟手下设的掌大权的巡阅使，再谈到长江巡阅使吴佩孚、淮河巡阅使齐燮元，最后才谈到盗慈禧太后墓的黄河巡阅使孙殿英，以及孙殿英盗墓后晚年全身溃烂而死的悲惨下场。若谈到一首秦淮名妓的诗，刘老能将整个古代妓女制度的沿革讲得清清楚楚。如"管仲设女闾三百以便行旅"是中国官立妓女制度之始，"女闾"则是妓女队伍；妓女又分旅妓、官妓、营妓、民妓；妓女自唐代始皆归礼部管辖等。若谈到哪位宋朝诗人的功名，刘老则又会将古代科举制度的演变讲得明明白白。刘老说，凡是逢到子午卯酉的年辰，就在各省城举行乡试考举人。逢到辰戌丑未的年辰，就在京城举行会试考贡士。乡试在秋天举行，称秋闱。会试在春天举行，称春闱。会试在二月，紧接着三月在紫禁城的保和殿由皇帝亲自主持殿试，考进士。讲到高力士的诗，刘老还会清晰地讲出古代宦官制度的沿革。刘老说，高力士虽是宦官，却是有风骨、有文心的，唐明皇被儿子囚禁，高力士流放夜郎国，还作咏物诗以明志，表达自己对唐明皇的忠贞不贰之心。诗云："旧京论斤卖，南方无人采。夷夏虽有殊，贞心永不改。”至于以历史事件、人物为题材的咏史诗、悼古词，在刘老的诗文中屡见不鲜，历史典故化裁入诗文中更是俯拾皆是。

诸子百家之学，刘老也作过专门研究。昔年为给孙儿讲诸子思想，刘老凭记忆就写出了几十万字的《子学概论》。子学里的佛道二家，刘老更是精熟。蜀中许多寺院道观的诗文对联都是刘老撰写的，而这些对联皆用极优美的文辞深入演绎佛老的历史或道理。像民国年间给三台东山寺写《募捐启》中的诸多文字最是可见一斑：“夫以大千世界，辟妙境于莲花；不二法门，阐真诠于祇树。狮山月皎，宏开选佛之场；鹫岭云深，大启传灯之地”，“裁云补衲，御岁暮之风寒；邀月为灯，助夜分之膏火。因此禅关云掩，佛殿星明。风动幢幡，坠蛛丝而交错；潮侵础石，走蜗篆以纵横”，“云闲古寺，鸟声常念南无；月朗清池，鱼戏同观自在”。

诗词文章的集学是刘老的最爱。刘老百岁时刊印的诗文集自序第一句就是“余自束发受书，即酷好诗古文辞”。《全唐诗》四万余首，《全宋词》两万余首，数千篇古文、骈文，刘老皆能完整背诵。刘老说：“读个十多二十万卷书，不能算一个学者吧，读个二三十万卷书，勉强能算个学者。”

刘老二十余岁写的骈文就全国闻名，抗战期间刘老还奉北洋水师幸存将领萨镇冰将军之命作了一篇宣传抗战的骈文《同仇鼓吹创刊词》，写得词采飞扬，气壮河山，一时传诵不绝。仅引数段，即见风神：“方今虏氛未息，国步维艰。遭蹂躏则庐舍成墟，被轰炸则河山变色。埋烟荒冢，冷斜阳而唱秋；舞月颓磷，乱深宵而幻鬼。嗟嗟！连年战伐，天地皆愁；半壁沦亡，古今同慨。”“词场拟作战场，定相当之旗鼓；文会亦关运会，壮戡乱之风雷。庶使文字宣传，激人心之愤慨；精诚团结，振民气以发皇。促建国之成功，威加宇宙；听平倭之奏凯，气壮河山。慷慨激扬，成此日中兴之乐府；发扬蹈厉，亦他年励世之元音也。”除此以外，刘老一生作了大量骈文，篇篇文采流光，辞道双彰。我每每读得喜不自胜，连连称绝，边读边感叹刘老的无边学问与惊艳文笔，很多骈文我不仅读得烂熟，而且还背得。四川大学的著名文史教授、精通古典文学、也擅长作诗词文章的何崝先生讲刘老的旧诗文在当今全国已是一流，而刘老的骈文又更是刘老旧诗文中的巅峰。

刘老的诗词直追唐宋。柳亚子、于右任两位先生读了刘老的诗，称赞不已。章士钊先生读了刘老的诗，更称赞道：“克生将于文学史上别开一途。”刘老二十多岁即与前清进士、翰林、举人的成都五老七贤交游唱和。五老中的刘豫波与方鹤斋两位先生尤其器重刘老。以诗词见长的刘豫波老先生多次指导刘老写诗填词，方鹤斋老先生是安徽桐城人，最擅长桐城派古文，因长期在成都做官，也成为五老七贤之一。方鹤斋老先生又亲自教授刘老作桐城古文。老先生们都对刘老寄予厚望。一次众人于望江公园雅聚，刘老晚到，座位的上席无人坐。众人皆道：“克生，你后来居上，这个位置非你莫属”。那时刘老最年少，五老七贤大都七八十岁了。这虽是个玩笑，也看得出文坛前辈对刘老的喜爱。后来刘老还写了一首《春日忆锦江旧游》来纪念这段生活。诗云：“廿年辞锦江，浮云幻苍狗。

蹉跎逾半生，少壮成白首。昔日战文场，爱予呼小友。吟红铸伟词，醉碧耽春酒。一朝换沧桑，群贤骨尽朽。诗侣不再逢，行藏谁与偶。望眼阻龙泉，云挟乱山走。别思总依依，绿尽花潭柳。”

民国时成都有一个与南社齐名的著名诗社可社，刘老当时是可社中最年轻的诗人。可社中有一位大诗人叫江子愚，曾是清朝的一等京官，吏部主事，成都春熙路街名即拜他所赐。当时刘老爱作艳情诗，江先生读了刘老的诗则说：“克生啊，艳情诗作得再好，在文学史上终归是二流，学诗还是要学李杜。”从此刘老将昔日诗稿尽焚，辞掉公职，离开成都，回到乐至边教书，边学诗，用了四十年的功夫，将自己的诗写到了盛唐的境界。刘老写诗题对的速度非常快，一副对联差不多一分钟就写出，一首七律也不过两三分钟，一首古风也就五六分钟。乐至是陈毅元帅的故乡，陈毅元帅故居请刘老题对，刘老未花上一分钟就写出一副构思精妙的对联：“此间养羽毛，林鸟先鸣栖凤地；他日乘雷雨，池鱼果有化龙时。”黄鹤楼征集诗联，刘老没用到二十分钟就写出了三首七律，其中两首被选中刊刻在黄鹤楼上。武昌太白楼征联，刘老没用到五分钟就写出一副文辞典雅、慨叹悠深的长联：“荐汾阳再造唐家，并无尺土酬功，只落得采石青山，供当日神仙啸傲；喜妃子能谗学士，不是七言感怨，怎脱去名缰利锁，让先生诗酒逍遥。”

文章以外，刘老尚以书法精绝。刘老的书法脱胎于颜欧，刚劲有力，小楷清秀古雅。他的诗对通常都是自撰自书。刘老写字时作马步蹲，百岁后依然。其落款从不书年龄，不以年高炫人。我也有幸得到老人赠我的一幅字，上书：“品节详明，德性坚定。事理通达，心气和平。海纳百川，有容乃大。壁立千仞，无欲则刚。”我视若珍宝，装裱后一直挂在传薪书院，以此自勉。

乐至离成都有几百里路，我每次去乐至请教刘老，都要住上两三天。刘老讲起学来总是滔滔不绝，若江河之决堤，一泻汪洋，一个问题接一个问题，一天时间很快就过去了。中途若不是他儿子小刘老提醒老人休息，这位百岁老人是不会停顿的。老人大多喜欢回忆过去，但几年间我从未听刘老谈起过自己的身世经历。我对刘老风雨人生的了解大多来自小刘老。每每小刘老让父亲休息的时候，就会对我讲起刘老的许许多多。小刘老谈起父亲时总是一口一个“家父”，眉宇神色中流露出深深的自豪。刘老刚出生时母亲便去世了，刘老有许多诗记此悲哀。少年读书即赋高才，求学如饥似渴，拜谒了许多老先生求教。刘老深重情义，侍师如侍父。成年后凡是昔日教过他的老先生，只要有病痛和家中困难的，刘老都慷慨资助，经常将自己的薪水花光。因而这些老先生也特别感激这位学生，许多都将自己在旧诗文上的绝活倾囊相授。比如“一步入题”“四声具备，五音俱全”，骈文用典的秘法，古文的选字，长联的音韵等等。这些都成为日后刘老在旧文学上能达到全国一流水平的原因。

刘老在家乡随诸老先生读书后，考取四川国学院，并在此受到一代经学大师廖季平先生的教诲。刘老曾说廖先生讲课非常慢，但内容极为丰富，解释一句话要引几十种古书为证，一篇短短的《大学》，廖先生每天一讲，讲了一年。四川国学院毕业后，刘老想考马一浮先生在乐山办的复性书院，然不知道复性书院招考的具体要求，就寄了很多自己的诗文去，没想到马先生给他回了一封信，信中说因复性书院不以研究诗文为主，而将其婉言谢绝。马先生的这封信，今天还收在《马一浮全集》中，信曰：“承寄示大著《怀冰楼诗文词选》一册，别未附书，但卷端粘签有不吝赐教之语。敝院审查文字，系以征选学生自愿来学请求甄别者为限，非如选录诗文之例。足下既专力词章，宜就海内通人品藻，投之书院，无所取义。虽荷虚衷，实不敢妄加评骘，以各有职志，非可率意以月旦自任也。原稿奉还，有负盛意，希谅察为幸。”

未能到复性书院求学，刘老颇以为憾，曾几次给我提到。以后刘老便到川康绥靖公署作职员，并兼职做了许多报馆的记者编辑。最后听了江子愚先生的话，就弃职回乡，在乐至中学教书，立志苦读，准备用四十年的时间，达到李杜的造诣。

每次县里给刘老涨工资，刘老总是说：“我已经够用了，乐至是个穷县，用不着把钱花在我这个老叟身上。”虽然刘老的工资也只有三四百元钱。有刘老的学生拿着充满对“文革”怨懑的诗词集来请刘老作序的时候，刘老写道：“窃以为人事变异，际遇荣枯，上下五千年，纵横数万里，何时何地无之，倘能抱以达观，处之泰然，则向日人生历程，何异于水月镜花。况今物换星移，遭逢盛世，正宜发愤为雄，奋风云之气概，绘壮丽之河山，以歌颂我中华振兴，促成统一大业而立言不朽。”

这或许正是刘老何以闭口不谈自己坎坷人生，而能坦然修志写诗，从容活到一百多岁的原因吧。

刘老不谈学问的时候，很少说话，安详而静穆，似乎看不出任何波澜。如果不读刘老的诗词，真是难以窥见刘老丰富细腻深沉的内心情感世界。刘老四十多岁时妻子去世后，终身未娶，又孤独地活了六十多年。在这一个甲子的岁月中，刘老对妻子魂牵梦萦，作了数十首诗词来怀念亡妻，表达对妻子缠绵无尽的一往情深。

如《踏莎行·生日细雨霏微独酌》："花影摇愁，蕉声破梦。人间何事飘鸾凤。九天云汉太苍茫，鳞邮雁寄全无用。箧锁幽香，钗分沉痛。一灯笑语生前共。不辞红豆数相思，情根永向心头种。"

又如《亡妻逝世二十二周年赋吟》："琴抚无弦未改弦，相思遗恨累年年。缄情书断乖青鸟，啼血声嘶怅紫鹃。一死埋愁愁似海，三生续梦梦如烟。长房纵授神仙法，难缩泉台路渺然。"

悼亡妻作中有一首小诗很是打动人心，就连一个只读过三年书的女孩听了都流下泪来。诗云："梦里题诗醒半忘，山妻代记续成章。而今记句谁能代，枉作春宵梦一场。"

刘老虽然很少谈人间事，但刘老将人生的苍凉全部写进了自己的诗词中。一首《偶成》的五言古诗，一首《水龙吟·书慨》词正是这种心境的写照："壮志早消磨，甘向蓬茅守。栖栖垂暮年，身世同衰柳。胸中块垒多，石酒能消否？醉枕残书眠，尘世忘八九。蝶梦了无痕，何处寻庄叟？残烛照幽窗，苦吟撚霜缕。强撑铁汉骨，严缄金人口。毁誉何足论，万物皆刍狗。”“春风来去年年，半生孤负流光渡。离怀似水，前尘如梦，歌停拍驻，脉望难期，霜华易染，儒冠久误。叹浮沉身世，曾经沧海，感飘零，和鸥语。天下几人学杜。动江关，幽情思古。萍踪未合，梅魂自瘦。闲居空赋。旧日盟寒，凄清最是，斜阳红暮。怅归鸿渺渺，谁能解意，寄琴樽趣。”

最后一次见到刘老是去年冬天。我回老家过年，绕道乐至，特意去看望刘老。令我全然没想到的是一向健康硬朗的刘老这次竟病卧床头，憔悴黄瘦。刘老见了我还是很高兴，听我说冒雪去了岳阳楼，又不顾咳嗽用劲给我讲起了滕子京的故事。我不忍老人消耗元气，在床边和老人合影一张，请老人好好休息，便无可奈何地离开了。没想到这竟是和刘老的永诀。这张照片也成了我和刘老的最后合影。回家以后，我一直担心刘老，隔三岔五打电话询问刘老的病情。刘老六十多岁的孙女告诉我老人时好时坏，让我更加忐忑不安，但我总坚信历经无数磨难的刘老一定能渡过这一劫，久住世间。我又将刘老的《石缘阁杂吟》随时背在身上，天天读背上面的诗文，以寄托我的祝福。不过越读，我越感到刘老境界的高远、诗文造诣的精绝与心灵的孤寂。

我决定“五一”又去探望刘老。但就在“五一”前一天，我电话告知刘老的孙女将去看望刘老时，其孙女却告诉我，她爷爷已于四月二十五日夜里去世。去世前爷爷交代不要惊动别人，所以他们谁都没有通知，关起门办了两天丧事，第三天就火化了。小刘老告诉我刘老临终的三天前，一位省里的老同志请刘老写一篇迎奥运的骈文，刘老虽然已病得很衰弱了，还是答应并努力支持自己写起来。到第三天黄昏，刘老实在支撑不下去了，用最后一口气说："老天呀，你再给我一个钟点，我就把这篇文章写完了……"说完就倒在床上，到半夜便在睡梦中离开了人世。小刘老还告诉我，刘老在病中有句诗"天意厚我补蹉跎"，时时念叨。意思是说他之所以能活到百岁以后，全是老天厚待他，要弥补他之前的蹉跎岁月。我听到这些泪流满面，心中感到前所未有的孤寂，仿佛一下子体会到陈子昂"前不见古人，后不见来者，念天地之悠悠，独怆然而涕下"的旷世孤独。

刘老静静地走了，带着他没有写完的文章，带着一百年的沧桑。刘老带走了如汪洋大海般不可望其涯涘的浩瀚学问；带走了如古梅般铁骨柔情的诗魂；带走了饱经忧患后恬淡如水的心境；更带走了中国传统文化培育出来的崇高人格。在当今社会中，刘老这样的人或许真是后无来者了吧。在深深的悲哀之余，我又暗自庆幸上苍厚我，让我能在刘老最后的岁月认识并亲近他，教我真真切切地看到中国传统文化的人格化身，看到中国文化在最后一代传统读书人身上的完美体现。

我和两个学生赶到乐至参加了刘老的追悼会。回来后在学院的国学工作室专门设了灵堂，铺满白纸白花，挂起刘老的遗照，自己撰书了一副挽联："侧身天地，忧患饱经，淡泊自甘入圣域；独立苍茫，诗骚吟遍，期颐寿享卓千秋。"悬在遗像两侧。青年学子们虽都未见过刘老，但无不被刘老的事迹境界深深感动，许多同学流下泪来。同学们的发言都说受到了前所未有的震撼。中国文化讲人生有三不朽：“太上立德，其次立功，最次立言。”刘老的高尚品德，优美的诗篇，足以不朽。刘老的精神将永远照耀后来者，使像我一样的后学永远能够寻到人生的方向。

二零零八年晚秋渝州

李里于川师东园桐纾阁

尾声

去年我做了一件多年来久想做的事，将我平生拜谒请教过的深深景仰的老先生们一一写成文章。以前写过的就修改整理，没写过的就新写，并初拟题目为《岁月深处·仰止高山》。在我心中，众多老先生都是一座座的高山，刘老更是高山中的高山。到八月我已翻过了除刘老外的所有高山，写完了他们的文章。正当开始翻刘老这座高山中的高山时，我却因呕尽心血，病倒在床，终究没把这群山之巅翻过。待我病愈，雍城又罹百年未遇的暴雨洪水，传薪书院所在深山中的千年古刹龙居寺讲堂被暴雨冲垮，书院不得已又迁至城中周家大院。其间又遭外祖母之丧。刘老的文章就彻底搁置，心中只有无可奈何地感叹，刘老这座高山太难翻越。直到今年八月，书院新迁建设一切就绪，方有闲暇重校旧文。为进入刘老的语境，我又将刘老的诸多诗文反复吟咏，诗文的无尽凄美扑面而来，让我再一次深深地走进刘老孤寂、旷远的精神世界。当我正沉浸在刘老的幽怀中时，天也仿佛契会，竟在溽暑炎夏的长久烈日之后突然淅淅沥沥下起了绵绵无尽的愁雨，荡然消尽了夏日的味道，全然如深秋的落寞。我就在这样似乎专门为刘老而降的几日阴雨连绵中，最终定稿完成了对高山中高山的虔诚仰止之文。

二零二一年如秋之夏冷雨清寂中

李里于雍城深深庭院之夜

就有道而正焉。四川乐至有百岁硕儒刘克生先生，道德文章当世难俦，里恒往问道请教，获益终生。李里绘于川师园。

后记

俗语云“开卷有益”。然书难免有上乘劣等之分。一本好书，会让读者获益匪浅；而劣等书读后不仅无益，甚至会引人堕落。儿子李里的“岁月深处”系列无疑是当今书林中一股清流，是十分难得的令人感动、给人启迪、开人智慧、引人上进的好书。书中所述每一位老人，或是当今硕儒，或是佛门大德，或是乡野隐士，他们都学富五车，厚德载物，仁慈悲悯，嘉惠后学。李里与他们都有过或深或浅、或长或短的交往，他们对李里的人生也都产生了深远影响。虽然如今这些老人大多作古，但李里对他们深挚的敬仰和深厚的情感却铭记于心，一直希望把这些世纪老人写出来，把他们高贵的品质、深厚的文化修养以及给自己的教诲、帮助和荡人心腑的感动都传递给当今的人们，让大家在这物欲横流的当下，感受老一辈文化人的人格魅力，理解其中蕴含的人文精神，从中汲取内化于人格的力量与智慧。

基于此，李里每日奋笔疾书，疾病缠身也笔耕不辍，终于完成了这部文笔优美、意长情深的著作。其间，传薪书院的学子们每日翘首以待，竞相在群内以先睹先生文章为快，并不断写出一篇篇文采飞扬、感人肺腑的读后感。这真是非常时期一段非常绚丽的交响乐。然而，激情澎湃的日子过后却是一派喑哑，此书迟迟得不到出版。联系过好几家出版社，均以各种托词婉拒。这让李里和我以及传薪学子们都很不理解：一本优秀的著作何以遭此待遇？是媚俗当下或经济利益作祟？今重庆出版社以其独具的眼光决定接纳此书，搁置三年的“岁月深处”文稿终得付梓。作为母亲，我深感欣慰，同时也祝贺儿子的呕心沥血之作不久即能与广大读者见面，这才是本书应有的归宿。

李里母亲黄旬二零二四年七月十八日仲夏夜
完稿于西蜀锦室

写在后面

从二十二岁到今天，认识恩师李里先生已有十三年了，这是我人生中最美好的年华。

记得在四川师范大学上学时，旁听李里先生的《论语》课。先生一袭长衫，上课仅带一个水杯，不带任何讲稿，引经据典，义理深邃，娓娓道来，让人如沐春风、叹为观止。多次旁听后的一次课下，我踏着月色步行送先生去后校门坐车。路上的一问一答间，竟决定了毕业后去李里先生创办的公益国学院传薪书院工作，这一去就是三年多。结婚生子后，不得已在家全职带娃。娃一岁时，我照例挤时间去书院听国学课。一次被先生远远叫住，问我每天能否抽半天时间去辅助他写作，他最近要完成一部重要的书。我立即欣然答应，生怕先生会反悔似的。后来我问先生，为什么选我录入文章？先生说："我是为你好。"天知道，先生当时给了我怎样的感动。倏然想起先生赠我的那首诗："心无尘染自天然，闻善泪流尽孝贤。偶识先生听讲处，梦里飞花证奇缘。"在录入文章的过程中，我时常有"梦里飞花证奇缘"之感。

先生从来是信而好古，对于现代文明之流弊是颇不以为然的。以前的文章，先生都是自己手写。后来实在太忙了，大家都劝先生用电脑写。先生当然是不会用电脑的，最终无奈要在百忙中写作，只得妥协，由他口述，请别人用电脑打字。我庆幸竟成为这位打字人。

为了打字，我首先购买了手提电脑，每天斜挎着电脑包飞奔着上下班。初打文章时，我家住在传薪书院斜对面的小区，单边步行最快需要一刻钟。为了节省时间，我学会了骑电瓶车。从给先生打文章伊始，我养成了睡前写日记的习惯，基本能做到每天"千字文"，大致详细记录了与先生两年多打文章的心路历程。可是，当我为先生打完那本书后，就开始了新的工作，慢慢写作得少了，以至于几乎不写。现在先生的那本书就要出版，命我写一篇《后记》。我虽有些胆怯，但想以此可以为自己用心用情辅助先生的写作工作画上一个圆满的句号，终于战战兢兢写下了这篇文字。

先生的这部书是他写的众多著作中最钟爱的一部，他倾注了极大的心血与深情。"岁月深处"系列是一篇篇的散文。这些文章既记录了几十位硕德耆旧的各异人生，更记录了先生与他们交往的传奇故事。书中的老先生或真，或善，或美，都充满人性的光辉。老先生们的身上多有古风，多有旧时代读书人身上的烙印与可贵品质。老先生们对先生产生了怎样的影响，他们与先生有怎样的友谊，他们的生命有怎样的苦难，他们是怎样面对苦难的……每篇文章几乎是一位或几位老先生的人物传记。每读一篇文字就是一次灵魂的洗礼，让人受益无穷。这么多老先生，总有一位是你的榜样，是你想活出的样子。比如我，在打《庙柱上的乡贤——怀念九十六岁老书家李永康先生》一文时，我的愿望是做一位乡贤，至今仍是。

此书记载了先生在求学路上有意或无意拜访的，对先生在做人、做学问方面产生巨大影响的老先生们的感人故事，从中也能窥见先生是如何一步步走上弘扬国学这条道路的。先生后来在无数次的国学讲座上，不遗余力地宣讲老先生们的德行、境界，意在把老先生们的精神发扬光大。令先生痛心疾首的是老先生们多已作古，剩下寥寥无几的两三位老先生也正在凋零。先生想让更多的人知晓老先生们的人格光辉，故而有了此书的缘起。薪火相传，传薪传心，传递老先生们的文化薪火。为了传薪，在写作过程中，先生不断增加了原计划未曾列入、对他影响不那么大的老先生进来。先生呕心沥血地写，是因先生拥有一颗感恩的心，一颗滴水之恩当涌泉相报的心。

先生与林庚、张岱年、侯仁之、钱理群等几十位老先生仅有一面之缘，却为之都写了或长或短的怀念散文。用洪禅法师送先生的“满堂食客皆忘祖，唯有多情李里君”两句诗形容先生再恰当不过。古有曹雪芹为闺中女儿作传，今有李里先生为老人立传。前者是对女子的喜爱与倾慕，后者则是对老人的一往而情深。先生天生就喜欢老的、古的、旧的，尤其见到善良博学的老先生，不光心生崇敬，还想方设法一定要拜见，拜见了更要写出长文来怀念，真是“唯有多情李里君”。

书中的每一位老先生都是一个小世界。先生每写一位老先生的过程，仿佛又回到了那位老先生的身边。一位位老先生的身影从岁月深处缓缓走来，他们的音容笑貌、叮咛教诲，一幕幕感人场景涌上心头。先生的记忆像一个个摆放整齐的瓶瓶罐罐，需要用时，可以随时取出来。当然先生还会收集阅读有关老先生的资料和他自己记的日记，再构思，构思到八九不离十了才下笔。先生擅长把复杂的事情说得简单明了，擅长归纳总结，擅长打比喻。无论何时何地，面对何种干扰，先生都可以泰然自若、全神贯注马上进入写作状态。先生还可以做到一心多用，如在什邡传薪书院日彰阁写文章时，那里长住了几位书院老学员，每晚他们都在日彰阁外纳凉消夏，并吹拉弹唱搞联欢。先生一只眼睛在电脑上，一只眼睛在联欢会上；先生一边口述，还一边听大家联欢时说唱些什么。当联欢会达到高潮时，先生会暂时搁下文章，加入联欢，或唱一首歌，或吟一首诗，让大家更尽兴。先生真是拥有一个有趣的灵魂。

写作的过程是愉快的。录入文章时，先生送了我两本书：一本是他曾经出版的《传薪文丛》，一本是书中老人著的《行吟诗稿》，分别用毛笔小楷工整地在书的扉页题了字：“采莲女史存阅，仰止行止。李里敬赠，共和国七十年荷月”“采莲存阅，别有洞天。李里敬赠，打写《六姨祖公》一文时。”我也给先生买了《昌臻法师传》及周汝森爷爷的两幅字。先生还在《二十五孝》与《我的旧学先生》两文中提及了我，令我既惊且喜。然而“罗马不是一天建成”，故写作的阻力是巨大的。

在历经千辛万苦后，这本书终于付梓了，回望过去，很有种“轻舟已过万重山”之感。我见证了先生创作的不易与艰辛，为此书先生可谓是呕心沥血。

录入文章始于二零一九年六月十日，在成都三圣乡传薪书院的望南楼上，打了两个多月；二零二零年二月初，在什邡红豆村的红庐，打了半年多；二零二一年八月初，在什邡传薪书院，打了二十天整。另外，还在什邡龙居寺的传薪书院打了一个下午。更有先生独自在手机备忘录上敲出的若干文字。所有文章中只有第一部分的第一篇《〈论语〉的启蒙——怀念何世森老人》没做任何修改，其他篇目基本是新写、重写或改写。早在二零一零年，先生已出版了四卷本竖排线装丛书《传薪文丛》，其中卷一、卷二又名《老先生与我》，已收录了本书中的十三位老人，这十三篇文章无一作重大修改。

先生将成都三圣乡传薪书院里他自己居住的二楼取名为“望南楼”。关于望南楼的岁月，我有日记为证：“先生一般是周一至周四写作，周五至周日全国各地讲学。那时我家就在书院斜对面，我往往下午两点到书院，几乎晚上九点才回家。晚饭和先生、师母在望南楼上吃。记得在望南楼上打文章时，每天一起创作的是三人，师母就坐在我与先生打文章的正对面不远处，创作她自己最想写的文章。望南楼周围的环境极幽美，令我如痴如醉。放眼望南楼外，成片的白杨树笔直地高高耸立，枝丫交错，亭台楼阁在白杨树叶间若隐若现。白杨树不但带来了绿意，更有阵阵清风徐来。知了在叶间放声歌唱，此起彼伏，那么近，那么清脆，那么生机勃勃。不远处的赞化园偶尔传来鸡鸣、狗叫和狼嚎的声音。每当先生停顿思索之余，我会偷偷多看一会儿楼外的景色，不仅可以缓解眼疲劳，内心的惬意与享受真是不可为外人道也。”

记得我去望南楼打字的第一天，先生就专门为我准备了一个青花瓷水杯，作为我打字期间的专用水杯。先生与师母每天会特意为我泡一杯浓浓的普洱茶。每天喝着先生或师母亲手泡的茶，别提有多感动。望南楼上只待了两月，光阴逝去已五载。留下多少动人事，最忆楼上那杯茶。

在红庐录入文章时，先生与他的传薪书院都遭受了巨大的变故，从成都搬到了什邡的师古镇红豆村。先生所居之处正有诗圣杜甫手植的千年红豆树，所以先生将其取名为红庐。红庐是录入文章事业的主要根据地，最持久，最安定，亦最宁静，故书中的大部分文章都完成于这时期。那时恰逢新冠流行，春节前后，大街小巷关门闭户。先生难得长期居家，不用全国各地四处奔波忙碌讲学，可以闭门专心写作。先生坚持每天写作半日。我每天骑着电瓶车飞奔在家与红庐的路上，寒来暑往，风雨无阻。

书院暂停上课，先生命我建了“岁月深处”读书群，每周发一篇已定稿的文章，配上一段文字宣传，并附若干相关照片。书院的几十位核心学友都进了此群，争相写读后感。先生则一边创作，一边阅读学员们的读后感，更写了《读后感之读后感》。书院上下都沉浸在创作与阅读的喜悦中。这不仅增进了先生与学员们的了解，学员们的写作无一不突飞猛进，更为先生的创作注入了源源不断的灵感。有先生的文字为证：“这些日子我享受到一种世间少有的围绕同一个题材的创作与阅读同时并行的欢悦。一般的作者只有创作之乐，一般的读者也只有阅读之乐。而我是一边创作，一边阅读创作的读后感，还会读到读后感的读后感。这种欢悦真是难以名状。我想所有参与写作的传薪学子们也有与我同样的喜悦吧，因为你们既是阅读者，又是创作者。”先生白天高强度地创作，晚上则熬夜阅读并另行写作，焚膏继晷，夜以继日。

另外，“仰止高山”读书群涌现了大批积极写读后感的学员，先生还特意组织他们游学重庆，去拜访了此书中提到的尚健在的九十七岁的尹从华老先生以及躺在病床上已三四年、诗意任性的洪禅老法师。这次活动意义非凡，不仅让我们有机会亲近书中的老先生，更让我们体会到先生写作的真实、准确、细腻、生动。先生还把这次游学补进尹老一文中。在写书的过程中，如果与哪位老先生有新的交往或老先生去世了，先生都会不厌其烦地补上一笔。这也是先生写作的一个特点。

师古红庐只半年，诗情画意回忆多。最是先生一场病，从此文章一边搁。有日记为证：“五一节后，先生因长期的持续构思写作，大病一场，几乎卧床不起，但仍坚持不辍。先生躺在卧室的竹躺椅上，我则坐在先生旁边。我因天气炎热，不停扇着蒲扇，先生竟还怕冷，不让我扇。我于是忍着热一遍一遍地念着文稿，先生气若游丝般口述着。我小心地恳求先生不要写了，休息吧。先生深深地闭着眼睛，气息微弱地说：‘快了，快了，马上结尾了。’第二天接着写作，我能明显感到先生病中的痛苦。先生说他气紧是因为坐姿不对。先生换了把椅子，坐到离我很远的宽敞地方，稍微好些。先生不断调整他的坐姿，以适应他微弱气息的变化。七号那天最炎热，我穿着薄薄的绸裙都不堪忍受。先生却垫了一层，盖了两层，还在说冷。先生发烧了，烧到三十九度多。先生把被子捂得严严实实，捂了一身的汗，头发根儿都湿透了。《当世颜回》的结尾就在这样紧张、痛苦、大病的情况下完成的。一会儿该擦汗了，一会儿该喝药了，一会儿该测体温了，人来人往。先生无助地躺着，并争分夺秒地口述着。先生拖着病体，发着热，不能直视电脑，只能靠我一遍一遍地朗读去揣摩语境，整体把握，再结尾；更来不及通读一遍，便草草定稿。我佩服先生到五体投地，真是非大手笔不能为也！不得不慨叹：先生拥有多么强大的一颗内心啊！”

红庐的写作未曾完稿，什邡又遭受了百年未遇的暴雨洪水。刚刚搬到什邡龙居古寺的传薪书院，又被骤雨冲塌，不得已再搬到什邡城里的周家大院。日彰阁便是书院中先生的书房。

日彰阁是打文章的尾声，虽只二十天，却是最连贯的，从早打到晚。我带妈妈与女儿一起住在那里陪我，唯愿一气呵成。日彰阁内二十日，人往人来热闹多。刘老高山一翻过，草绿花红又一坡。有日记为证：“来什邡的半月间，我与先生日以继夜地在电脑前工作，尤其是近几日，常写到夜里十一点。定稿《仰止高山——怀念百岁诗翁刘克生先生》一文时，昔日的热闹散尽，书院异常宁静，宁静到只剩下几人。人物的稀少寥落，再加上淅淅沥沥下着冷雨，更配合了这篇文章凄美、清寂、苍凉的意境。翻越刘克生先生这座高山时，先生的思路异常清晰流畅，语言透彻明了，竟奇迹般只用时两天整。和先生一起打文章近四十篇了，写刘老这篇最令我难忘。写作中我多次为先生竖起大拇指，我也几乎是在极度兴奋的状态下打完此文的。刘老是诗翁，先生为还原诗的语境，出口皆诗。如一开篇的《引子》，即是诗的语言，意象唯美，虚虚实实，如梦似幻。刘老高山中高山的形象呼之欲出，而终于没能清晰地走出来。《引子》写了一个上午，写得慢，反复修改。《小序》是总说，由虚到实。刘老的大概形象出来了，但还不具体。正文部分刘老完全走出来了，那么具体，处处细节，让观山者一览无余。写刘老的那个早上，天阴沉沉的，飘着绵绵细雨，空气湿润，秋风送来阵阵寒凉，分不清是早晨还是黄昏，看着令人难受。坐在我右侧的先生深情地望着屋外连绵不绝的秋雨，不断感叹：‘这个天气适合写刘老’‘这个天气是刘老的天气’。接着脱口而出一首残诗，我快速记在日记本上。诗曰：‘雨声凄厉送寒秋，一角院庭写宿愁。落笔忧思徘徊再，无暇他顾书怀幽。’之所以是残诗，是因先生只说了前三句，便说道：‘算了，还是做正事写刘老吧。’末句是我后来添补的。

“刘老定稿时有杂记：今晚十一点，刘老一文总算定稿。不知若何，我夜里失眠。不知是因为白日先生赏的普洱茶在作祟，抑或是打文章打兴奋了，我一直失眠到凌晨三四点。毫无睡意，遂起身看书。连日看电脑，光线昏暗，致使眼睛雾蒙蒙的，似乎更近视了。书看不进去，仔细看，每个字都有重影，我疑是自己患了白内障。在此聊记一笔，久坐打文章亦是一份苦差。不过，先生藏着一颗有趣的灵魂，和先生写文章竟从未觉得累。古语有言：仁者见仁，智者见智。我亦想补充一句：高山见高山。只有自己算得上高山，才能觉解到真正的高山。先生做什么像什么，感觉先生无所不能，又火眼金睛。先生何尝不是一座年轻的高山呢？愿终身学习之。”

我读了十多年书，基本不会写作，是先生教会了我作文。先生不光教我作文，更教我做人、做事、做学问。怪我悟性不好，只学了个皮毛。在辅助先生写作的过程中，我被文章中每一位老先生的人品、学问、境界深切感动过，也被先生写作的饱满情感、坚强意志及盖世才华所折服。我学到了许多许多。可三五年过去了，我学到的这许多逐渐变得模糊，俨然化进我的生命，成为我生命不可或缺的一部分，并滋养着我的生命。

感恩上苍让我在最美好的年华遇见先生，令我度过了一段如大观园中美好诗意、无忧无虑的岁月。有时候我胡闹、任性，兼过分地不自信，一直以来先生都如兄长般爱护并包容着不谙世事的我，让我在短时间内较快成长。谢谢先生在我最艰难困苦的岁月里让我辅助他创作，教我作文，使我知道原来自己那么热爱文学，知道原来自己也可以轻松写作。这令我找到了自己的兴趣爱好，更让我自信了不少。先生如同我的再生父母，对我恩重如山，目前我还没有能力报答一二，这将化作我前行的动力，以图他日回报先生的涌泉之恩。

最后，愿读者朋友们喜欢“岁月深处”丛书，并从书中受益。哪怕有一个人因为这本书有稍许改变，或从中获得启迪，那么一切都是值得的。

二零二三年中秋国庆双节来临之际
王显兰写于红岩小镇陋室窗前